Inhalt

1
Nekromant Neun
Seite 7

2
Eine Stadt, die den Ungeborenen fürchtet
Seite 32

3
Betand
Seite 54

Vertraue den Schatten
Seite 83

5
Schlaizy Noithn
Seite 102

6
Mavins Sitz
Seite 123

Inhalt

7
Der Fleck
Seite 136

8
Die Zauberkünstler
Seite 156

9
Die inneren Türen
Seite 178

10
Die Labore
Seite 201

11
Der Ruf nach Zuhause
Seite 216

12
Huld
Seite 233

13
Die leuchtende Domäne
Seite 247

1

Nekromant Neun

Trotz aller Einwände hatte ich beschlossen, mich in einen Drachen zu verwandeln und mich auf die Suche nach meiner Mutter zu begeben.

Himaggery, der Zauberer, und Windlow, der alte Seher, waren strikt dagegen. Seit fast einem Jahr – seit der großen Schlacht bei Bannerwell – lagen sie mir in den Ohren. Nachdem sie erlebt hatten, was ich dort vollbracht hatte, stand ihr Beschluß fest, daß ein solches ›Talent‹, wie ich es besaß, nicht brachliegen dürfe, und sie hatten untereinander bereits mindestens ein Dutzend Pläne ausgeheckt, wie sie es verwenden könnten. Ich dagegen wünschte mir bloß, zu vergessen. Ich wünschte mir, zu vergessen, daß ich der Besitzer – kann ich das sagen? ›Besitzer?‹ – der Spielfiguren von Barish war, zu vergessen, daß ich die schrecklichen Talente dieser Spieler erweckt hatte. Ich hatte es getan, um mein Leben zu retten, das sagte ich zumindest zu mir selbst, und ich wollte es einfach vergessen.

Himaggery und Windlow ließen das nicht zu.

Wir saßen in einem der lichtdurchfluteten Räume in der Leuchtenden Domäne, umgeben von Blumenduft und den überall gegenwärtigen feinen Nebelschwaden. Der alte Windlow sah mich mitleiderweckend an, die Augen fast gänzlich hinter feinen Runzeln zusammengekniffen und die Mundwinkel in verhaltenem Vorwurf nach unten gezogen. Götter des Spieles! Man hätte meinen können, er sei meine Mutter. Nein. Meine eigene Mutter hätte sich nicht eines solchen Gesichtsausdrucks schuldig gemacht, nicht diese so eigensinnige Person.

Himaggery benahm sich auch nicht viel besser, durchmaß den Raum mit langen Schritten, wie er es oft tat, und raufte aufgebracht sein Haar, bis es sich wie Teufelshörner sträubte.

»Ich verstehe dich nicht, Junge«, polterte er in anklagendem Ton. »Wir stehen an der Schwelle eines neuen Zeitalters. Veränderungen kommen auf uns zu. Große Ereignisse werfen ihre Schatten voraus. Der Gerechtigkeit wird endlich der gebührende Platz eingeräumt. Wir laden dich ein, dabei zu helfen, daran teilzuhaben, mit uns Pläne zu schmieden. Doch du willst nicht. Du versteckst dich lieber in den Obstgärten. Du bläst Trübsal und hängst wie ein halbvertrottelter Stallbursche herum, und wenn ich dich ein bißchen damit aufziehe, daß du dich wie ein in den Kinderschuhen Steckengebliebener aufführst, sagst du einfach, du möchtest dich in einen Drachen verwandeln und dich aufmachen, Mavin Vielgestalt zu suchen. Warum? Wir brauchen dich. Warum willst du uns nicht helfen?«

Ich wappnete mich zum hundertsten Mal mit Antworten. Ich benehme mich darum wie ein in den Kinderschuhen Steckengebliebener, würde ich sagen, weil ich ihnen auch noch gar nicht richtig entwachsen bin – knapp sechzehn Jahre und mit dem Grübeln über Dinge beschäftigt, die Männer – doppelt so alt wie ich – verstören würden. Ich blase Trübsal, weil ich mir Sorgen mache. Ich verstecke mich in Obstgärten, weil ich die Diskussionen satt habe. Gerade wollte ich antworten ...

»Und warum«, donnerte er unerwartet, »gerade als Drache?«

Die Frage überraschte mich vollkommen. »Ich dachte, das sei lustig«, gab ich matt zurück.

»Lustig!« Er tat die Antwort mit dem abfälligen Achselzucken ab, das sie verdiente.

»Nun«, sagte ich mit etwas mehr Schwung, »ich

dachte, ich käme so schneller voran. Und sicher wird niemand wagen, mich aufzuhalten.«

»Falsch! Beides falsch!« sagte er. »Fliege als Drache über die Gebiete und Domänen, und jeder sich gerade häutende Feuerdrache, jeder drei Tage alte Waffenträger, der imstande ist, sich drei Fuß über den Erdboden zu erheben, wird dich zu einem Spiel zu zweit herausfordern. Du wirst mehr Zeit damit verbringen, dich zu duellieren, als nach Mavin Vielgestalt Ausschau zu halten, und nach allem, was ich von deinem *thalan* Mertyn gehört habe, gehört sie nicht zu denjenigen, die leicht zu finden sind.« Er begleitete seine Worte mit einer Geste, die enttäuscht, ärgerlich und eigenartig mitleidig zugleich wirkte.

»Ihr habt genug andere«, murrte ich. »Ihr habt Tausende eurer Anhänger hier. Waffenträger, die sich sofort in die Luft erheben würden, um eure Aufträge auszuführen. Portierer, die nur auf einen Wink von euch warten, um sich dorthin zu portieren, wo immer im Lande ihr es wünscht. Dämonen, die bereit sind, die Gedanken eines jeden zu lesen, der sich in weitem Umkreis der Leuchtenden Domäne nähert. Ihr braucht mich nicht. Könnt ihr einen jungen Menschen nicht einfach erst einmal zu sich selbst finden lassen, bevor ihr ihn in euren Plänen verbraucht ...«

»Wärst du einfach nur irgendein beliebiger junger Mensch«, sagte Windlow, »würden wir dich in Ruhe lassen, mein Junge. Du bist aber nicht irgendein Beliebiger. Das weißt du genau. Himaggery weiß es auch. Ich weiß es. Ich habe doch recht, oder?«

»Das kümmert mich nicht«, erwiderte ich, bemüht, meiner Stimme einen nicht zu streitsüchtigen Klang zu geben.

»Es sollte dich aber kümmern. Du besitzt ein Talent, wie es die Welt noch nicht gesehen hat. *Talente*, besser gesagt. Meine Güte, es gibt praktisch nichts, was du nicht tun könntest oder veranlassen oder ins Leben rufen …«

»*Ich* kann es nicht«, schrie ich sie an. »Himaggery, Windlow, *ich kann es nicht*. Ich bin es nicht, der alle diese Dinge tut.«

Ich zog den Beutel aus meinem Gürtel und leerte ihn auf denTisch zwischen uns aus, die winzigen geschnitzten Spielfiguren rollten klappernd über das geölte Holz. Ich stellte zwei von ihnen auf, die größeren, einen schwarzen Nekromanten und eine weiße Königin. Dorn und Trandilar. Wie aus Holz oder Stein standen sie da, und nichts an ihnen ließ die wunderbare Macht ahnen, die von ihnen ausströmte, sobald ich sie in die Hand nahm. »Ich wollte sie euch damals geben, Himaggery«, sagte ich. »Erinnert ihr euch? Ihr wolltet sie nicht. ›Nein, Peter‹, sagtet ihr, ›sie gelangten in deine Hände. Sie gehören dir.‹ Nun, sie gehören mir, aber sie *gehören* mir nicht. Ich wollte, ihr würdet das begreifen.«

»Erklär mir das«, sagte er mit verständnisloser Miene.

Ich versuchte es. »Als ich das erste Mal die Figur von Dorn in meine Hand nahm, dort unten in den Höhlen von Bannerwell, war Dorn plötzlich in mir. Er war … ist ein alter Mann, Himaggery. Sehr weise. Sehr mächtig. Sein Geist hat scharfe Kanten, er hat viele seltsame Dinge gesehen, und seine Gedanken schwingen davon wider. Er kann seltsame, wunderbare Dinge tun. Doch *er* tut sie. Ich bin nur eine Art von …«

»Wirt?« schlug Windlow vor. »Herberge? Gefährt?«

Ich lachte freudlos. Sie wußten so viel und verstanden so wenig. »Vielleicht. Später nahm ich Trandilar, Herrin der Betörung, Ahnherrin aller Herrscher, in die Hand. Jünger als Dorn, doch weitaus älter als ich. Sie hat das Leben in vollen Zügen gelebt. Sie versteht … erotische Dinge, von denen ich keine Ahnung habe. Auch sie macht wunderbare Sachen, aber sie ist es, die sie tut.« Ich wies auf die anderen Spielfiguren auf dem Tisch.

»Hier liegen noch neun andere. Dealpas, Abbild der Heiler. Sorah, mächtigste aller Seher. Shattnir, größte der Magier. Wahrscheinlich kann ich sie alle in mir aufnehmen, als eine Art… Gasthaus, eine Herberge. Falls es das ist, was je aus mir werden soll…«

Windlow blickte mit trauriger Miene aus dem Fenster. Er begann einen Kinderreim aufzusagen, den man beim Seilspringen sang. *»Nachtschwarz, staubalt, Knochendorn, grabeskalt/ Stern der Liebe, wunderbar, Königin der Lust, Trandilar/Wandeln und das Netz weit senden, alle List in Thandbars Händen.«* Dann wandte er sich Himaggery zu und schüttelte langsam den Kopf, von einer Seite zur anderen. »Laßt den Jungen in Frieden, Himaggery«, sagte er.

Himaggery hielt dem Blick eine Weile stand, errötete schließlich und schaute weg. »Gut, alter Mann. Ich habe alles gesagt, was ich sagen wollte. Wenn Peter nicht will, will er nicht. Besser, er tut, was er will, wenn ihm das eher behagt.«

Windlow schlurfte zu mir herüber, um meine Schulter zu tätscheln. Er mußte sich dazu recken. Ich war ein großes Stück gewachsen. »Vielleicht wirst du diese Talente eines Tages dein eigen nennen, Junge. Vielleicht kannst du sie erst dann richtig handhaben. Wenn die Zeit reif ist, wirst du vielleicht Dorns oder Trandilars Talent besitzen.«

Ich glaubte nicht recht daran, schwieg aber.

Himaggery sagte: »Wenn du fortgehst, Junge, halt die Ohren offen. Vielleicht erfährt du etwas über die Verschwundenen, das uns weiterhelfen könnte.«

»Welche Verschwundenen?« fragte ich vorsichtig.

»Das, worüber wir schon seit Monaten sprechen«, erwiderte er. »Das, was schon seit Jahrzehnten geschieht. Das Verschwinden von Zauberern, Königen. Fort sind sie, als hätten sie sich in Luft aufgelöst. Niemand weiß, wie, warum und wohin sie verschwunden sind. Und unter diesen Verschwundenen sind viele, die unsere Verbündeten waren.«

»Ihr versucht bloß, mich neugierig zu machen«, beschuldigte ich ihn. »Damit ich bleibe.«

Er wurde rot vor Ärger. »Natürlich will ich, daß du bleibst, Junge. Ich bat dich darum. Natürlich wünsche ich mir, daß du neugierig genug wärst, um uns deine Hilfe anzubieten. Aber wenn du nicht willst, dann eben nicht. Wenn Windlow sagt, ich soll dich nicht länger bedrängen, dann lasse ich es. Geh und such deine Mutter. Obwohl es mir ein Rätsel bleibt, warum dir das so wichtig ist…« Unter Windlows scharfem Blick verschluckte er den Rest des Satzes.

Ich sammelte die Spielfiguren ein, von denen die größte nicht länger als mein kleiner Finger war, filigran wie Spitze, unzerbrechlich wie Stein. Ich hätte ihm sagen können, aus welchem Grund ich Mavin finden wollte, entschied mich aber dagegen. Ich hatte sie seit meiner Kindheit nur einmal wiedergesehen – und das unter sehr dramatischen Umständen. Sie hatte nichts Persönliches zu mir gesagt, und doch war in ihrem Verhalten, ihrer Fremdheit, etwas gewesen, das mich anzog. Als ob sie vielleicht Antworten auf Fragen wüßte. Doch das klang alles dürftig, fadenscheinig. Es waren keine Gründe, die Himaggery als stichhaltig gelten lassen würde.

»Belaßt es einfach dabei, daß ich es möchte«, flüsterte ich. »Ein Wunsch von Peter, nicht von Dorn und nicht von Trandilar. Ich habe auch ein eigenes, ererbtes Talent. Ich bin der Sohn von Mavin Vielgestalt, und ich möchte sie sehen. Belaßt es dabei.«

»Dann soll es so sein, mein Junge. Kein Wort mehr darüber.«

Er hielt sein Versprechen. Kein Wort fiel mehr darüber, daß ich besser bleiben sollte. Er nahm sich trotz seiner Zusammenkünfte und seines ganzen Pläneschmiedens Zeit, um aus seinen eigenen Ställen Pferde für mich auszusuchen und dafür Sorge zu tragen, daß ich für die Reise nach Norden in die Schulstadt gut ausgerüstet wurde. Wenn ich Mavin finden wollte, mußte ich die Suche bei Mertyn, ihrem Bruder, meinem *thalan*, beginnen. Nachdem Himaggery sich um diese Einzelheiten gekümmert hatte, übersah er mich, was mich seltsam verärgerte. Offenbar beabsichtigte keiner, mich mit Fanfarenklang zu verabschieden, und das kränkte mich. Ich ging in die Küche, wie ich es schon getan hatte, als ich fünf oder sechs Jahre alt gewesen war, und beschwerte mich bei Bruder Chance.

»Junge, du erwartest doch wohl keine Ehrenfeier zum Abschied, oder? Diese beiden hier sind gewiefte alte Burschen, und sie haben nicht vor, die Aufmerksamkeit darauf zu lenken, daß du von hier fortgehst. Viel zu gefährlich für dich, wie sie nur zu gut wissen.«

Das beschämte mich. Sogar jetzt hatten sie noch an mich gedacht. Ich wechselte das Thema. »Ich überlegte, als Drache zu reisen …«

»Idiotische Idee«, kommentierte Chance. »Was Dümmeres kann ich mir kaum vorstellen. Du willst ja bloß mit dem Feuer spielen, die Geschwindigkeit und den Wind unter deinen Schwingen genießen. Die Macht und das Auf- und Niederstoßen. Naja, vielleicht für einen halben Tag, wenn du Glück hast.« Er schnitt eine Grimasse, um mir zu zeigen, was er von der Sache hielt, als hätten seine Worte nicht schon genug ausgesagt. Ich zuckte innerlich zusammen. Ich hatte gelernt, mit Himaggery und Windlow fertigzuwerden, sogar bis zu einem gewissen Grad mit Mertyn, der mich gelehrt und für mein Wohlergehen und meinen Schutz gesorgt hatte, indem er mir Chance zur Seite stellte – aber es war mir nie gelungen, mit Chance selbst fertigzuwerden. Jedesmal, wenn ich begann, mich selbst ernst zu nehmen, ließ er mich wissen, was für ein kleines Würstchen in seinem Suppentopf ich im Grunde war. Wann immer er sprach, kehrte die Erinnerung an die Küche und seine schwieligen Hände zurück, die Kekse in die meinen schoben. Na, gut. Keinem gefiel die Idee mit dem Drachen – außer mir selbst.

»Kapier's doch, Chance. Ich bin ein Wandler.«

»Kapier's selbst, Junge. Verwandle dich in etwas Vernünftiges. Wenn du deine Mama finden willst, müssen wir schließlich den ganzen weiten Weg zur Schulstadt machen, um Mertyn zu fragen, wo wir eigentlich suchen sollen, oder? Verwandle dich in ein Lastpferd. Das wäre was Nützliches.« Er fuhr fort, unsere Sachen zu packen, unterbrach sich aber wieder. »Du hast doch das Talent von diesem Dorn da«, schlug er vor. Warum benutzt du ihn nicht? Geh als Nekromant.«

»Wieso Dorn?« fragte ich und schauderte. »Warum nicht Trandilar?« Sie war die Angenehmere von beiden, obwohl das auch nicht viel beruhigender war.

»Wenn du als Prinz, König oder irgendein anderer Herrscher herumreist, wirst du Anhänger einfangen wie ein Netz die Fische, und du wirst bis zum Hals in Spiele verstrickt sein, noch bevor wir den Fluß erreicht haben. Du hast drei Talente, Junge. Du kannst dich VERWANDELN, aber du willst dich unbedingt in etwas *Auffälliges* verwandeln. Du kannst HERRSCHEN, aber es ist gefährlich, ein Prinz oder ein König zu sein. Oder du kannst... nun, Nekromanten sind die ganze Zeit über unterwegs, und keiner belästigt sie. Sie brauchen ihr Talent nicht einmal zu *benutzen.* Es reicht, daß sie es besitzen.«

Am Ende setzte er seinen Willen durch. Ich trug den schwarzen, breitkrempigen Hut, den langen Umhang und die Gazemaske mit dem Totenschädel darauf. Es war nicht unbequemer als irgendeine andere Verkleidung, doch es bedrückte mich. Windlow mochte dies vermutet haben, als er aus seinem Turmzimmer hinabschlurfte, um mich an jenem frostigen Morgen zu verabschieden. »Hübsch bist du nicht, mein Junge, aber du wirst auf diese Art unbehelligter reisen.«

»Ich weiß, alter Mann. Danke, daß Ihr gekommen seid, mir Lebewohl zu sagen.«

»Oh, mich trieb noch ein anderer Grund, Bursche. Eine Nachricht für deinen *thalan,* Mertyn. Sage ihm, daß wir seine Hilfe brauchen und zwar bald, und daß er eine Nachricht von der Leuchtenden Domäne erhalten wird.« Wieder stand dieser mitleiderweckende, fürchterliche Ausdruck in seinen Augen.

»Was meinst Ihr damit, Windlow? Warum braucht Ihr seine Hilfe?«

»Laß gut sein, Junge. Es ist keine Zeit mehr für Erklärungen. Du würdest wissen, was ich meine, wenn du in den letzten Monaten mehr darauf geachtet hättest, was um dich herum vor sich ging. Nun ist es zu spät, sich dafür zu interessieren. Gute Reise.« Er drehte sich um und ging ohne einen Abschiedskuß fort, was mich verdrießlich stimmte. Jetzt, da ich meinen eigenen Weg gehen konnte, war ich mir auf einmal nicht mehr sicher, ob ich es wirklich wollte.

Wir hielten einen Augenblick, bevor wir auf die Landstraße einbogen. Weit hinten im Süden wirbelte ein Händlerzug eine Staubwolke in den morgendlichen Himmel, eine Reihe Fuhrwerke, die sich der Leuchtenden Domäne näherten.

»Händler«, schnaubte Chance.« Als hätte Himaggery nicht schon genug Probleme.«

Es stimmte, daß Händler oft mehr Zeit zu beanspruchen schienen, als ihr Gewerbe wert war, und es stimmte ebenso, daß Himaggery eine Menge Zeit aufwendete, um sich mit ihnen zu unterhalten. Ich dachte aber nicht darüber nach, sondern über den Weg, den wir wählen sollten. Wir konnten das östliche Ufer des Mittleren Flußes entlangreisen, durch die Wälder im

Osten des Stürmischen Meeres und das Land der Unveränderlichen. Chance und ich hatten diesen Weg schon einmal genommen, wenn auch nicht beabsichtigt. Dieses Mal wählte ich den Weg westlich des Flusses, durch Felder und Wiesen, die feucht von den Frühjahrsüberschwemmungen waren, und über Hunderte von buckligen, klapprigen Brücken. Nur wenige waren in dieser Richtung unterwegs: Holzfuhrwerke, die vom Wald in die Dörfer fuhren, Wasserochsen, die vom Schlammloch zur Wiese schlurften, ein Gänsehirt, der seine zischende Herde mit einem langen, blumenbekränzten Stab in Schach hielt. In den Gräben entlang der Straße webten Wasserweiden einen klaren Goldton vor das Schwarz der Wälder, ihre flaumigen Kätzchen kurz vorm Aufbrechen. Regen trieb über aufgewehte verwelkte Blätter, zwischen denen grünes, junges Gras sproß und bronzegrün geringelter Farn wuchs. Wir brauchten uns nicht zu beeilen. Ich war sicher, daß Himaggery bereits einen Portierer losgeschickt hatte, damit Mertyn wußte, daß ich mich auf dem Weg befand.

An jenem ersten Tag trafen wir nur ein paar Bauern, die auf den Feldern pflügten. Sie schlugen das diagonale Zeichen gegen das Böse, als sie mich sahen, waren aber bereit, Chance trotzdem frische Eier und Gemüse zu verkaufen. Am zweiten Tag stießen wir auf eine Gruppe von Kaufleuten und erreichten dicht hinter ihnen Vesterstadt, wo wir alle die Nacht im selben Gasthof verbrachten. Die Kaufleute waren genauso wenig erfreut, mich zu sehen wie die Bauern, aber da sie weitgereiste Männer waren, konnten sie das besser verbergen. Hätten sie Bescheid gewußt, wäre ihnen klar gewesen, daß sie Chance mehr fürchten mußten als mich. Ich bediente mich nur ihrer Höflichkeit, aber Chance hatte es auf ein Spielchen mit ihnen abgesehen. Am nächsten Morgen reisten sie ärmer weiter, und Chance summte ein kleines Siegeslied, als wir im Licht des frühen Morgens den See entlangritten.

Das Stürmische Meer lag ruhig und glitzernd da, ein lächelndes Gesicht, in dem nichts auf die Stürme hindeutete, die häufig darüber hinwegzogen. Chance erinnerte mich an unsere letzte Fahrt übers Wasser, als wir vor dem Wind und einem Schiff voller Pfandleiher flohen, die Mandor von Bannerwell ausgesandt hatte, mich zu fangen.

»Ich will nicht daran denken«, sagte ich zu ihm. »Und an diese Zeit.«

»Ich dachte, du mochtest sie«, erwiderte er. »Dieses Mädchen von den Unveränderlichen.«

»Tossa. Ja, Chance, ich mochte sie, aber sie ist gestorben. Ich mochte auch Mandor, und er ist so gut wie tot, eingeschlossen in Bannerwell, wo er noch immer Prinz ist. Es scheint, daß es Leuten nicht sehr gut tut, wenn ich sie mag.«

»Ach, was für ein Unsinn, Bursche! Du magst Seidenhand, und sie ist jetzt Spielmeisterin unten in Xammer, wo es ihr viel besser geht als damals, als du sie kennenlerntest. Und Windlow … Du hast ihm geholfen, Prionde, dem Hochkönig, zu entkommen, und ich will wohl meinen, daß das gut für ihn war. Das Spiel hat Tossa auf dem Gewissen, und es tut mir leid, daß es so kam. Sie war ein hübsches Ding.«

»Stimmt. Aber das ist fast ein Jahr her, Chance. Ich habe um sie getrauert, aber nun ist es vorüber. Zeit, sich etwas anderem zuzuwenden.«

»Da sprichst du etwas Wahres aus. Es ist immer Zeit, etwas Neues zu beginnen.«

So ritten wir weiter, bisweilen in solche beiläufigen Gespräche vertieft, dann wieder schweigend. Ich hatte dieses Land noch nie gesehen. Als ich nach der Schlacht von Bannerwell zur Leuchtenden Domäne gereist war, waren wir über Land und nicht die lange Straße entlanggeritten. Auf jeden Fall hatte ich meiner Umgebung auch keine Beachtung geschenkt.

Wir erreichten den Fluß Banner am Abend des dritten Tages. Da wir keinen Gasthof fanden, ließ uns ein Fährmeister im Schuppen, wo die Boote lagerten, übernachten. Wir setzten im frühen Morgenlicht über und verbrachten die folgende Nacht in einem Weiler, nicht größer als meine Faust, bevor wir am Mittag des darauffolgenden Tages zur Schulstadt hineinritten.

Aus irgendeinem Grund hatte ich geglaubt, es müßte sich etwas verändert haben, aber alles sah so aus wie früher: kleine, an die Berghänge geschmiegte Häuser, Läden und Festivalhallen entlang der Straßen, Kopfsteinpflaster, Mauern und schiefe Dächer, verwinkelte Schornsteine, die Rauch in den dunstigen Himmel bliesen, und die Schulhäuser auf dem Hang oben. Havadhaus, wo Mandor Spielmeister gewesen war. Dorcanhaus auf der anderen Seite, Bilmeshaus, von dem man sagte, daß dort Zauberer ausgebildet würden. Mertynhaus, wo mein *thalan* erster Spielmeister war, wo ich in den Kindersälen aufgewachsen war, um von Karl Schweinsgesicht geärgert und von Mandor geliebt zu werden und schließlich Abschied zu nehmen. Ein bittersüßes Gefühl kroch in mir hoch, halb Übelkeit, halb Freude, zusammen mit der verrückten Idee, Mertyn zu fragen, ob ich wieder in dem Haus wohnen könnte, um noch einmal ein Schüler zu werden. Die meisten Schüler verließen die Stadt nicht, bevor sie fünfundzwanzig Jahre alt waren. Ich könnte noch fast ein Jahrzehnt hierbleiben, in der friedlichen Schulstadt. Als ich wieder zu mir kam, merkte ich, daß Chance meine Zügel ergriffen hatte und mich besorgt anblickte.

»Was hast du, Junge? Du siehst aus, als hätte dich ein Geist erschreckt.«

»Nein«, lachte ich, ein bißchen unsicher. »Nur ein verrückter Einfall, Bruder Chance.«

»So hast du mich nicht mehr genannt, seitdem wir damals von hier fortgingen.«

»Stimmt. Aber wir sind wieder hier, oder? Mach dir keine Sorgen, Chance. Mir geht es gut.« Wir übergaben die Pferde einem Bauern, der sie in den Stall führte, und gingen durch die schmale Tür neben der Küche. Das zu tun, war pure Gewohnheit, Gewohnheit auch, den Hut abzunehmen, hinter Chance den Korridor entlangzugehen, Gewohnheit, eine vertraute spöttische Stimme hinter mir zu hören.

»Na, so was! Wenn das nicht Kochmütze und Zimperliesenpeter ist, der wieder mit uns zur Schule gehen will.«

Ich blieb wie angewurzelt stehen, von diebischem Vergnügen erfüllt. Aha, Karl Schweinsgesicht war also immer noch hier. Natürlich war er noch immer hier, mit all den anderen Quälgeistern im Schlepptau. Er hatte mein Gesicht nicht gesehen. Langsam setzte ich den breitkrempigen Hut wieder auf den Kopf und drehte mich um. Ich sah, wie sie sich im seitlichen Korridor drängten, die Münder feucht und offenstehend in der Vorfreude auf eine neuerliche Demütigung. Von ihrem Platz aus erblickten sie mich nur als Schatten. Ich schüttelte Chances Griff ab und schob mich in Richtung der Lampe, die stets an dieser Biegung an der Wand hing.

»Ja, Karl«, flüsterte ich mit Dorns Stimme. »Es ist Peter, der wieder zur Schule kommen will, aber nicht mit dir …« Bei meinem letzten Wort trat ich ins Licht, daß sie meine Totenschädelmaske sahen. Ich hörte, wie Karl der Atem stockte, hörte den würgenden Ton, den er von sich gab, das einzige, was er noch fertigbrachte. Dann schossen alle wie der Blitz davon, jaulend wie getretene Welpen die Korridore entlang und auf den Dachboden hoch. Ich lachte leise.

»Das war nicht nett von dir«, bemerkte Chance scheinheilig.

»Aber, Chance!« Ich schlug gegen seinen Geldbeutel, in dem die Münzen der Kaufleute aufdringlich klingelten. »Jeder hat so seine kleine Schwächen, oder? Du hast mir schließlich geraten, als Nekromant zu reisen. Ich kann nichts dafür, wenn sich kleine Jungen darüber zu Tode erschrecken.« Mein Gefühl bittersüßer Nostalgie war dem freudiger Rache gewichen. Ab sofort würde Karl zweimal nachdenken, bevor er wieder einen kleineren Jungen schikanierte. Ich überlegte, wie ich die Lektion für ihn noch etwas vertiefen konnte, bevor ich abreiste.

Um Mertyns Turmzimmer zu erreichen, mußten wir an den Schulräumen vorbei, den Zimmern der anderen Spielmeister. Spielmeister Gervaise traf uns auf dem Treppenabsatz vor seinem eigenen Klassenzimmer, und er erkannte mich sofort. Die Maske schien ihn nicht zu beeindrucken.

»Peter, mein Junge! Mertyn sagte, daß du bald zu Besuch kommen würdest. Er ist unten im Garten und unterhält sich gerade mit einem Kaufmann. Komm doch herein und trink ein Glas Wein mit mir, während du auf ihn wartest. Komm herein, Chance. Ich habe hier etwas von deinem Lieblingswein. Spül dir damit den Staub der Straße herunter. Ich erinnere mich, daß wir immer etwas zu wenig davon hatten, als du noch bei uns warst. Dem ist jetzt auch noch so, doch nun bin ich es, der ihn trinkt.« Er führte uns durch den kalten Klassenraum, wo das Spielmodell in blauem Dunst schwamm, in sein eigenes Zimmer, das warm von der Sonne und dem Kaminfeuer war. »Brrrh.« Er schauderte, als er die Tür hinter sich schloß. »Je älter ich werde, umso schwerer fällt es mir, die Kälte des Spielmodells zu ertragen. Aber du kennst das ja… ihr Jungen habt davon alle Frostbeulen an euren Händen und im Gesicht gehabt.«

Ich schauderte bei der Erinnerung – und aus Sympathie – und nahm das Weinglas, das er mir reichte. »Wir mußten immer mit dem Spielmodell spielen, wenn es draußen schneite, Meister Gervaise. Aber niemals im Sommer, wenn es heiß war.«

»Ja, das scheint widersinnig, nicht wahr? Aber es stand natürlich in einem anderen Zusammenhang. Im Sommer ist es einfach zu schwierig, die Modelle kühl zu halten. Wir schließen sie unten im Eiskeller ein. In diesem Jahr wird es auch bald zu warm sein. Nicht wie im letzten Jahr, wo der Winter beinahe bis zur Jahresmitte dauerte.«

Er schenkte sich Wein ein, bevor er sich ans Feuer setzte. »Nun erzähl doch mal, was du seit Bannerwell so getrieben hast. Mertyn hat mir alles berichtet, was dort passiert ist.« Er schüttelte bedauernd den Kopf. »Schade um Mandor. Aber ich habe ihm nie getraut. Viel zu hübsch.«

Ich drehte mein Glas in der Hand und beobachtete, wie der Wein im Kreis schwang und zu den Rändern hochstieg. »Ich habe eigentlich nicht viel getan.«

»Keine Spiele?« Gervaise wirkte überrascht.

»Nein, Meister. In der Leuchtenden Domäne werden nur wenig Spiele gespielt.«

»Nun, das kommt davon, wenn man sich mit Zauberern abgibt. Ich sagte Mertyn, du solltest dich in der Welt umsehen, reisen, dein Talent ausprobieren. Aber es scheint, daß du das jetzt ja auch tust.« Er nickte und trank einen Schluck Wein. »Seltsam sind die Talente eines Zauberers. Eine alte Redewendung, weißt du. Ich habe niemals einen von ihnen gut gekannt. Kommt man mit Himaggery gut aus?«

»Ja, Meister. Sehr gut. Er ist sehr offen. Sehr ehrlich.«

»Ah.« Er legte einen Finger an seine Nase und zwinkerte. »Offenheit und Ehrlichkeit verdecken eine Menge Strategie, ohne Zweifel. Nun ja … Wer hätte vor einem Jahr noch gedacht, daß sich bei dir ein solches Talent wie Nekromantie herausbildet? Selten. Sehr selten. In den letzten zwanzig Jahren hatten wir keinen einzigen Schüler, der Nekromant wurde.«

»Es gibt Talente, die ich bevorzugt hätte«, erwiderte ich. Chance betrachtete bescheiden seine Füße und schwieg. Diese Tatsache machte mich mehr als alles andere vorsichtig. Ich hatte gerade sagen wollen, daß Nekromantie nicht mein einziges Talent sei, entschied mich aber, das Thema auf sich beruhen zu lassen.

»Ich glaube nicht einmal, daß ich einen Nekromanten als Spielfigur besitze«, fuhr Gervaise mit gerunzelter Stirn fort. »Laß mich mal nachsehen ...« Und fort war er, durch die Tür ins Klassenzimmer verschwunden. Ich folgte ihm, wie es die Höflichkeit zu gebieten schien. Er wühlte in der alten Truhe, die die Spielfiguren enthielt, die selbst mit Eis bedeckt war und summte, als ihr innerer Mechanismus arbeitete, um die Kälte darin zu bewahren. »Waffenträger«, sagte er. »Eine große Anzahl Waffenträger. Seher, Wandler, Ranzelmänner. Unterherolde, ein ziemliches Aufgebot davon. Geringere Figuren: Totem, Talisman. Fetisch. Hier ist ein Afrit. Ich habe ganz vergessen, daß ich das überhaupt besitze. Und hier ein ganzes Sortiment Schlangen, Drachen, Feuerdrachen, Eisdrachen, alle in einer Schachtel. Nun ja ... Aber kein Nekromant. Ich glaube, ich besaß nie einen.«

Ich nahm eine Handvoll Spielfiguren, ließ sie aber rasch fallen, als mir die Kälte in die Finger biß. Sie besaßen die gleiche Größe wie die, die ich so heimlich bei mir trug, waren vielleicht aber weniger ausgefeilt. Unter der Eisschicht konnte ich das nicht genau erkennen. »Spielmeister Gervaise«, fragte ich, »woher habt Ihr die Figuren? Ich habe nie danach gefragt, als ich noch Schüler war, aber woher kommen sie eigentlich?«

»Die Spielfiguren? Oh, es gibt eine Domäne von Zauberkünstlern, irgendwo im Westen, wo sie hergestellt werden. Die Händler bringen sie mit. Die meisten sind Geschenke, Gratiszugaben, wenn wir Vorräte kaufen.

Dieses Sortiment Schlangen habe ich bekommen, als ich ein paar Werkzeuge für den Stall kaufte. Geschenke, wie ich schon sagte.«

»Aber wie können sie sie einfach weggeben? An jeden x-beliebigen? Wie werden sie kühl gehalten?«

Gervaise schüttelte den Kopf. »Nein, nein, mein Junge. Sie geben die Figuren nur an Spieler ab. Wer sollte sie auch sonst wollen? Sie tun es, um den Handel anzukurbeln. Andere Leute erhalten andere Geschenke. Einige Kaufleute, die ich kenne, bekommen Gewürze oder Dinge aus den nördlichen Urwäldern. Alles, um den Handel anzukurbeln.« Er tätschelte die alte Truhe und ging mir voran zu Chance zurück. Der Weinpegel in der Flasche war unübersehbar niedriger als zuvor, und ich lächelte. Chance schaute mich mit verständnislosem Blick an, als wollte er sagen ›Wer? Ich etwa?‹, doch ich lächelte trotzdem weiter.

»Ich höre Mertyns Schritt auf der Treppe«; sagte ich. »Ich verlasse Euch nun, Spielmeister Gervaise. Ich komme noch einmal bei Euch vorbei, bevor ich abreise.« Und mit vielen Verbeugungen suchten wir unseren Weg nach draußen, zur Treppe. Ich sagte zu Chance: »Du warst sehr schweigsam.«

»Gervaise ist ziemlich redselig«, erwiderte er. »Zu seinen Kollegen, den Händlern, den Bauern ... Du kannst dir sicher sein, daß alles was du ihm erzählst, morgen schon dreimal in der Schulstadt die Runde gemacht hat.«

»Aha«, sagte ich. »Nun, wir haben ihm nicht viel Stoff geliefert.«

»So ist es«, stimmte er kauzhaft zwinkernd zu. »Wie es oft auch am besten ist. Du gehst jetzt zu Mertyn, Bursche, und ich mach mich ab in die Küche, um zu sehen, ob man dort ein paar Krümel fürs Mittagessen zusammenkratzen kann.«

So klopfte ich an Mertyns Tür und wurde von ihm

selbst hereingelassen. Ich wußte nicht recht, was ich sagen sollte. Ich traf ihn zum ersten Mal an diesem Ort, seitdem ich erfahren hatte, daß wir beide *thalan* waren. Ich habe gehört, daß in fernen Gegenden Menschen leben, die innig mit ihren Vätern verbunden sind. Bei uns ist das oft bei Bauern so. Bei meinem Freund Yarrel, zum Beispiel. Nun, zwischen Spielern besteht diesselbe Bindung zwischen *thalan,* den männlichen Nachkommen und dem Bruder der Mutter, oder zwischen weiblichen Kindern und der Schwester der Mutter. Mertyns Beziehung zu mir war in diesem Haus jedoch niemals erwähnt worden.

Er löste das Problem für mich. »*Thalan*«, sagte er und nahm mir den Umhang von den Schultern. »Komm, gib mir deinen Hut und deine Maske. Puh! Was für eine scheußliche Aufmachung! Aber sehr klug, sie zu wählen. Das war Chances Wahl, stimmt's? Er war immer einer von den Ausgefuchsten. Ich habe klüger gewählt, als ich ahnte, daß ich ihn damals anheuerte, um auf dich aufzupassen.«

Plötzlich war ich glücklich und zufrieden, imstande, Mertyn ins Gesicht zu lächeln, ohne mich darum zu sorgen, was er antworten oder denken würde, wenn ich ihm erzählte, warum ich gekommen war. »Warum gerade Chance?« fragte ich.

»Oh, er war Seemann, ein richtiges Schlitzohr. War von einem Boot übriggeblieben, das zwischen dem Stürmischen Meer und den Flüssen der Südlichen See verkehrt hatte. Ich mochte ihn. Er war ohne Falsch, mit einer Menge Überlebenswillen in sich. Also, sagte ich, du kannst hier in diesem Haus als Koch arbeiten – oder als Stallbursche oder als was immer du willst, aber deine wirkliche Aufgabe ist es, auf diesen kleinen Burschen hier aufzupassen und dafür zu sorgen, daß aus ihm etwas wird.«

»Das tat er«, sagte ich.

»Und ob! Stopfte dich mit Keksen voll, bis dir die Augen aus den Höhlen traten. Half dir, dich gegen die Klassenrüpel zu wehren und ließ dich deinen Kampf gegen sie ausfechten. Weil wir gerade davon sprechen – ich erinnere mich, daß du oft etwas Schwierigkeiten mit Karl hattest? Er war ganz schön findig darin, herauszubekommen, was dich am meisten kränkte, stimmt's?«

»Allerdings«, sagte ich und lachte bitter, »das konnte er gut. Kann es wahrscheinlich jetzt noch.«

»Wahrscheinlich. Frühes Talent, das sich hier zeigt. Irgend etwas mit in Geheimnissen wühlen, verborgene Dinge ans Tageslicht befördern. Unangenehmer Bursche. Wird noch unangenehmer im Spiel werden, befürchte ich. Tja, Chance stärkte dir den Rücken gegen ihn.«

»Ich bin dir dankbar für Chance«, sagte ich. »Ich… ich verstehe, warum du mich nicht früher *thalan* nanntest.«

»Ich wollte dich nicht in Gefahr bringen, Peter. Wenn es bekannt geworden wäre, daß du der Sohn meiner Schwester bist, hätte das sicher jemand gegen dich ausgenutzt. Und irgend so ein Wechselbalg hat das ja auch getan, wenn auch mehr zufällig.« Er saß einen Augenblick lang schweigend da. »Also – was bringt dich zurück nach Mertynhaus? Man hat mir gesagt, daß du kommen würdest, aber nicht aus welchem Grund.«

»Ich will Mavin finden.«

»Aha. Bist du sicher, daß du das wirklich willst?«

»Ganz sicher.«

»Dann werde ich dir helfen, wenn ich kann. Glaubst du mir, daß ich selbst nicht weiß, wo sie sich aufhält?«

Ich nickte, obwohl ich bis zu diesem Augenblick gehofft hatte, er würde mir einfach sagen, wo ich sie finden könnte.

»Wenn ich wüßte, wo sie ist«, fuhr er fort, »könnte irgendein Dämon, der sie finden will, einfach in meinem Kopf LESEN, wo sie sich aufhält und es jedem beliebigen Spieler mitteilen, der sie herausfordern möchte. Nein. Dazu ist sie viel zu gewieft. Von Zeit zu Zeit gibt sie mir Hinweise. Das ist alles. Um sie zu finden, muß ich erst diese Hinweise entziffern.«

»Aber du kannst sie mir sagen, oder?«

»Ich habe eine Kopie für dich angefertigt. Mavin hat sie mir in Bannerwell, draußen vor der Burg gegeben, als wir auf Havajordeich unser Lager aufgeschlagen hatten. Erinnerst du dich an diese Stelle? Nach der Schlacht kam sie nachts in mein Zelt und gab mir die Anweisungen. Dann wies sie nach Norden – behalte das! Es ist wichtig, Peter! – und verschwand.«

»Verschwand?«

»Ja. Schlüpfte aus dem Zelt, und fort war sie. Verwandelte sich in eine Eule und flog weg, soviel ich weiß. Verschwand einfach.«

»Bleibt sie niemals? Ihr müßt als Kinder doch gemeinsam aufgewachsen sein.«

»Ach, weißt du, als ich alt genug war, um etwas zu begreifen, war Mavin beinahe erwachsen und besaß ihr Talent schon. Trotzdem erinnere ich mich daran, wie sie damals war. Sie war eine sehr hübsche Person, sehr fremdartig, mochte Kinder, mochte mich und andere meines Alters. Sie führte uns Kunststücke vor und verwandelte sich für uns, damit wir darüber lachten …«

»Und sie brachte mich zu dir?«

»Ja. Du konntest gerade laufen. Sie sagte, sie hätte sich während der Schwangerschaft nicht verwandelt und auch nicht, während sie dich später versorgte, die ganze lange Zeit hindurch nicht verwandelt, damit du dich an etwas Handfestes erinnern konntest, um es liebzuhaben. Aber als die Zeit für dich gekommen war, zur Schule zu gehen, entschied sie, dich nicht unter

Wandlern aufwachsen zu lassen. Ich kenne die genauen Gründe nicht, nur, daß sie annahm, du seist hier bei mir sicherer und würdest mehr lernen. Also brachte sie dich zu mir, nach Mertynhaus, und ich mußte alle anlügen und sagen, du seist ein Festivalkind und ich hätte dich draußen auf den Stufen gefunden. Und dann versuchte ich niemals daran zu denken, wenn ein Dämon in der Nähe war.«

»Und ich ahnte nichts. Keiner ahnte etwas.«

»Nein. Ich war ein guter Lügner. Aber kein guter Spieler. Ich konnte dich nicht von Mandor fernhalten.«

»Er betörte mich«, sagte ich nachdenklich. »Warum mich? Es gab doch auch andere, besser aussehende Jungen.«

»Er war klug. Vielleicht ahnte er etwas, spürte irgend etwas, das auf unsere Verwandschaft hinwies. Naja, das ist inzwischen unwichtig. Du bist darüber hinaus. Mandor ist in Bannerwell eingeschlossen, und du willst Mavin Vielgestalt finden. Das dürfte schwierig werden. Du mußt allein gehen.«

Damit hatte ich nicht gerechnet. Ich war davon ausgegangen, daß Chance überallhin mitkommen würde, wo ich hinging.

»Nein, du kannst Chance nicht mitnehmen. Mavin erleichtert es dir vielleicht etwas, sie zu finden, aber sie wird niemand anderem trauen. Hier«, sagte er und überreichte mir ein gefaltetes Pergament. »Ich habe die Anweisungen aufgeschrieben.«

Umrunde eine Stadt, die den Ungeborenen fürchtet
Höre von unkörperlicher Schwängerung
An dem Ort des beschmutzten Gewandes
Höre von einem augenlosen Seher
Frag ihn nach dem Namen des Ortes, aus dem er kommt,
und nach dem Weg, der von dort wegführt.
Nimm nicht diesen Weg.

Vertraue den Schatten und hüte dich vor Freunden.
Geh über Feuer, doch schwimm nicht im Wasser.
Such Thandbars Monument, doch schau nicht darauf.
Finde mich, indem du wegsiehst.

»Das ergibt keinen Sinn«, rief ich aufgebracht. »Überhaupt keinen Sinn!«

»Geh nach Havajordeich«, sagte er beruhigend. »Dann nördlich. Sie wird die Anweisungen für uns beide schon nicht zu schwer gemacht haben, Peter. Sie will ja nicht für immer unauffindbar bleiben, sondern uns nur die Suche erschweren. Du wirst in der Lage sein, das Rätsel zu lösen, Zeile für Zeile. Aber eine Warnung muß ich dir noch mit auf den Weg geben.«

Er wartete, bis er sicher war, daß ich ihm meine volle Aufmerksamkeit schenkte und fuhr dann fort, die Worte mehrmals hintereinander wiederholend: »Gehe nicht in die Nähe von Pfarb Durim. Wenn du nach Norden oder Nordwesten gehst, gib acht, daß du diesem Platz nicht zu nahe kommst, und auch nicht der Stelle, die man Poffle nennt, die aber in Wirklichkeit als Höllenschlund bekannt ist.« Er tätschelte meine Schulter, und als ich die neugierigen Fragen stellte, die er erwarten mußte, sagte er nur: »Es ist ein böser Ort. Böse seit Jahrhunderten. Wir dachten, es würde sich ändern, nachdem Blourbast verschwand, aber es ist böse geblieben bis auf den heutigen Tag. Mavin würde dich nicht in die Nähe dieses Ortes schicken – meide ihn also einfach!« Und das war alles, was er darüber sagte.

Wir gingen hinunter in die Küche, setzten uns neben den vertrauten warmen Herd und aßen Grolwurst und Käse mit ofenwarmem Brot. Es war ein gemütlicher, traulicher Augenblick, und er dauerte nur eine kurze Weile. Denn dann stürzte Gervaise herein, die Eisenspitze ein Stakkato auf den Steinen.

»Ein Portierer ist gekommen, Mertyn«, rief er. »Er will

euch sofort sehen. Er kommt von der Leuchtenden Domäne ...«

Also gingen wir sofort nach oben, wo wir einen Portierer trafen, einen, den ich gut kannte. Himaggerys vertrauten Boten.

»Spielmeister«, sagte er, »der Zauberer Himaggery und der alte Seher Windlow sind verschwunden.«

»Verschwunden?« Es klang wie das Echo meiner eigenen Stimme von vorhin, aber diesmal sprachen wir nicht über Wandler. Mertyn fragte noch einmal: »Was meint Ihr damit – *verschwunden*?«

»Sie gingen nach dem Abendessen in Windlows Gemächer und baten darum, daß ihnen Wein geschickt würde. Als der Diener kam, fand er die Zimmer verwüstet, aber leer vor. Wir durchsuchten die ganze Domäne, aber die beiden sind wie vom Erdboden verschluckt ...«

»Warum seid Ihr zuerst zu mir gekommen?«

»Mir wurde vor einiger Zeit von dem Zauberer aufgetragen, zu Euch zu kommen, Spielmeister, wenn irgend etwas Unvorhergesehenes passieren sollte.«

»Windlow erzählte es mir », rief ich. »Bevor ich abreiste. Also das meinte er, als er sagte, sie bräuchten bald deine Hilfe. Daß bei dir eine Nachricht einträfe ...«

»Ich warnte sie«, knirschte Mertyn. »Ich warnte sie, daß sie die nächsten sein würden, wenn sie so weitermachten wie bisher.«

»Die nächsten?« Die Worte stockten mir in der Kehle.

»Die nächsten, die sich einfach in Luft auflösen. Die nächsten, die verschwinden. Verschwinden, wie so viele unserer Kollegen und Verbündeten ebenfalls inzwischen verschwunden sind.«

»Ich hätte es verhindern können«, weinte ich. »Himaggery sagte mir, daß er mich brauchte, doch ich hörte nicht zu ...«

Mertyn schüttelte mich, packte mich bei den Schultern und schüttelte mich, als sei ich gerade erst sieben oder acht Jahre alt. »Wir haben keine Zeit für Gefühlsausbrüche, mein Junge, oder Schuldgefühle. Sei still und laß mich nachdenken.«

So schwieg ich, aber es war ein schuldbewußtes Schweigen. Wenn ich dagewesen wäre? Wäre ich willens gewesen, die Spielfiguren von Barish zu nehmen und sie zu benutzen, ihre Talente zu gebrauchen? Ich wollte weinen, aber Mertyns Griff an meiner Schulter lockerte sich nicht, also stand ich stumm da und gab mir selbst die Schuld an dem, was in der Leuchtenden Domäne auch immer passiert war.

Die Springseilreime	**Die Spielfiguren von Barish und ihre Talente**
Herrin des Geistes, mondfahl, Spinnwebdidir/Schattenstahl	Großmutter Didir, Erste Dämonin Talent: Telepathie
Herr des Himmels, mächtige Schwinge, stolzer Tamor, die Lüfte bezwinge	Großvater Tamor, Erster Waffenträger, Talent: Fliegen
Nachtschwarz, grabeskalt, Knochendorn, staubalt	Dorn, Erster Nekromant Talent: Erwecken der Toten
Stern der Liebe, wunderbar, Königin der Lust, Trandilar	Trandilar, Erste Herrscherin. Talent: Betörung
Gepflücktes Blatt, Jungfrau voll Schmerz, Dealpas, gebrochenes Herz	Dealpas, Erste Heilerin Talent: Heilen
Frohes Lachen, allezeit, Wafnors Wurf, stark und weit	Wafnor, Erster Tragamor Talent: Telekinesis
Sorah, blinder Blick, schaut das Morgen und unser Geschick	Sorah, Erste Seherin Talent: In die Zukunft sehen

Die Springseilreime	**Die Spielfiguren von Barish und ihre Talente**
Hier und gleich dort, blitzendes Licht, traue Hafnor nicht.	Hafnor, Erster Portierer Talent, Teleportation
Frostige Shattnir, Sonnenstrahl Kraft für Spiele sonder Zahl	Shattnir, Erste Magierin Talent: Wärme speichern
Feuer und Rauch, windschnell, Botschaften von Buinel	Buinel, Erster Schildwächter Talent: Feuer entfachen
Wandeln und das Netz weit senden, alle List in Thandbars Händen	Thandbar, Erster Wandler Talent: Gestaltwandlung
Elf gestern, elf morgen, elf alle Zeit, elf für alle Ewigkeit	In der Welt des Wahren Spieles die elf im Ehrentempel vereinten religiös verehrten ›Älteren‹.

HINWEIS: In einigen Ausgaben des Index gibt es kurze Verse für jeden möglichen Spieler, über viertausend verschiedene Arten insgesamt. In manchen Gebieten werden Springseilwettbewerbe veranstaltet, bei denen junge Männer und Frauen versuchen, den gesamten Index zu rezitieren. Zuletzt wurde diese enorme Aufgabe von Minery Mindcaster bewältigt, in ihrem achtzehnten Lebensjahr bei dem Wettbewerb in Hilbervale.

2

Eine Stadt, die den Ungeborenen fürchtet

Am Ende der kurzen Zeitspanne, die nun folgte, war es Mertyn, der mich verließ, nicht ich ihn. Niemals zuvor hatte ich ihn in einer solchen Hast erlebt, einer solch königlichen Eile. Seine Anweisungen hielten das ganze Haus in Atem, und es war keine Rede mehr davon, daß Talente in der Schulstadt nicht eingesetzt werden dürften. Er befahl einfach, und das Gewünschte wurde besorgt, ein Pferd, Gepäck, bestimmte Bücher aus der Bibliothek, Proviant, zwei Waffenträger und ein junger Dämon, die ihn begleiten sollten. Bei meinen Versuchen, Mertyn zu sagen, daß ich ihn zur Leuchtenden Domäne begleiten wollte, um das zu tun, was ich längst hätte tun sollen, stand ich ihm nur im Weg. Er wollte nichts davon hören.

»Um der göttlichen Didir willen, setz dich hin und sei still, Peter. Wenn es etwas gäbe, was du tun könntest, hätte ich es dir längst gesagt. Es gibt nichts, glaube mir. Überhaupt nichts. Das Beste, was du jetzt tun kannst, ist deinen ursprünglichen Plan in die Tat umzusetzen. Geh und finde Mavin. Sage ihr, was passiert ist. Laß mir einen Augenblick Zeit, ich muß noch … ich spreche später mir dir.«

Also wartete ich widerstrebend ab. Ich war gekränkt und konnte es kaum verbergen. Die Erinnerung daran, daß ich fortgegangen war, als ich dringend gebraucht wurde, war schlimm genug, aber daß mir nicht erlaubt wurde, zurückzukehren, da ich doch nun begierig war, zu helfen, war noch schlimmer. Schließlich hatte Mertyn alle seine Untergebenen zu seiner Zufriedenheit eingeteilt, und er kam zu mir zurück, setzte sich neben mich und nahm meine Hand.

»Thalan, stell deine Gefühle hintenan. Pscht – ich weiß, was du fühlst. Man kann nicht umhin, Windlow zu lieben. Alle, die ihn kennen, mögen ihn. Und was Himaggery betrifft, so ist es schwierig, ihn nicht zu mögen und zu bewundern, selbst wenn er einen gerade zur Weißglut treibt. Also, du möchtest helfen. Und du kannst. Hör mir zu. Gib genau acht, was ich dir jetzt sage.

Seit einiger Zeit verschwinden Spieler. Spieler von hohem Rang. Zauberer zum Beispiel. Meistens gehören sie zu denen, die wir ›fortschrittlich‹ nennen würden. Viele waren Windlows Schüler. Das kann kein Zufall sein. Wir ahnen zwar einen Zusammenhang, verfügen aber über keinen Beweis.

Sind die Verschwundenen tot? Wenn ja, müßten zumindest einige unter den mächtigsten Nekromanten in der Lage sein, sie zu erwecken, zu befragen, herauszufinden, was passiert ist. Also schickte einer nach dem anderen von ihnen seinen Ruf in den Staub der Zeit zurück, aber keiner der Verschwundenden erschien. Im Gegenteil, ein paar unserer Helfer gerieten in höchste Gefahr, Nekromant Neun, und verschwanden gleichfalls. Fort. Nicht gestorben, oder falls gestorben, dann auf eine Art, wie noch keiner jemals zuvor.« Er schauderte, als ob er fröre. »Und was, wenn sie nicht gestorben sind? Dämon um Dämon suchte nach ihnen, und für einige wurde es zu Dämonenauge Neun, und sie verschwanden ebenso. Sind sie gefangengenommen worden? Unterherolde suchten, Ranzelmänner forschten. Wir fanden *nichts.* Die Verschwundenen sind einfach *fort.*

Trotzdem verfolgen wir weiter unser Ziel, unsere Studien. Himaggery, seine Verbündeten, Windlows ehemalige Schüler. Obwohl unsere Verbündeten verschwinden, wächst die Zahl unserer Anhänger – aber langsam, zu langsam. Ich warnte Himaggery, nicht zuviel Aufmerksamkeit auf sich zu lenken. Bannerwell war ein Fehler, aber wir mußten es tun. Moralisch richtig, aber taktisch falsch, wie Windlow sagen würde. Jetzt ist es also geschehen. Offenbar ahnte Windlow etwas, als er dir sagte, du würdest gebraucht. Auf jeden Fall gehe ich jetzt und versuche, die Dinge zusammenzuhalten, während du dich auf den Weg machst, Mavin zu finden – denn wir brauchen sie. Ihren klugen Verstand, ihre verschwiegenen Wege, ihren strategischen Spürsinn. Du hilfst am meisten, wenn du sie suchen gehst, was du ja ohnehin vorhattest.«

Es wäre unhöflich gewesen, ihm zu widersprechen. Ihm war ernst mit dem, was er sagte, es war nicht einfach nur Gerede, um mich zu trösten. Ich schluckte meinen Stolz hinunter und stimmte zu, traurig, daß ich früher meine Hilfe verweigert hatte und daß es jetzt dazu zu spät war. Mertyn zog mich an sich.

»*Mark me, thalan.* Du besitzt das Abbild Dorns. Ich weiß, es widerstrebt dir, es zu benutzen, aber gebrauche es trotzdem, wenn du die Möglichkeit dazu hast. Frage die Toten nach Himaggery und Windlow. Wenn du zufällig noch weitere deiner Spielfiguren benutzt – nein, sage jetzt nichts, Junge – dann suche nach Himaggery und Windlow. Selbst ungenaue Antworten sind besser als keine Antworten.«

Er küßte mich und ging. Ich blieb allein in seiner Behausung zurück, inmitten des durchs Packen verursachten Chaos, der Dinge, die aus halboffenen Kisten hingen, der Dokumente, die auf seinem Tisch verstreut lagen und der Landkarten, die aus ihren Behältern quollen, eine Unordnung, die eindringlicher als Worte von Mertyns innerer Verfassung sprachen. Ich verbrachte eine Stunde damit, Ordnung zu schaffen, und machte mich dann daran, meine eigenen Reisevorbereitungen zu treffen und mich von Chance zu verabschieden.

Das war nicht leicht. Er wollte nicht akzeptieren, daß ich allein gehen mußte. Er stimmte nur zu, weil Mertyn es so angeordnet hatte, und diesem Befehl konnte er sich genausowenig widersetzen wie ich. Schließlich sagte er mir, er würde zur Leuchtenden Domäne zurückkehren, um dort auf mich zu warten. Das wiederholte er zwei oder drei Mal, als wollte er dadurch bekräftigen, daß es auf jeden Fall so sein würde. Ich bin sicher, daß seine Worte mich mehr beruhigten als ihn. Vielleicht lag das auch in seiner Absicht. Die Ungewißheit darüber, was als nächstes passieren würde, beschäftigte mich so, daß ich nicht weiter auf Karl Schweinsgesicht achtete, und durch mein verächtliches Schweigen (wie er und seine Anhänger es deuteten) wurde sein unerfreuliches Benehmen endgültig gefestigt und richtete dauerhaften Schaden an. Damals dachte ich überhaupt nicht mehr an an ihn.

Ich ritt im frühen Tageslicht aus der Schulstadt. Bannerwell lag drei Tagesritte entfernt, doch ich brachte den Weg in zwei Tagen hinter mich, weil ich bis spät in die Nacht ritt, morgens ganz früh wieder aufstand, im Sattel aß und die Landschaft um mich herum keines Blickes würdigte.

Havajordeich liegt genau östlich von Bannerwell. Ich erreichte den Wall spät abends, das letzte Tageslicht nur noch ein Nachglühen am Himmel, wo die hochstehenden Wolken einen Rest Licht spiegelten. Über den Wolken schien ein Stern, nur ein einziger, der zitterte mit seinem braunblauen Geruch nach Nacht wie eine Träne in der Traurigkeit der Abenddämmerung, flackernd, als hätte er winzige Flügel. Ich sah eine einsame Gestalt auf dem Deich stehen, die sich schwarz vor dem Glühen abzeichnete, und ritt auf sie zu, um mich nach einer Unterkunft für die Nacht zu erkundigen. Als ich näher kam, sah ich, daß es Rätsel war, Tossas Vater, dieser hagere Unveränderliche, der mit Chance und Yarrel nach Bannerwell gekommen war, um der Schlacht ein Ende zu bereiten, sie unnötig zu machen.

Ich war verwundert, daß er keine Furcht zeigte, als er sich nach mir unwandte. Seitdem ich die Leuchtende Domäne verlassen hatte, war mir kein Fremder begegnet, der nicht vor mir zurückgeschreckt wäre oder zumindest neugierig und ehrfurchtsvoll gestarrt hätte, gefolgt meist von dem Zeichen gegen das Böse, bevor er sich über die Schulter nach hinten schauend rasch entfernte. Rätsel zeigte keine Furcht, doch es dauerte eine Weile, bis ich merkte, daß er mich nicht erkannte, und bis mir einfiel, daß er sich ja keine Angst zu machen brauchte. Er war ein Unveränderlicher. Sie brauchten die Talente der Spieler nicht zu fürchten, nicht einmal das Talent des Nekromanten.

»Kenne ich Euch?« fragte er, gegen den Stein gelehnt, und versuchte, das Gesicht hinter meiner Maske zu erkennen. »Sind wir uns schon einmal begegnet?«

»Ich bin's, Rätsel. Peter …«, sagte ich, schlug die Kapuze zurück und fuhr mit schmutzigen Fingern durch mein noch schmutzigeres Haar. »Ich hätte Euch ansprechen sollen.«

»Peter.« Er schenkte mir sein unerwartet freundliches Lächeln und streckte die Hand aus, um mein Gesicht zu berühren, als sei ich sein Kind oder ein enger Freund. »Dich so gekleidet zu sehen … Ich hatte vergessen, daß du dieses Talent besitzt. Ich dachte, es wäre etwas mit … Gestaltwandeln.«

Fast hätte ich etwas über die Spielfiguren von Barish gesagt, hielt aber meinen Mund. Bis auf Windlow und Himaggery, Seidenhand, Chance und vielleicht noch ein oder zwei andere, die aber still sein würden, wußte keiner etwas davon. Statt einer Erklärung tat ich Rätsels Worte mit einem Schulterzucken ab. »Ihr habt sicher wenig guten Grund, Euch zu erinnern. Ich blieb nicht lange am Havajordeich, nachdem Bannerwell gefallen war. Habt Ihr die ganze Zeit über Gefängniswärter gespielt?« Ich wußte, daß die Unveränderlichen beabsichtigt hatten, so lange in Bannerwell zu bleiben, bis sicher war, daß von Mandor keine besondere Gefahr mehr ausging, aber ich hatte nicht erwartet, daß Rätsel bei ihnen bleiben würde. Man erzählte, er sei ihr Führer, obwohl ich noch nie gehört hatte, daß einer der Unveränderlichen ihn mit einem solchen Titel ansprach.

»Nein«, entgegnete er. »Sie haben mich holen lassen, nachdem Mandor gestorben war.«

»Gestorben?« Ich konnte es mir nicht vorstellen, obwohl ich es insgeheim prophezeit hatte. Ich war mir sicher gewesen, daß er die Qual einer für die ganze Welt sichtbaren Verstümmelung nicht lange würde aushalten können, den Machtverlust, das Fehlen von Bewunderung – nicht er, der sein Leben lang nach Macht und Bewunderung gestrebt und sich selbst mit am meisten bewundert hatte. Trotzdem … Es war eigenartig, ihn sich tot vorzustellen. »Wie ist er gestorben?«

»Der Turm.« Rätsel wies auf den Finger aus Stein, der wuchtig aus der westlichen Ecke der Festung gen Himmel ragte. »Dort oben stand er oft. Wir sahen ihn in der Abenddämmerung oder morgens früh, ein schwarzer Fleck vor dem Himmel. Eines Morgens war er nicht mehr dort, und sein Körper wurde unten zwischen den Steinen am Flußufer gefunden. Man holte mich, und ich kam gerade rechtzeitig, um zu erfahren, daß Huld ebenfalls nicht mehr da war.«

»Tot?«

»Ich befürchte, nein.« Er zog ein ärgerliches Gesicht und spuckte die Worte aus, als schmeckten sie schlecht. »Himaggery hatte Dämone rund um das Gebiet postiert, für den Fall, daß jemand flüchten sollte. Sie haben Huld nicht GELESEN. Meines Erachtens betäubte er sich, nachdem er sich in einem Holzfuhrwerk oder etwas ähnlichem versteckt hatte, um bewußtlos zu sein. So konnte er an uns vorbei gelangen, ohne daß irgend jemand seine Gegenwart bemerkte.«

Ich schwieg. Der Gedanke, daß Huld frei in der Welt herumlief, gefiel mir nicht. Ich fröstelte, und Rätsel streckte wieder die Hand nach mir aus.

»Na, mein Junge, was bringt dich nach Havajordeich? Wolltest du Mandor wiedersehen?«

Ich fröstelte erneut. »Um Gotteswillen, nein. Ich habe etwas zu erledigen, nördlich von hier, und der Deich ist genau das geeignete Plätzchen, um von hier aus nach Norden aufzubrechen …«

»So, so. Du willst doch sicher nicht heute noch mit deiner Reise beginnen? Hast du noch Zeit für ein warmes Abendessen und ein Bad? Und ein kleines Schwätzchen? Ich habe seit geraumer Zeit keine Neuigkeiten aus dem Süden mehr gehört …«

So folgte ich ihm zu seinem Lager, einem massiven Steinhaus nahe der Mühle, das früher halbzerfallen gewesen, aber von den Unveränderlichen und den Bauern, die aus Bannerwell freigekommen waren, ausgebessert und mit einem neuen Dach versehen worden war. Wir wurden von schweigsamen Bauern bedient, deren Gesichter ich aus der Zeit meiner Gefangenschaft zu kennen glaubte. Rätsel beantwortete meine unausgesprochene Frage.

»Ja, das sind Mandors frühere Diener. Nachdem seine Macht durch unsere Anwesenheit hier gebrochen war, konnte er sie nicht länger betören. Niemand blieb freiwillig. Sie sahen ihn, fürchteten sich vor ihm und merkten nach und nach, was er ihnen angetan hatte. Dann begannen sie wahrscheinlich, ihn zu hassen. Das konnte er nicht ertragen.«

»Was hat er ihnen denn getan?« fragte ich bissig. »Mehr als Spieler üblicherweise tun?«

»Viel mehr«, sagte er. »Obwohl er es wohl nicht selbst war, der darauf gekommen ist... Nein. Ich sage lieber nichts mehr dazu.«

Ich wollte auch nichts weiter darüber hören, obwohl ich mir später wünschte, ich hätte darauf bestanden, daß er weitersprach. Ich erzählte ihm von Himaggerys und Windlows Verschwinden. Er verstummte eine Zeitlang erschrocken, berichtete dann aber von anderen verschwundenen Spielern, von denen er gehört hatte. Beinahe flüsternd spekulierte er über die Vorfälle. Ich trank Wein und versuchte, nicht einzuschlafen. Andere Unveränderliche kamen herein und begrüßten mich recht freundlich. Sie murmelten untereinander, während ich gähnte. Dann waren wir wieder allein, und Rätsel lehnte sich über den Tisch, um sein Gesicht nahe an meines zu bringen.

»Ich habe kein Recht, dich zu fragen, Peter, doch ich möchte dich um einen großen Gefallen bitten. Einen, den du vielleicht verabscheust zu erfüllen.«

»Ich werde tun, was ich kann«, murmelte ich, schon halb am Einschlafen.

»Wir müssen mit Mandors Geist sprechen...«

Übelkeit stieg in mir auf, daß ich würgte. Mein Magen drehte sich um, Tränen schossen mir aus den Augen, als ich versuchte, mich nicht auf den Tisch zu übergeben. Einen Augenblick später goß Rätsel kaltes Wasser über mein Gesicht und gab mir eine Tasse voll zu trinken. »Wie könnt Ihr so etwas verlangen?« preßte ich hervor. »Und warum? Was könnte Euch dieser Geist Interessantes sagen?«

»Wir haben bestimmte... Gegenstände in Bannerwell gefunden. Nachdem Huld verschwunden war, sammelten meine Leute sie ein. Gegenstände, an die sich einige dieser Bauern hier nur mit großem Schmerz erinnern. Wir haben die Gegenstände untersucht, so gut wir konnten, aber wir müssen wissen, was sie bedeuten, wie sie benutzt werden, und, was noch wichtiger ist, woher sie stammen. Mandor müßte das wissen. Wir glauben, daß sie ihm gehörten.«

»Bestimmte Gegenstände…« Er zeigte sie mir. Sie wurden in einem Hinterzimmer des Hauses aufbewahrt, seltsame Dinge, kristallene Verbindungen, Drähte, Bretter, auf denen miteinander verbundene Drähte und Kristalle ein Muster aus blinkenden Lichtern erzeugten, das mir nichts sagte. Sie erinnerten mich an etwas. Etwas… plötzlich fiel es mir ein. »Rätsel! Vor langer Zeit – nein, so lange nun auch wieder nicht – vor einem Jahr etwa versuchte Mertyn, mich davor zu schützen, in einem Spiel verbraucht zu werden. Sein Diener Nitch nähte etwas in meine Jacke, etwas mit vielen Drähten und Kugeln, ein Gebilde wie dieses hier. Falls Ihr etwas darüber wissen wollt, fragt Mertyn.«

»Das taten wir bereits. Nitch kannte die Bedeutung dieser Sachen, nicht Mertyn. Und Nitch ist fort, mitten in der Nacht verschwunden, ohne ein Wort zu sagen.«

»Verschwunden? Wie die anderen Spieler?«

»Nein. Einfach fortgegangen. Hast du jemals etwas von ›Zauberkünstlern‹ gehört?«

Wo hatte ich bloß… Ach, ja! »Spielmeister Gervaise! Er erzählte, die kleinen blauen Spielfiguren würden von Zauberkünstlern hergestellt, irgendwo im Westen. Ich hatte davor nie etwas über sie gehört, bis auf das, was wir alle wissen. Daß sie auf Festivals Kunststücke mit Vögeln oder Blumen, die aus dem Nichts heraus erscheinen, vorführen.«

»Ich glaube nicht, daß einer dieser Festivalkünstler etwas wie das hier anfertigen kann.« Er schloß die Tür hinter sich und führte mich an den Tisch vor dem Kaminfeuer zurück. Ich wußte, er würde mich wieder fragen und wünschte, ablehnen zu können. Doch wie konnte ich das? O Götter des Spiels, in welch einer Gestalt würde Mandors Geist erscheinen, um das Abbild von Dorn zu grüßen?

»Beim schwebenden Tamor, Ihr verlangt viel von mir, Rätsel.«

»Ich weiß. Doch man sagt, dein Talent sei groß. Ich hätte dich nicht gefragt, wenn du nicht gerade zufällig hier vorbeigekommen wärst. Ich dachte sofort daran, als ich deine Maske sah, und ich würde dich nicht gebeten haben, wenn ich dächte, daß du dich dadurch in Gefahr begibst.«

Wie konnte ich ihm die Gefahr erklären, vor der ich mich fürchtete? Gut, mir wurde bei dem bloßen Gedanken schlecht. Alpträume und Schreckensbilder würden mich verfolgen. Aber Gefahr? Ich würde weder Fleisch noch Blut verlieren, und vielleicht war das die einzige Art von Gefahr, die zählte. Tossa, Rätsels Tochter, hatte ihr Leben verloren, als sie mir helfen wollte. Ich konnte ihm seine Bitte nicht abschlagen.

»Morgen früh«, bat ich. »Nicht in der Nacht.«

»Gewiß. Morgen früh«, stimmte er zu. Bei dem bißchen Schlaf, das ich daraufhin fand, hätte ich das Vorhaben jedoch genausogut in der Nacht in Angriff nehmen können.

Wir gingen im Morgengrauen zu dem Grab. Man hatte Mandor nicht bei seinen Ahnherren und Vorgängern in den Katakomben unterhalb der Burg beerdigt, und ich war dankbar dafür. Dort unten häuften sich die Geister so dick übereinander wie die Fliegen auf einem dösenden Hund, und ich beabsichtigte an diesem Tag nicht, eine Armee zu wecken. Nein, Mandor lag unter dem Rasen in einer kleinen Einbuchtung an der Nordmauer der Burg, ein Platz, an dem es würzig nach Gras roch und wo es, abgesehen von den Seufzern des Windes, der durch die dunklen Tannen strich, die im Umkreis standen, vollkommen still war. Rätsel ließ mich allein an die Stelle gehen und blieb so weit zurück, daß sein eigenes, seltsames ›Talent‹ meines nicht verhinderte. Oder Dorns … Als ich ihn verließ, sagte er:

»Wir müssen erfahren, woher diese Dinge stammen. Ihren Zweck, wer sie angefertigt hat. Kannst du das alles fragen?«

Ich versuchte, es ihm zu erklären. »Rätsel, ich habe zuvor noch nie Geister befragt. Ich weiß nicht, was für ein Wissen sie besitzen. Diese Entfleischlichten, die ich damals an die Oberfläche der Erde rief, waren sehr, sehr alt, älter, als unsere Erinnerungen zurückreichen, bloße Kreaturen aus Staub und Hunger, Gespenster, die mir zu Willen waren.«

»Man sagt, Nekromanten seien außerordentlich spitzfindig.«

»Ich werde versuchen, so spitzfindig zu sein, wie es mir möglich ist.« Obwohl eher Dorn spitzfindig sein mußte und nicht Peter. Ich nahm die kleine Spielfigur in die Hand. Meine Finger fanden sie sofort in dem Beutel, als hätte sie sich durch das Gewühl nach oben gearbeitet, um in meinen Griff zu gelangen. Wie Hitze strömte Dorn in mich, verbrannte zuerst meine Haut und kochte sich dann tiefer und tiefer in mich hinein. An ihm war nichts Geisterhaftes oder Unklares, er war eher wie ein Mann, der zu einem vertrauten Platz zurückkehrt. Ich war nicht überrascht, als er mich begrüßte. »Peter.«

»Dorn«, flüsterte ich. Das letzte Mal hatte ich Angst gehabt. Diesmal fürchtete ich mich weniger, und das erklärte vielleicht meine Höflichkeit ihm gegenüber, als ob er mein Gast sei. Ich sagte ihm, was wir tun sollten, und er wurde erneut zu meinem Lehrer.

»Hier und hier«, sagte er. »Auf diese Weise und auf jene.« Meine Hand streckte sich aus, aber es war Dorn, der auf das Gras deutete, Dorn, der die Knochen und den Staub darunter anrief, aufzustehen. Mandor war noch nicht lange tot. Der Boden brach auseinander, und der Schrecken kroch heraus, ganz langsam. Die Würmer fielen von ihm ab, als er sich erhob. Ich hörte, wie Rätsel auf dem Hügel hinter mir ein Keuchen unterdrückte, aber ob aus Scheu oder aus Angst, konnte ich nicht sagen.

»Auf diese Weise und jene«, fuhr Dorn fort. »So und so. »Die Knochen bekleideten sich mit Fleisch, das Fleisch mit einem herrschaftlichen Gewand. Aus dem Kopf wurde mehr als ein Totenschädel, bis es schließlich ein gekröntes Haupt war und bis sich zuletzt alles, was am Schluß von Mandors Leben so schrecklich gewesen war, wieder zu der Schönheit gewandelt hatte, die ich aus der Schulstadt kannte, und mich durch die Augen des Todes anschaute, strahlend und schön wie die Sonne, graziös wie Gras.

Diese unheimliche Erscheinung stieß einen Schrei solch gespenstischer Freude aus, daß mein Herz eiskalt wurde. »Unversehrt«, rief die geisterhafte Stimme.«Oh, ich bin unversehrt wiederauferstanden…«

Ich war den Tränen nahe. Diese Unversehrtheit war kein beabsichtigtes Geschenk, und doch… ich hätte sie ihm schon zu seinen Lebzeiten zum Geschenk gemacht, wenn ich bloß gewußt hätte, wie. »So und so«, sagte Dorn in meinen Gedanken. »du hättest ihn während seines Lebens keine Minute in diesem Zustand halten können.«

Vom Hügel rief Rätsel herüber und erinnerte mich an den Zweck meines Vorhabens. Also fragte ich, oder besser, Dorn fragte nach diesen seltsamen kristallenen Vorrichtungen, über die Rätsel so besorgt war. Der Geist schien nichts darüber zu wissen.

»Diese Dinge kennt Mandor nicht. Diese Dinge sind von Huld. Spielsachen von Huld. Zauberkünstler machten sie. Huld verstand sie, nicht Mandor. O Mandor, unversehrt, wieder unversehrt…«

Ich hörte Rätsel fluchen, dann rief er: »Es tut mir leid,

Peter. Laß das armselige Geschöpf wieder zurück in sein Grab gehen.«

Aber ich war noch nicht fertig, denn Mertyns Auftrag, nach den Verschwundenen zu forschen, war mir eingefallen.

»Mandor, sprichst du mit anderen … dort, wo du jetzt bist? Unterhalten sich die Verstorbenen miteinander?«

Der Geist starrte mich aus toten Augen an, Augen, in denen kurz ein schreckliches Feuer flackerte, eine winzige Erkenntnis, eine letzte Flamme.

»Im Höllenschlund«, schrie er. »Sie sprechen, die Toten, die dahinsiechen, bevor sie endgültig zu Staub zerfallen, in ihren Gruben. Wenn alles Staub ist, gehen wir, gehen wir …«

»Hast du mit Himaggery gesprochen?« fragte ich. »Oder Windlow, dem Seher?« Mir fielen noch mehr Namen ein, die Rätsel mir gesagt hatte, und ich fragte nach ihnen, aber die Erscheinung seufzte: nein, nein, mit keinem von diesen.

Dann streckte sie sich in die Höhe, und die kleine Flamme leuchtete noch einmal kurz in den leeren Augen auf. »Man sagt … wo Mandor ist … Schwierigkeiten … alle … suchen die, die du suchst … nicht hier, nicht an dieser Stelle … Peter, laß mich unversehrt sein, unversehrt …«

»Tu es, Dorn« schluchzte ich. »Tu es, Dorn, damit er in Frieden ruhen kann.« Und so kam es, daß der Geist in der gleichen Form in die Erde zurücksank, die er einst im Leben besessen hatte, mit der königlichen Krone zum Schluß, in der unversehrten Gestalt, die er in der Schulstadt besessen hatte, bevor sein eigener Verrat ihn verstümmelt hatte.

Und ich blieb allein zurück. Dorn war verschwunden, Mandor ebenso, nur Rätsel stand hoch oben auf dem Hang, während der Wind durch die dunklen Tannen strich und sich das Gras in immerwährendem Abschiedsgruß über Mandors Grab wiegte. Ein kleiner Damm schien in mir zu brechen und einen Sumpf Angst freizugeben, der hinwegschwamm, so daß ich mich mit beinahe gelassenem Gesichtsausdruck zu Rätsel umdrehen konnte, um mit ihm zum Mühlhaus zurückzugehen. Er hatte genauso wenig Lust zu reden wie ich, und so frühstückten wir schweigend, jeder in seine eigenen Gedanken über alten Schmerz und, wie ich glaube, neues Verstehen versunken.

Nachdem wir gegessen hatten, sagte er: »Peter, ich möchte dich nach Norden begleiten. Ich habe dort etwas zu erledigen, und es ist besser, nicht allein zu reisen. Natürlich nur, wenn es dir recht ist und meine Eigenschaften deinem ... Vorhaben nicht hinderlich sind.«

Ich lachte leise. »Mein Vorhaben ist recht einfach, Rätsel. Ich bin dabei, meine Mutter zu suchen, die mir eine ... Nachricht hinterlassen hat, daß sie sich an einem Ort aufhält, der ›die Stadt, die den Ungeborenen fürchtet‹ heißt. Ich weiß nur, daß dieser Ort nördlich von hier liegt.«

»Aber, mein Junge, diesen Ort kenne ich«, rief er. »Oder besser gesagt, ich hörte von ihm. Es ist die Stadt Betand, zwischen den oberen Ausläufern des Banner und ... wie heißt dieser andere Fluß? Gleichgültig ... nun, einem anderen Fluß im Westen. Ich begleite dich beinahe bis dorthin. Meine Geschäfte führen mich dann über den Bergpaß nach Osten.«

»Warum heißt es ›die Stadt, die den Ungeborenen fürchtet‹?«

»Ich glaube, ich hörte die Geschichte einmal, aber ich habe die Einzelheiten vergessen. Irgend etwas mit einem Geist, das Versehen eines herumreisenden Nekromanten. Dein Talent ist nicht allseits beliebt, Peter, obwohl ich einsehe, daß es nützlich sein kann.«

Er wollte freundlich sein, und ich kam ihm entgegen, indem ich das Thema wechselte. Ich war froh genug über seine Gesellschaft, froher noch, als er sich als besserer Koch als Chance erwies und als beinahe noch geeigneterer Begleiter, als mein Freund Yarrel es früher gewesen war. Wir unterhielten uns über tausenderlei, darunter viele Dinge, über die ich mich schon seit Jahren gewundert hatte.

Mir wurde dabei klar, wie wenig die Unveränderlichen von den Spielern hielten. Rätsels Toleranz mir und einigen anderen Spielern wie Himaggery gegenüber war nicht üblich. Ich fragte ihn, warum sie die Spieler ihre Talente gebrauchen ließen, wenn sie so wenig von ihnen hielten.

»Wir sind nicht zahlreich genug, um uns anders verhalten zu können«, erwiderte er. »Es gibt viel weniger Unveränderliche als Spieler. Wir bekommen nicht viele Kinder, unsere Zahl bleibt klein, und unsere Fähigkeiten verändern sich seit Menschengedenken nicht – unveränderlich, wie du sagst. Jeder von uns kann das Talent eines Spielers in einem gewissen Umkreis um sich herum unterdrücken. Ich bin zwar geschützt davor, von einem Dämon gelesen zu werden oder vor einem Waffenträger über mir in der Luft, aber ich bin nicht geschützt vor einem Pfeil, der aus einiger Entfernung abgeschossen wird oder einem geworfenen Speer, wie du nur zu gut weißt.«

Ich nickte. Tossa war an einer Pfeilwunde gestorben.

»Viele von uns finden es sicherer, unter ihresgleichen zu leben, in eigenen Städten und Gebieten mit ihren Bauernhöfen und Handwerkern. Auf diese Weise können wir uns und unsere Familien vor jeder Gefahr schützen, außer einem bewaffneten Angriff, und dem können wir mit unseren eigenen Waffen entgegentreten. Natürlich könnten wir einfach überrannt werden, falls eine Gruppe Spieler so etwas beschließen würde, aber Spieler verlassen sich zu sehr auf ihre Talente. Ohne das Talent der Betörung wäre kaum einer ihrer Anführer imstande, Männer in die Schlacht zu führen. Und die Bauern kämpfen natürlich nicht gegen uns. Von Zeit zu Zeit wenden sie sich an uns, damit wir ihnen helfen.«

»Man müßte doch denken, alle Bauern würden sich um euch scharen, um Schutz zu suchen.«

»Wir können sie nicht beschützen. Wir sind zu wenige.«

»Was möchten sie denn, Rätsel? Was willst du? Und die Unveränderlichen?«

»Wir wünschen uns, was sich alle Menschen wünschen, Peter. Wir möchten uns sicher fühlen, leben. Wir möchten das Werk unserer eigenen Hände bewundern. Sogar Spieler wünschen sich so etwas. Warum sonst gäbe es ihre ›Schulen‹ und ›Festivals‹? Die Spieler sind von den Bauern abhängig, die für sie arbeiten, ihnen Getreide, Obst und Fleisch liefern. Wenn wir zahlreich genug wären, die Bauern zu beschützen und sie alle zu uns kämen, dann … dann würden die Spieler vielleicht kämpfen, sogar ohne ihre Talente.«

»Sie könnten den Boden selbst beackern«, schlug ich vor, bezweifelte es aber sogleich.

»*Könnten* ja, aber würden sie es tun?« fragte Rätsel. Wir kannten beide die Antwort. Nur wenige würden es tun. Ein paar taten es bereits, aber nur, weil es ihnen Spaß machte. Die überwältigende Mehrzahl der Spieler jedoch würde lieber auf dem Schlachtfeld sterben, als sich mit irgendeiner Form ›bäurischer‹ Arbeit abzugeben.

So ritten wir gemeinsam dahin. Ich im Umfeld von Rätsels Schutz, er im Schutz der Angst, die mit der Nekromantenkleidung kam. Niemand belästigte uns. Auf der Straße waren sowieso nur wenige unterwegs, und die, die wir trafen, hielten sich weit von uns entfernt.

»Die Gegenstände, die Ihr in Bannerwell gefunden habt«, fragte ich. »Weshalb reizen sie Euch so?«

»Mich fesselt alles Geheime und Hintergründige,

Peter. Zwischen Spielern ist es schwierig, etwas geheimzuhalten. Ein mächtiger Dämon kann beinahe alles über einen anderen Menschen herausfinden, Gedanken zu Tage fördern, von denen man selbst nicht weiß, daß man sie denkt. Wie soll man da Geheimnisse bewahren? Aber trotzdem gibt es welche, oder?«

»Die eigenen Dämonen schützen einen vor Gedankendiebstahl durch Außenseiter. Man bleibt in seinem eigenen Gebiet, seiner eigenen Domäne …«

»Gut, aber Mauern können zerstört oder untergraben werden. Nein, manchmal bleiben Dinge geheim, selbst bei denen, die sich nach außen hin den Anstrich eines ganz gewöhnlichen Spielers geben. In Bannerwell wurden Geheimnisse bewahrt. Irgend jemand dort wußte Dinge, die keinem außer ihm bekannt waren. Huld wahrscheinlich. Wie stellte er das an? Weißt du was?« fuhr er fort, plötzlich Vertrauen schöpfend. »Als Kind beneidete ich die Spieler. Wirklich … Ich war regelrecht verliebt in Sorah. Eine Seherin. Wie wunderbar, das Unsichtbare, Unerforschbare, die Zukunft sehen zu können … wie wunderbar, *alles* zu wissen?«

»Ich glaube nicht, daß es sich so verhält«, sagte ich, wobei ich an den alten Windlow und seine Verzweiflung über die verschwommenen Visionen einer ungewissen Zukunft dachte.

»Vielleicht nicht. Trotzdem … Es gibt so viele Dinge, die ich erfahren möchte. Sagt dir beispielsweise der Name ›Barish‹ etwas?« Sein Tonfall war beiläufig, aber er betrachtete mich aus dem Augenwinkel.

Ich holte tief Luft, suchte es zu verbergen und überlegte angestrengt, was ich sagen sollte. »Barish? O ja, das ist doch ein Name aus den Religionsbüchern. Ein Zauberer, stimmt's? Hat er nicht irgend etwas Geheimes, Hintergründiges getan … was war das bloß …« Ich wartete, wagte kaum zu atmen. »Ist der Name wichtig?«

»Geheimes und Hintergründiges«, entgegnete Rätsel sinnend. »Nein. Anscheinend weiß keiner mehr als das, was allseits bekannt ist.« Er lächelte. »Ich bin einfach neugierig auf alles Geheime, Hintergründige, und ich frage diejenigen, die vielleicht mehr wissen könnten. Ich habe erst kürzlich von diesem Barish erfahren.«

Ich hob hilflos die Hand, um ihn aufzuhalten. »Rätsel, ich habe wirklich keine Ahnung, Ihr gebt mir Rätsel auf – wie allen anderen auch. Stellt Ihr immer solche Fragen?«

»Ich spreche, um meine Stimme zu hören, Junge. Ich knüpfe Worte zusammen wie eine Frau Bänder an ihren Hut.«

»Machen sie das?« fragte ich neugierig. »Ich habe bis jetzt nur an den Jacken von Schülern Bänder gesehen, während der Festivalzeit.«

»Nun, Peter, du hast noch nicht viel gesehen.« Und damit verfiel er in ein langes, erholsames Schweigen. Es hatte beizeiten geregnet, und auf den umgestürzten Baumstämmen wuchsen Lungenpilze, die ebenholzfarben in der Abenddämmerung schimmerten. Rätsel schnitt ein gutes Bündel ab und rollte sie in grobes Mehl, um sie für unser Abendessen zu braten. Er erzählte mir vom Leben auf dem Land, mehr als sogar Yarrel es getan hatte, von Wurzeln und Schößlingen, Beeren und Nüssen, wie man die gekräuselten Wedel bestimmter Farne zusammen mit geräuchertem Fleisch kochte und wie man Erdfrüchte in der Schale buk, indem man sie zuerst in die Blätter des Regenhutbusches einwickelte, dann in Schlamm wälzte und sie über Nacht in der Herdasche vergrub, damit man sie am nächsten Morgen zum Frühstück weich und warm essen konnte.

Unsere Straße führte zwischen Flußwindungen entlang, bis das Land langsam steiler anstieg. Von nun an floß das Wasser geradeaus oder plätscherte gemütlich zwischen Bodenwellen, über die es dann mit wildem

Geschäume hinabstürzte. Unsere Pferde mußten klettern, und wir gingen morgens und nachmittags immer eine Zeitlang neben ihnen, damit sie nicht ermüdeten oder lahm wurden. Steinerne Lampen tauchten am Wegesrand auf, zunächst alte, fast zu Schutt verfallene, gefolgt von neueren, die mit Votivkerzen erleuchtet waren.

»Warum das?« fragte ich. »Wer zündet denn am hellichten Tag wertvolle Kerzen an?«

»Schutz gegen die Schenker«, sagte Rätsel. »Die Leute in der Gegend hier sind sehr auf der Hut vor ihnen und den Geschenken, die sie den Vertrauensseligen machen.«

»Warum habe ich noch nie etwas von ihnen gehört?«

»Weil Schüler überhaupt sehr wenig erfahren.« Er meinte es nicht als Tadel, doch ich fühlte mich trotzdem gekränkt.

»Wir wurden von morgens bis abends unterrichtet«, sagte ich. »Sie taten nichts anderes, als uns über Dinge zu unterrichten …«

»Über *bestimmte* Dinge«, erwiderte Rätsel ernst. »Und von den anderen erzählten sie euch nichts. Sie erzählten euch nichts von den Schenkern, obwohl die Welt nördlich der Großen Schüssel in fortwährender Angst vor ihnen lebt. Ihr bekamt nichts von den Völkern und Orten dieser Welt erzählt, nur von dem kleinen Teil, den ihr bewohnt …«

»Rätsel.« Aufgeregte Neugierde ergriff mich. »Warum sagt Ihr ›diese Welt‹? Glaubt Ihr, es stimmt, was die Märchenerzähler sagen, daß es noch mehr Welten als diese hier gibt?«

»Es gibt Geschichten über andere Welten. Sie müssen nicht unbedingt wahr sein. Aber es gehört zu dem, was ich sagte. In den Schulen erzählt man euch so wenig darüber, was wirklich ist und was vielleicht Wahrheit sein könnte.«

»Warum sollten sie so etwas tun? Warum sollte mein *thalan* zum Beispiel versäumen, mir Dinge beizubringen, die für mich wichtig sein könnten?«

»Weil sie glauben, ihr bräuchtet sie nicht zu wissen«, entgegnete Rätsel erbittert. »Sie denken, ihr wärt um so sicherer, je weniger ihr wüßtet. Wenn du die Länder im Norden nicht kennst, möchtest du auch nicht dorthin. Wenn du nichts von Schenkern weißt, wirst du ihnen auch nicht zum Opfer fallen. Natürlich ist das großer Unsinn. Auf einen einzigen Jungen, der sich absichtlich nach Norden aufmacht, um Abenteuer zu suchen, kommen Hunderte unwissender Altersgenossen, die von Pfandleiherkarawanen aufgelesen und nach Norden verschleppt werden. Für die Schenker bedeuten die Einfältigen einen wohlfeilen Happen zwischendurch, während die Gutunterrichteten mit dem Leben davonkommen. Ich habe selbst alte Spieler mit tränenerstickter Stimme von der ›Unschuld‹ der Jugend sprechen hören. Unschuld – pah! Barer Unsinn, sollten sie es besser nennen, weg damit!« Er redete noch eine ganze Weile wütend vor sich hin, und ich unterbrach ihn nicht, denn ich hatte schon oft reizvolle Sachen erfahren, wenn ich ihn einfach vor sich hinschäumen ließ. Deshalb fragte ich ihn nicht weiter nach den Schenkern – was ich jedoch besser getan hätte.

»Im Süden gibt es eine Bauernsiedlung«, sagte er schließlich. »Dort erfahren die Kinder nichts das Geringste über das, was mit dem anderen Geschlecht zu tun hat. Man macht ein großes Geheimnis daraus. Die Anhänger dieser Sekte glauben, daß die Unwissenheit ihre Kinder vor Leid bewahrt. Das Ergebnis ist, daß Jungfräulichkeit bei ihnen einen hohen Wert besitzt, aber so gut wie nicht vorkommt.«

Ich glaubte ihm kein Wort, ließ die Behauptung aber einfach auf sich beruhen, während wir unseren Weg fortsetzten. Ich fragte nicht nach Schenkern oder nach den nördlichen Ländern oder nach irgend etwas anderem. Na gut. Hinterher ist man stets schlauer, das ist ja bekannt.

Wir waren bereits mehrere Tage unterwegs, als wir eine ansteigende Hügelkette erreichten und unser Weg zur Berg- und Talfahrt wurde, höher und höher, der Pfad immer abschüssiger und steiler. Die Umgebung erinnerte mich ein wenig an die Straße, die von Windlowhaus nach Bannerwell führte, abgesehen davon, daß uns hier keine Wildnis umgab. Dörfer säumten unseren Weg, in die Berghänge hineingebaut, mit Wiesen von der Größe eines Taschentuches, die sich auf den Vorsprüngen erstreckten, und eine unendliche Reihe von Lampen, kleinen und großen, alle mit brennenden Kerzen. Schließlich erreichten wir einen hohen Pass, wo sich die Straße gabelte. Ein Weg führte abwärts nach Norden, der andere schlängelte sich in östlicher Richtung zwischen den Felskuppen entlang.

»So«, sagte Rätsel, »wir sind in der Nähe von Betand. Die Zeit des Abschieds ist gekommen, Peter. Ich bin dankbar, daß du mir bis hierher Gesellschaft geleistet hast. Wenn du deine Augen anstrengst, kannst du von hier aus die Dächer der Stadt dort drüben im Nordwesten sehen. Ich wünsche dir alles Gute für deine Reise.«

Der Abschied schmerzte mich. Ich war, um die Wahrheit zu sagen, vor meiner kurzen Reise von der Schulstadt nach Bannerwell nie allein gewesen, und es gefiel mir auch nicht. Ich empfand keine Angst, es war etwas anderes. Eine Art Verlorenheit, das Gefühl, der einzige meiner Art zu sein. Als ob keiner mehr da wäre, der mich als Kamerad betrachten würde. Natürlich tat die Kapuze des Nekromaten ein übriges. Wie dem auch sei, ich war froh über Rätsels Begleitung gewesen und sagte ihm das auch. Wir saßen eine Zeitlang auf der Paßhöhe und verloren nicht viele Worte, abgesehen davon, daß wir uns gegenseitig versicherten, wie ungemütlich die

Weiterreise nach unserer Trennung sein würde. Schließlich fielen mir keine weiteren Höflichkeiten mehr ein, und als mir die Kehle eng wurde, tätschelte Rätsel meine Schulter.

»Ich gehe nach Osten, nach Kiquo, zu der hohen Brücke, die erst vor kurzem wieder aufgebaut wurde, nachdem sie vor achtzig Jahren bei der großen Katastrophe zusammengestürzt war. Ich suche Geheimnisse, mein Junge. Du suchst deine eigenen Geheimnisse. Nun denn, gute Reise und viel Glück wünsche ich dir.« Und er schritt von dannen, ohne sich umzudrehen, ließ mich den nächsten Hang in Richtung Stadt hinabreiten, die ich unter mir in der tiefstehenden Nachmittagssonne liegen sah.

Rauch lag darüber wie ein Bahrtuch, durch das die Türme aufragten wie die Schnauzen wilder Tiere, die nach Luft schnappten. Meine Augen tränten vom bloßen Anblick. Ohne den auffrischenden Abendwind wäre die Luft dick wie Suppe in der Talschüssel gewesen, in der Betand lag, die Stadt, die den Ungeborenen fürchtet.

3

Betand

Bis zur Stadt dauerte es mehrere Stunden. Eine leichte Brise frischte von Norden her auf, um mich zu begrüßen, als ich den Stadtrand erreichte und an den Herbergen, Karawansereien, Ställen und Gasthäusern, Tavernen und Bordellen vorberitt. Ich beschloß, eine Mahlzeit zu mir zu nehmen, bevor ich die Stadt betrat. Eines der Gasthäuser hieß ›*Zum Teufelsfuß*‹ und unterschied sich, was die Reinlichkeit betraf, in keinster Weise von den übrigen, roch aber einladender als die meisten anderen. Der Stalljunge übernahm ohne irgendeine Geste der Abwehr mein Pferd, was man als Zeichen hochstehender Kultur oder völliger Unwissenheit werten konnte. Entweder besuchten viele Nekromanten diese Stadt oder überhaupt keine. Es schien ziemlich gleichgültig, was von beidem stimmte.

Drinnen im Gasthaus bemerkte ich einige neugierige Gesichter, ein paar herabgezogene Mundwinkel, aber niemand schlug Zeichen gegen das Böse. Ich bestellte Wein, gebratenes Huhn und etwas von dem gedünsteten Farn, mit dem Rätsel mich unterwegs verköstigt hatte und bei dem es sich offenbar um eine lokale Spezialität handelte. Das Essen wurde rasch serviert und noch rascher von mir verzehrt. Niemand schenkte mir Beachtung, bis ich die Mahlzeit fast beendet und nur noch die Menge eines halben Glases Wein im Krug hatte. Ein breitmäuliger Händler setzte sich mir gegenüber und zeigte mir seine Handflächen. Ich hob ebenfalls höflich die Hände und wartete ab, was er zu sagen hatte.

»Laggy Nicker, Reisender«, begrüßte er mich. »Händler durch Talent, Philosoph durch Neigung. Was bringt jemanden so jung und abscheulich aussehenden wie Euch nach Betand?«

Ich wußte nicht, ob ich gekränkt reagieren durfte, was ich eigentlich war, oder so tun sollte, als sei ich belustigt. Ich wählte das letztere, weil es ungefährlicher schien.

»Jemanden, der einfach durch Betand reisen muß, weil die Stadt auf seinem Weg liegt«, entgegnete ich. Der Händler lachte über meine Worte und wiederholte sie zu ein paar anderen, die ebenfalls lachten. Offenbar fanden sie an dem Vorhaben, durch Betand zu reisen, etwas Erheiterndes, und deshalb bestellte ich Wein für die Umsitzenden und fragte in unbedarftem Ton, ob die Stadt für alle, die hierherkämen, etwas Erheiterndes zu bieten hätte.

»Ach, junger Herr«, sagte der Händler, »ich vergnüge mich damit, fremde Wanderer zu fragen, warum sie nach Betand wollen, und ihnen später eine Mahlzeit im Gasthaus *Wanderers Lust* auf der anderen Seite der Stadt zu spendieren. Da könnt Ihr mir dann erzählen, ob Ihr Euch wirklich amüsiert habt, und mit diesem Bericht vergnügt Ihr mich abermals.« Bei diesen Worten heftete er funkelnde Augen auf mich, die tiefer zu forschen schienen, als mir lieb war. Er hatte Brauen, die seitwärts nach unten wiesen, außerdem tiefe Furchen zwischen den Augen. Sein Mund war breit, wie ich schon sagte, und er besaß eine lange, erbost wirkende Nase, gegen die sich seine Augen ein klein wenig zu dicht drängten. Die Augen straften seinen Mund Lügen, denn während dieser sich ständig in Bewegung befand und lächelte, blickten sie kalt und voller Berechnung.

»Ihr wollt mir nicht zufällig erzählen, worüber ich mich … amüsieren werde?« fragte ich ihn. Er gluckste einfach nur in sich hinein und stieß seine Nachbarn mit den Ellbogen an, worauf alle in spöttisches Gelächter ausbrachen. Meine Hand hätte beinahe in meinem Beutel nach Dorn gesucht, aber ich hielt inne. Es war nicht ratsam, sich in einen Streit zu verwickeln. Ich verabschiedete mich von der Gesellschaft und ritt zur Stadtmauer, wo ein mit Fackeln hellerleuchtetes Tor weit offenstand.

Gerade wollte ich einen Namen nennen, etwas wie ›Urburd von Dowes‹ oder ›Dornish von Calber‹, einen der Namen, die Chance und ich uns für alle Fälle ausgedacht hatten, als mir der Wachhabende zuvorkam. Er legte mir die Hand auf die Schulter und sagte eindringlich: »Mein Herr, Ihr seid hier *niemand.* Wenn Ihr nicht eines schweren Vergehens beschuldigt werden wollt, solltet Ihr das nicht vergessen. Ihr seid niemand.«

Er reichte mich an einen anderen Wächter weiter, der mich mit gleicher Intensität beäugte, unbeeindruckt von der Totenschädelmaske. »Wer seid Ihr nun, mein Herr?«

»Ich bin… niemand?« antwortete ich, verwundert darüber, was für ein Narrenspiel hier gespielt wurde, oder ob ich der Narr war, weil ich mitspielte.

»Gut, gut«, sagte der zweite Wachhabende. »Geht durch dieses Tor, mein Herr. Laßt Euer Pferd dort drüben im Stall. Die Matrone wird gleich hier sein.«

Kaum hatte er ausgesprochen und mir den Weg zu einem kleinen Wachttor in der massiven Mauer gewiesen, als ein Jaulen die Nacht durchschnitt, als riefe ein in der Wildnis verirrtes Rudel *Fustigare* nach Artgenossen. Der Wächter erbleichte, schlug das Zeichen gegen das Böse und hielt sich die Ohren zu, so wie ich auch, während das Jaulen zu einem schrillen, klagenden Geheule wurde, das sich höher und höher schraubte, bis es gequält abbrach. »Rasch!« Er stieß mich vorwärts. »Voran!«

Ich ging weiter. Die Frau, die auf der anderen Seite der Mauer auf uns wartete, besaß eine rundlich mütterliche Figur. Ihre Hände unter der Schürze vergraben, scheuchte sie mich vorwärts, als sei ich ihre Hausgans.

»Nun, mein Herr?« fragte sie. »Welche Art von Frauen bevorzugt Ihr? Es gibt mehrere, die diese Nacht warten. Drei von ihnen würde ich für ein bißchen zu mütterlich für Euch halten, denn Euer Gang ist der eines Jungen, gleichgültig, was für ein schreckliches Gesicht Ihr da tragt. Nekromant hin oder her, Ihr seid ein junger Bursche, oder ich will mein Waffeleisen essen. Also gut, diese drei nicht. Ich habe eine Jungfrau, die vor Angst schon ganz wirr ist. Ihr würdet mir einen Gefallen tun, wirklich, wenn Ihr diese nehmt. Nett ist sie ja, aber so ungeübt wie eine taube Nuß und plärrt es auch noch heraus …«

Ich hatte nicht die geringste Ahnung, wovon sie sprach. »Ich würde mich freuen, wenn ich Euch einen Gefallen erweisen könnte, Madam.«

»Na, wunderbar«, sagte sie, hielt an der ersten Tür und öffnete sie gerade lang genug, um hineinzurufen: »Sylbie, komm heraus, Mädchen. Niemand ist hier.«

Es dauerte eine kleine Weile, bis das Mädchen ins Freie trat, ein blasses Geschöpf mit seidigem braunem Haar und Augen, die vom Weinen ganz verquollen waren. Sie warf mir einen einzigen Blick zu und stieß einen schrillen Schrei aus, als sähe sie ein Gespenst.

»O du heilige Einfalt«, sagte die Matrone. »Sylbie, das ist doch bloß ein Gewand. Stell dich nicht so an, du hast doch schon viele Spieler in deinem Leben gesehen. Mußt du unbedingt so kreischen? Damit der junge Mann hier – denn jung ist er, das sehe ich an seinem Gang – seine Wahl gleich bereut? Du kannst gern wieder hineingehen und warten, bis einer der Viehhändler sein Saufgelage im *Teufelsfuß* beendet hat, falls dir das lieber ist …«

»N-n-nein, Madam Wilderly«, stotterte das Mädchen. »Es kommt nur so plötzlich …«

Genau in diesem Augenblick setzte das Gejaule wieder ein, und wir drückten uns alle drei gegen die Mauer, als es mit hohem, schrillem Klagen durch die leeren Straßen und über uns hinwegjagte, um dann zwischen den belebten Gäßchen wieder zu verschwinden. Der Ton war grauenhaft.

»Der Ungeborene«, sagte die Matrone erklärend. »Bei uns spukt es, mein Herr, wie Ihr wohl schon gehört habt.«

»Ja«, erwiderte ich mühsam. Es stimmte zwar, daß ich davon gehört hatte, aber die Wirklichkeit übertraf die Erzählung bei weitem. Wenn ich diesem Gejaule noch lange zuhören mußte, würde ich bestimmt den Verstand verlieren. Die Matrone unterbrach mit ihren Anweisungen meine Gedanken.

»Hier hinein, werter Herr, Sylbie ... Die Treppe hoch ... Oben links findet Ihr ein hübsches Zimmerchen, vom Feuer gewärmten Wein und einen Happen zum Abendessen, damit Ihr Euch aneinander gewöhnt. Die Hebamme wird morgen früh vorbeischauen, um zu sehen, ob das Gesetz erfüllt worden ist.« Und mit diesem Worten entschwand sie wie der Blitz die Straße hinunter in die Richtung, aus der wir gekommen waren.

Das Mädchen führte mich die Treppe hoch. Ich wunderte mich immer noch, was hier eigentlich vor sich ging. Sie schien es jedoch zu wissen, und so nahm ich an, daß sie es mir erzählen würde. Außerdem konnte ich mir in dem Zimmer die Totenkopfmaske abnehmen, das Gesicht waschen, und ihr so ein Antlitz zeigen, vor dem sie sich nicht erschrecken mußte. Ich tat es, und als ich das Handtuch weglegte, reichte sie mir ein Glas Wein. Sie weinte nicht mehr, sah aber immer noch verängstigt aus.

»So«, sagte ich. »Du wirst mir jetzt hoffentlich sagen, was für ein Spiel hier gespielt wird, Sylbie. Ich tue dir nichts Böses, also hör auf, mich mit solchen Rehaugen anzuglubschen.«

»Wißt Ihr es denn nicht?« fragte sie. »Ich dachte, jedermann weit und breit wüßte über Betand Bescheid.«

»Na, ich jedenfalls nicht. Sogar der Mann, mit dem ich reiste, hatte zwar von dieser Stadt gehört, kannte aber die Hintergründe ihrer Berühmtheit nicht. Dort, wo ich herkomme, nennt man Betand die ›Stadt, die den Ungeborenen fürchtet‹. Nicht sehr aufschlußreich.«

»Nein, aber es trifft den Kern, werter Herr. Es ist der Ungeborene, den Ihr durch die Straßen heulen hört. Er hat schon manche in den Wahnsinn oder zur Verzweiflung getrieben. Meine eigene Mutter wollte sich ertränken, weil sie das fortwährende Grauen nicht mehr ertragen konnte. Nachts können wir wegen des Geheules nicht schlafen, und tagsüber dürfen wir es nicht, weil wir sonst verhungern würden. Meiner Ansicht nach wäre es besser, zu verhungern. Mein Vater meint, er würde lieber verhungern als mich vergewaltigt wissen, aber meine Mutter meint, Quatsch, das Mädchen muß vergewaltigt werden, so will es das Gesetz.«

Das Glas fiel mir aus der Hand und ich hörte sein dumpfes Echo unter dem Bett, wo es klappernd hin und herrollte. »Vergewaltigt! Von wem?«

»Von Euch, Herr. Oder vielmehr – von niemandem.«

Ich setzte mich auf die Bettkante und angelte mit dem Fuß nach dem Glas. »Sylbie, schenk noch mal nach. Dann setz dich neben mich und erklär mir, was du eben gesagt hast. Ich bin noch ziemlich jung, und ich habe nichts von dem begriffen, was du erzählst.«

»O werter Herr«, sagte sie, ließ sich auf die Knie nieder und zog das Glas hervor. »Ihr begreift wirklich schwer. Ich habe doch schon alles erklärt. Aber ich will es noch einmal probieren.

Beim letzten Festival, also vor zwei Jahren, kam ein Nekromant nach Betand. Ein alter Mann, der zur Belustigung der Menge kleine Gespenster erweckte (jemand sagte, es sei ihm verboten gewesen, dies während eines

Festivals zu tun, und das wäre auch der Grund für unsere Heimsuchung). Die Gespenster tanzten und sangen wie kleine flüchtige Schatten. Naja, eines Nachts trank er im *Schmutzigen Gürtel*, einer Schenke, die den Ruf auch verdient, den sie hat, wie meine Mutter sagt, und er geriet mit dem Wirt in Streit, einem Mann, dessen Mundwerk so schmutzig ist wie sein Küchenboden, wie meine Mutter sagt. Doryon, der Nekromant, hatte bei diesem Wortgefecht keine Chance, meint mein Vater jedenfalls, und so beschloß er, in der Schenke einen Spuk loszulassen. Er war betrunken, werter Herr, sturzbetrunken.

Er erhob sich also auf die Füße, machte ein paar Handbewegungen, sprach einige Sätze, worauf, wie mein Vater erzählt, die ganze Gesellschaft in der Schenke das Zittern bekam, denn er hatte einen monströsen Geist gerufen, der wetternd und zeternd in der Luft hing und sich im Kreis drehte. Daraufhin, so sagt mein Vater, griff sich der alte Nekromant ans Herz und fiel um wie ein gefällter Baum, wumm, steif wie ein getrockneter Fisch und genauso tot.

Doch der Spuk, den er rief, hörte nicht auf zu toben und zu stöhnen. Er verfinsterte sich und wurde immer trüber, bis er schließlich das Heulen begann und sich heulend seinen Weg aus der Schenke in die Straßen von Betand suchte, wo er seitdem Nacht für Nacht heult und heult.«

»Aber«, warf ich ein, »warum hat ein anderer Nekromant diese Erscheinung nicht wieder zur Ruhe geschickt? Was man rufen kann, kann auch wieder zurückgesendet werden. Das habe ich jedenfalls so gelernt.«

»Werter Herr, das dachten wir auch. Aber Doryon war sehr betrunken, und die Nekromanten, die danach kamen, meinten, er hätte nicht den Geist eines Verstorbenen aus der Vergangenheit erweckt, sondern den

Geist eines noch Ungeborenen aus den Zeitläufen herausgerissen und zur Unzeit nach Betand gebracht. Keiner von ihnen wußte, wie man dieses Wesen wieder aus dem Dasein und in die Zukunft zurückschaffen kann.«

»Aha. Soso. Aber ich verstehe es trotzdem nicht ganz.« Noch immer war ich völlig entgeistert und verwirrt. »Was hat das Ganze damit zu tun, vergewaltigt zu werden, weil das Gesetz es so will?«

Das Mädchen schüttelte den Kopf, wie um zu sagen, daß ich die ganze Angelegenheit nun doch endlich hätte kapiert haben müssen. »Wenn dies der Geist eines Ungeborenen ist, so ist es im Interesse der ganzen Stadt, daß dieses Wesen so rasch wie möglich geboren wird. Das heißt, jede Frau in Betand muß, wann immer es geht, in andere Umstände kommen.«

»Aber warum Vergewaltigung«, protestierte ich. »Weshalb?«

»In Betand wird jedes intime Zusammensein außer zwischen Verheirateten durch das Gesetz als Vergewaltigung bezeichnet. Heiraten kann man aber nicht einfach aus purem Gutdünken. Da gibt es viel zu bedenken, Besitz, Familie, Bündnisse. Manchmal dauert es Jahre, bis die Einzelheiten der Verträge, Niederlassungen, Vereinbarungen ausgearbeitet sind.«

»Sie erwarten also, daß ich dich vergewaltige und somit das Gesetz der Stadt breche?«

»Oh, Ihr begreift wirklich überhaupt nichts, werter Herr. *Niemand* wird das Gesetz brechen. Haben sie Euch nicht gesagt, daß Ihr *niemand* seid? Wie kann ein Niemand das Gesetz brechen? Es ist praktisch unmöglich, meint meine Mutter. Wir hier in Betand ändern unsere Gesetze nicht leichtfertig, aber wir legen sie zu unseren Zwecken aus.«

»Verstehe. Wenigstens nehme ich an, daß ich es verstehe.« Ich war mir nicht ganz sicher, aber das Ganze ergab auf eine seltsame Art langsam einen Sinn.

»Ich hoffe es«, sagte sie und zog zögernd ihre Jacke aus. »Ihr wirkt weit weniger schmutzig als der Viehhändler.« Und indem sie ihre Bluse ablegte: »Wenn man überhaupt die Wahl hat, zwischen Niemanden zu wählen.«

Mein Mund war trocken. Mir fiel nichts ein, was ich hätte zu ihr sagen können, nicht das geringste. Während ich Wein einschenkte und trank, entledigte sie sich all ihrer Kleidungsstücke bis auf ein hauchdünnes Etwas, das irgendwo auf der Hälfte ihres Oberkörpers begann und über dem Knie endete. Es verbarg nicht viel von ihr. Wer meine Geschichte kennt, wird mir glauben, wenn ich sage, daß dies die erste weibliche Person war, die ich bis dahin so entblößt gesehen hatte. Seidenhand, die Heilerin, hatte sich – selbst während sie mit uns über Land reiste – nie so weit entkleidet. Als Sylbie nun so gut wie nackt dastand, wußte sie offenbar nicht mehr weiter. Ich bot ihr Wein an und wir tranken zusammen, uns beide gleich unbehaglich fühlend.

»Hast du schon viele Frauen gehabt?« flüsterte sie in einem Ton, in dem die Hoffnung auf eine bejahende Antwort schwang.

»Uhmm«, würgte ich mit einer halbwegs couragiert klingenden Stimme heraus.

»Ich möchte nämlich nicht von einem Tolpatsch befummelt werden«, sagte sie unter Tränen.

»Uhmm.« Mitfühlend.

»Es würde alles leichter machen, wenn ich deinen Namen wüßte.«

»P-Peter.«

»Ach, Peter, es beruhigt mich so, daß du über … alles Bescheid weißt. Meine Mutter meint, dann ist es viel einfacher«, sagte sie und warf sich schluchzend in die Kissen.

Ich war – bin ein entsetzlich dummer Mensch. Bis zu diesem Augenblick hatte ich gar nicht daran gedacht, daß die Spielfiguren von Barish sich in dem Beutel in meinem Gürtel befanden. Unter ihnen war auch Trandilar, die große Königin, Göttin der Betörung und Leidenschaft. Einmal zuvor hatte ich ihr Abbild in die Hand genommen, draußen vor den eingestürzten Mauern von Bannerwell. Seitdem hatte ich nicht mehr daran gedacht, hatte es abgelehnt, sie zu gebrauchen, hatte versucht, so zu tun, als wäre es nie geschehen. Jetzt, mit diesem heulenden Elend vor Augen, konnte ich Trandilar nicht länger guten Gewissens übergehen. Peter, der Ahnungslose, würde Sylbie in der Tat wie ein Tolpatsch befummeln. Einzig Trandilar bot Hoffnung auf etwas weniger Pein für uns beide. Ich fand die Figur wie von selbst, als zwänge sie sich in meine Hand. Dann wußte ich, was ich tun mußte, ebenso wie die Sonne den Weg über den Horizont kennt.

»Komm«, sagte ich lachend zu dem Mädchen. »Wir essen erst etwas von dieser leckeren Abendmahlzeit, die die Matrone für uns bereitgestellt hat. Erzähl mir von deiner Familie. Augen wie deine sind zu schön, um zu weinen.« (Sagte das Peter? Natürlich. Wenn nicht Peter, wer dann? Etwa *niemand*?)

Die Tränen wurden fortgewischt, Wein getrunken, man aß und erlaubte dem Feuer, die Haut zu rosigem Glühen zu erwärmen. Körper durften sich, als das Heulen wieder einsetzte, zum Trost aneinanderkuscheln, die Weichheit der Matratze und der Decken suchen, sich darin vergraben, durften erkunden, berühren, wundern, murmeln. Allein hätte ich alles nur schwieriger, verkrampft und verabscheuenswürdig gemacht, aber mit Trandilar geschah es einfach. Ich glaube mich auch an eine Art Geheule im Zimmer selbst zu erinnern, doch ich bin mir nicht sicher. Es war auch gleichgültig.

Als ich erwachte, sah ich, daß Sylbie mich anstarrte. Die Tränen flossen wieder über ihre Wangen.

»Warum weinst du? Was ist geschehen?«

»Sie werden eine Heirat für mich arrangieren«,

schluchzte sie. »Mit irgend jemand Abscheulichem – und es wird nie, nie wieder so werden wie heute nacht.«

O Trandilar. Kann nichts einmal so sein wie es sollte?

Später am Morgen kam, wie es die Matrone angekündigt hatte, die Hebamme zur Tür unseres Zimmers. Die Kleidung einer Hebamme ist rot, mit einer weißen, von einem Eulenfederbusch gekrönten Haube. Sie starrte mich an und legte mit einem Ausdruck grimmiger Konzentration die Hände auf Sylbie, um gleich darauf den Kopf zu schütteln und sich ohne ein Wort zu entfernen. Darauf geriet Sylbie so plötzlich, wie sie vorhin ins Weinen geraten war, in ungewohnte Begeisterung.

»Du mußt noch eine Nacht bleiben«, triumphierte sie. »Es ist nichts passiert.«

Ich antwortete seltsam pikiert, daß meines Erachtens ziemlich viel passiert sei, worauf sie richtig kicherte. Ich hatte bis dahin nicht gewußt, daß Mädchen kicherten. Jungen ja, kleine Jungen in den Schlafräumen der Schulhäuser. Vielleicht erlaubte man den Mädchen, ein paar Kindheitsgewohnheiten beizubehalten, die man den Jungen nicht gestattete. Oder vielleicht rührte es daher, daß männliche Spieler so sehr von ihrem Talent getrieben wurden, daß – nein. Die ganze Angelegenheit war zu verwirrend, um sie vollständig zu erforschen. Im übrigen erschien die Matrone wieder, um uns die Erlaubnis zu geben, auf den Markt zu gehen, während sie sich darum kümmerte, daß das Zimmer gesäubert und Essen gebracht wurde. So ging der Tag vorüber und eine weitere Nacht, in der ich Trandilar nicht mehr brauchte, und ein weiterer Morgen, an dem Sylbie weinte, denn dieses Mal nickte die Hebamme, wobei die Eulenfedern auf ihrem Kopf wippten. Ein Kind würde geboren werden, und der Zweck meines Daseins als Niemand hatte sich erfüllt. Wir saßen am Fenster über der Straße, die Vorderseite meines Hemdes durchnäßt von Sylbies Tränen.

»Es gibt keinen Grund zur Annahme, daß du mit deinem Ehemann nicht auch viel Spaß haben wirst«, sagte ich. Insgeheim hielt ich es aber für unwahrscheinlich, falls er nicht in die Schule von Trandilar gegangen war, bis mir einfiel, daß Trandilar ja auch von jemandem gelernt haben mußte. »Wein doch nicht, Sylbie. Stell dich nicht albern an!«

»Du verstehst überhaupt nichts«, wimmerte sie. »Man wird mich an irgend jemanden verheiraten, den ich nicht einmal kenne. Kahlköpfig oder alt oder fett wie eine Mastgans. Junge Männer bekommen keine Frauen mit solcher Mitgift wie ich sie habe, sagt meine Mutter. Sie besitzen nicht die erforderlichen Mittel. Nur alte Männer sind reich genug, sich eine begüterte Frau leisten zu können. O Peter, ich werde sterben, sterben, sterben …«

Sie war ein so hübsches Ding, weich wie ein Kätzchen, warm wie ein ofenfrisches Brot. Ich fühlte mich dazu veranlaßt, etwas für sie zu tun und sagte zu mir selbst, daß ich diesmal die Möglichkeit zu helfen nicht vorüberstreichen lassen würde, indem ich murrte und maulte und Grimassen zum Himmel schnitt, wie ich es getan hatte, als Himaggery mich um Hilfe bat. Ab sofort würde ich nicht mehr so zögernd handeln.

»Pscht, pscht …«, sagte ich. »Beruhige dich doch! Wenn ich mich darum kümmere, daß du niemanden zu heiraten brauchst, den du nicht wirklich willst, wirst du dann mit Weinen aufhören? Sylbie, sag, daß du aufhören wirst, zu weinen, und ich werde ein Wunder für dich bewirken.«

Nach vielen Küssen und Versprechungen machte ich mich auf den Weg, den Herrn dieses Ortes aufzusuchen, einen Kaufmannsherzog, fett und massig wie ein *Pombi*, der von mehr Waffenträgern umgeben war, als es einem ehrlichen Spieler anstand. Es war nicht einfach, zu ihm vorzudringen, und ich benötigte den ganzen Einfluß meines Nekromatengewandes dazu. Er begrüßte mich sehr kühl, und ich entschied mich deshalb, die Angelegenheit für ihn schwieriger zu gestalten, als ich vorgehabt hatte.

»Man hat mir erzählt, daß andere Nekromanten bereits versucht hätten, Betand von seinem Spuk zu befreien«, sagte ich in getragenem Ton. »Allerdings ohne Erfolg. Ich bin gekommen, um das zu tun, was andere nicht fertigbrachten, falls der Lohn nach meinem Geschmack ist.«

Der Herzog rutschte auf dem Sitz hin und her und starrte über meine Schulter hinweg – so wie es die meisten tun. Er hatte nicht vor, meinen Augen hinter der Totenschädelmaske zu begegnen, als hätte er Angst, ich könnte sein Leben aus ihm herausziehen und es vor der angebrachten Zeit in ein anderes Reich transportieren.

»An welchen Lohn dachtet Ihr?« Seine Stimme klang ölig und parfümiert, glitschig wie die Häute von *Thrilps.*

»Nur eine Bitte. Nicht um Gold oder Schätze. Nur die Bitte, daß einer der Einwohner von Betand meinem Willen gemäß regiert wird. Sein ganzes Leben lang.« Ich ließ meine Stimme bedrohlich klingen. Er würde annehmen, daß ich Folter und Tod als Lohn wünschte. Er gehörte zu denjenigen, die lieber töteten, als einer Frau Freude zu bereiten. Ich kenne diese Art Menschen – oder vielmehr Trandilar kennt sie.

»Einer meiner Untertanen?« Er schwitzte einen Augenblick lang grübelnd. »Wollt Ihr mir sagen, wer?«

»Niemand, der Euch nahesteht, großer Herzog. Diese Kühnheit besäße ich nicht. Jemand Unwichtiges, der … meine Aufmerksamkeit erregt hat.«

Er sah zu seinen Beratern, bemerkte dort ein Nicken, hier einen versteckten Blick. »Weshalb glaubt Ihr fertigzubringen, woran die anderen gescheitert sind?«

Ich zuckte mit den Achseln und verlieh meiner Stimme einen Hauch Ärger. »Wenn ich es nicht kann, werdet Ihr meinen Lohn nicht zahlen. Wenn ich es kann, werdet Ihr bezahlen, oder ich kehre dreimal wieder – und dann wehe Euch. Reicht Euch das?«

Widerstrebend gab er sein Einverständnis. Ich bestand darauf, daß es auf Pergament geschrieben und vor Zeugen mit dem Spielereid besiegelt wurde. Ich traute ihm keine drei Meter weit.

Sylbie und ich verbrachten den Tag zusammen. Als der Abend kam, ging ich zur Stadtmitte, rief Dorn herbei und erklärte ihm Betands Problem. Ich vernahm ein tiefes, spöttisches Lachen in meinem Kopf, ein Ton, als steckte mein Kopf in einer Glocke, die jemand sanft anschlug. Als Dorn mit Lachen fertig war, wurde ich wieder zu seinem Schüler. »Innen nach außen.« Er zeigte es mir. »Kehre um, was getan worden wäre, ziehe, stopfe, drehe, damit es diese Gestalt bekommt anstatt jene. Ach, ein richtiger Spaß für einen Betrunkenen ... Hier, dort drüben, unten hindurch und oben hinüber, und noch einmal darunter – hier ist dein Ungeborener, Peter. Bist du sicher, daß du ihn ruhen lassen willst? Nun gut – hinunter und drüber und noch einmal hindurch, und sende ihn zurück mit: *Hinweg, hinweg, in eine noch nicht vorhandene Zeit. Hinweg, hinweg, in ein noch nicht gelebtes Leben. Gib Ruhe. Ruhe friedlich, ruhe still, ruhe ungeschehen.*« Und tatsächlich, als Dorn verschwunden war und ich durch die Straßen wanderte, umgab mich nur Stille, Friede und Ruhe.

So kehrte ich zu dem Herzog zurück und wartete bei ihm, während seine Berater umherliefen und in die Stille lauschten. Sogar jetzt noch hätte er mich gern betrogen, wenn er gekonnt hätte, und sagte, daß niemand wüßte, ob mein Talent ausgereicht habe. Ich antwortete, daß wir mein Talent ja einmal dazu benutzen könnten, einen anderen Spuk herbeizurufen, und daraufhin willigte er ein, mir meinen Lohn zu geben.

»In dieser Stadt hier lebt die Tochter eines Kaufmannes, eine gewisse Sylbie, ein Mädchen mit guter Mitgift. Letzte Nacht wurde sie von niemandem geschwängert, und das Kind, das sie trägt, wird zur gegebenen Zeit zur Welt kommen. Es ist mein Wille, daß ihr gestattet wird, zu heiraten, wen sie möchte – oder überhaupt nicht, falls das ihr Wille sein sollte, gleichgültig, was es kostet.«

Er quoll auf wie ein Frosch, und ich befürchtete, er würde platzen, so rot und violett, wie er anlief. Dem Gemurmel hinter mir entnahm ich, daß er selbst ein Auge auf Sylbie geworfen hatte. Na gut – wenn sie ihn begehrte, meinetwegen. Wenn sie nicht wollte, sollte ihn der Teufel holen. Ich zeigte ihr das Pergament, das er unterschrieben hatte, sagte ihr die Namen der Zeugen und schwur, daß meine Familie dafür Sorge tragen würde, daß der Herzog seine Verpflichtung erfüllte. Es gab noch mehr Küsse und mehr Versprechungen, und dann verließ ich sie.

Jetzt war die Zeit gekommen, sich um die *Umrundung einer Stadt* zu kümmern, also marschierte ich den Ringweg innerhalb der Stadtmauern entlang. Die *unkörperliche Schwängerung* war erledigt, ein bloßes Wortspiel über die ›Vergewaltigung durch niemanden‹. Deshalb machte ich mich nun auf die Suche nach dem *beschmutzten Kleidungsstück.* Bei dem ganzen Spaziergang fand ich nur eine einzige Stelle, die dazu paßte, nämlich den *Schmutzigen Gürtel,* die Schenke, von der Sylbie mir erzählt hatte. Da es ohnehin fast Zeit zum Abendessen war, ging ich hinein. Der Name war viel schlimmer als die Schenke selbst. Sie befand sich nahe dem Gemüsemarkt, und die Bauern tranken dort. Ihren Namen trug sie von der Angewohnheit der Bauern, sich die erdverkrusteten Hände an den Enden ihrer geknoteten Gürtel abzuwischen. Das Essen war gut und nicht zu teuer, und die Menschen waren in überschäumender Stimmung, tranken auf das Ende des Spuks, das der Herzog sich natürlich selbst zuguteschreiben ließ. Als ich wissen wollte, ob ein ›augenloser Seher‹ die Schenke manchmal besuchte, sagte man mir, der alte Vibelo würde bei Sonnenuntergang kommen. Also trank ich mit, lauschte den Gesprächen und wartete auf wen auch immer es sich bei dem alten Vibelo handeln mochte.

In den Gesprächen fiel auch das Wort *verschwinden.* Ein Zauberer aus einer Stadt drüben im Osten war verschwunden, ebenso ein angesehener Waffenträger, mitten aus seiner Sippe heraus. Das brachte mir Himaggery und Windlow ins Gedächtnis, und zu dem Zeitpunkt, als sich der blinde Seher durch die Tür in die Schenke tastete, war mein Gefühl des Erfolgs und meine Selbstzufriedenheit ziemlich geschrumpft. Ich begrüßte den Alten freundlich und bot ihm als Belohnung für seine Gesellschaft eine Mahlzeit an. Das schien ihn zu überraschen, doch er war nicht abgeneigt, das Beste aus dem Angebot zu machen. Nach einigen Krügen konnte ich seinen Redefluß kaum noch stoppen. So fragte ich ihn nach dem Namen des Ortes, aus dem er kam, und auf welchem Weg er zuerst nach Betand gelangt war.

»Oh, das ist eine Geschichte für sich.« Er hob seinen Kopf, und sein zahnloser Gaumen zeigte sich zwischen den gekräuselten Lippen. »Für einen Mann, der Zeit hat zuzuhören, lohnt es sich.«

Ich sagte, ich hätte Zeit. Da ich keine Ahnung hatte, was die nächsten Sätze von Mavins geheimnisvollen Anweisungen bedeuteten, war es sicher am klügsten, sich alles anzuhören, was er zu bieten hatte und zu hoffen, daß etwas Sinnvolles dabei herauskam. »Schießt los«, sagte ich. »Ich passe auf, daß Euer Glas gefüllt bleibt.«

Er fing sofort an zu erzählen und hielt nur noch inne, wenn er einen Schluck Bier trank oder sich noch mehr Essen in den Mund schob.

»Ich bin in Levilan aufgewachsen«, sagte er, »an den

Ufern des Glitzernden Meeres, wo Spiele vor allem Spaß bedeuten und Seher nichts als Friede in der Zukunft erblicken. Es liegt ziemlich weit östlich von hier, Spieler, ziemlich weit entfernt. Wir haben dort nur wenige Schulen, wißt Ihr, und viele von uns wachsen bei ihren Familien zuhause auf. Ein friedliches Plätzchen...

Tja, friedlich wohl, aber langweilig, wenn Ihr versteht, was ich meine. Für einen jungen Burschen mit heißem Blut in den Adern und einem Herz, das nach Abenteuern verlangt, ist eine solche Ruhe langweiliger, als er ertragen kann. Als ich also so ungefähr zwanzig Jahre alt war, mit einem einigermaßen großen Talent (nicht, daß es wirklich groß gewesen wäre, aber groß genug für die meisten Zwecke), schloß ich mich einem Erkunder an, der nach Norden zu den Quellwassern des Flusses Flish und zu den Ländern dahinter aufbrechen wollte. Habt Ihr jemals einen Erkunder gesehen, Spieler? Ganz in weiches Leder gekleidet, mit einem Spähglas über der Schulter und einem Fellhut? Prächtig. Tja, das dachte ich damals... *prächtig*. Die Falterflügel einer Sehermaske sind auch nicht zu verachten, aber um Abenteuer zu bestehen, braucht es doch die Häute eines Erkunders.«

Er schüttete etwas Bier auf den Tisch und zog mit dem Finger eine lange, zittrige Linie darin. »Das ist der Fluß Flish, der vom Norden her in das Glitzernde Meer fließt. Die Berge beginnen ungefähr hier. Dort gibt es wilde Stämme, Bauern, die seit Anbeginn unserer Zeit nicht gezähmt wurden, riesige Schenker voller Bösartigkeit, Schattenmänner... Was Ihr Euch auch Märchenhaftes ausdenkt, Spieler, seid versichert, daß Ihr es dort finden werdet.

Wir zogen also los und immer vorwärts. Die Reise machte uns nichts aus, denn schließlich waren wir junge Burschen. Das Land wurde steil und immer steiler, und an manchen Stellen mußten wir die Pferde mit Tauen über die Felsen hieven und brauchten einen Tag für ein paar Kilometer. Am Ende aber kamen wir zu den Quellwassern des Flusses, einem großen Sumpf voller Schilfrohr und Vögeln und Geschöpfen mit Schuppen, die nachts aus dem Schilf kamen und schreckliche Fährten hinterließen. Und es gab fliegende Geschöpfe, stechende, länger als ein Finger. Es dauerte nicht lange, da wurde ich dicht am Auge gestochen, und das Auge schwoll zu, so daß ich auf dieser Seite nichts mehr sehen konnte. Ich machte mir deshalb aber nicht viel Gedanken. Ein Stich ist ein Stich und heilt wieder, dachte ich. Abgesehen von diesem. Er heilte nicht.

Weil der Weg nach Norden durch den Sumpf versperrt war, mußten wir uns nach Westen wenden, immer die Hügelkette entlang. Mein Auge wurde zunehmend blind, und mit der Zeit kam noch ein Fieber dazu. Dumm wie wir waren, hatten wir keinen Heiler mitgenommen, und viele Nächte lag ich schwitzend und nach Luft ringend da und wünschte mir einen herbei. Die Schattenmänner griffen uns an. Ich sah niemals einen, hörte nur ihr hohes Pfeifen und Flöten in den Bäumen und fühlte, wie Pfeile um meinen Kopf schwirrten. Einige von uns erwischten sie, und einige verfehlten sie. Diejenigen, die getroffen wurden, waren tot, und die anderen, die sie verfehlten, marschierten weiter, ich dabei.

Nun, bald danach trafen wir auf ein Lager von großen Männern, die uns einluden und uns zu essen gaben, als sie sahen, wie abgerissen und in welch schlechter körperlicher Verfassung wir waren. Sie gaben uns eine Landkarte, damit wir auf den richtigen Weg zurückfanden. Weil sie gerade dabei waren, gaben sie mir auch etwas, was ich auf mein Auge tun sollte, damit es heilte. Nächsten Morgen verschwanden sie wieder in Richtung Norden, woher sie gekommen waren, und wir nahmen die Karte und fingen an, uns den Weg zurück in die Zivilisation zu suchen.

Wir waren Narren, Spieler, Narren. Jung, unerfahren

und ohne Gespür für irgendwelche Gefahren. Die Karte war falsch, und die Salbe für mein Auge ebenso – als wir beides ausprobiert hatten, war ich blind, und wir hatten uns irgendwo in den Dorborbergen verlaufen und zwar so sehr, daß wir dachten, nie wieder herauszufinden. Es waren Schenker gewesen, versteht Ihr.«

»Schenker?« murmelte ich.

»Jawohl, Schenker. Teufel in Menschengestalt, großzügig mit Geschenken, die aber nur Zerstörung verursachen. Wir starben allerdings nicht, nicht einmal ich, obwohl ich blind war wie ein Höhlenmolch. Wir schlugen uns nach Süden durch, so gut es ging. Nahrung fanden wir genug. Wir jagten Bergzeller und aßen Beeren, und überall zwischen den Felshängen gab es Quellen und Bäche, so daß wir nicht hungern oder dursten mußten. Schließlich erreichten wir einen einigermaßen breiten Fluß, der nach Süden führte. Wir bauten uns ein Floß, jagten die paar Pferde, die wir noch hatten, fort – die armen Geschöpfe, wenn sie nicht den *Pombis* zum Opfer gefallen sind, leben sie vielleicht immer noch dort – und ließen uns flußabwärts treiben.

Wir erlebten die Hölle, Spieler, die reinste Hölle, Tag um Tag ohne Ende. Im Fluß gab es Klippen und Wasserfälle, unser Floß mußte auseinandergenommen und um die Hindernisse herumgetragener, dann wieder zusammengesetzt werden. Ein- oder zweimal bemerkten meine Gefährten Rauch in den Wäldern, aber wir wagten nicht nachzuforschen, wer dort wohnte, aus Angst, noch einmal Schenkern zu begegnen. Wir ließen uns einfach weiter treiben, immer weiter, bis wir zu einem langen, ruhigen Teil des Flusses kamen, und dort rollten wir uns auf dem Floß zusammen und schliefen. Ich glaube, wir schliefen tagelang, denn als wir erwachten, erreichten wir gerade die Stadt Zebit, nicht weit südlich von hier.

»Südlich von hier?« fragte ich verwundert. »Bannerwell liegt südlich von hier.«

»Nein, nein, Spieler. Bannerwell liegt südöstlich von hier. Wenn Ihr die Westseite der Berge hinuntersteigt, kommt Ihr nach Zebit, und das liegt genau südlich von hier. Der Fluß macht eine lange Schleife, und wir waren in der Nacht bei Betand vorbeigekommen. Der Fluß, den ich meine, fließt westlich an Betand vorbei, über eine sanfte Hügelwelle.

Jedenfalls hatten wir erst einmal für lange Zeit genug von Abenteuern, und ich hatte nur den Wunsch, einen Heiler zu finden, der etwas für meine Augen tun konnte. Die in Zebit konnten überhaupt nichts tun, empfahlen mir aber eine Heilerin hier in Betand, von der man sagte, sie sei sehr mächtig. Also kaufte ich mir einen kleinen Bauernjungen, der mich hierherführte, und wir überquerten den Fluß dort in Zebit und fanden den Pfad, der zwischen den Bergen hindurch und dann nördlich nach Betand führt. Das mit der Heilerin stimmte überhaupt nicht. Sie konnte nicht mehr tun als die anderen auch. Seitdem bin ich also hier. Für ein Bett oder eine warme Mahlzeit beschwöre ich kleine Visionen. Das ist das Ende meines großen Abenteuers, das einzige, das ich je erlebt haben werde…«

Ich schüttelte den Kopf und überlegte, während er nickte, in Erinnerungen und den Klang seiner Stimme verloren. »Also«, sagte ich schließlich, »seid Ihr von Süden gekommen.« Das half mir nicht weiter.

»Kann man vielleicht so sagen, Spieler. Aber ich kam auch aus dem Osten und aus dem Norden. Mein Abenteuer brachte mich nach Betand, und es spielte in allen Richtungen von hier – außer…«

»Außer Westen«, sagte ich mit plötzlicher Eingebung.

»Stimmt«, murmelte er bedrückt. »Ich schlief im Westen, aber ich sah ihn nicht. Oh, ich habe ihn in Visionen gesehen, das Geräusch von Metall, die grünen Lichter, die großen Verteidiger…«

Hätte ich ihm doch bloß mehr Beachtung geschenkt!

Doch ich tat es nicht. Meine Frage war beantwortet, und ich saß wie auf heißen Kohlen. So drückte ich ein paar Münzen in seine Hand und verließ ihn, ohne zu hören, was er weiter sagte. Er war aus jeder Richtung außer Westen nach Betand gekommen – also Westen war die Richtung, in die ich gehen mußte. Ich wunderte mich kurz, in welcher Gestalt sich Mavin wohl die Geschichte des alten Mannes angehört hatte. Vielleicht hatte sie auf dem gleichen Stuhl wie ich gesessen und Bier bestellt, wie ich es getan hatte, und zugehört, wie er seine oft wiederholte Geschichte erzählte. Schluß, dachte ich, genug davon. Nichts wie weg von hier. Ich hatte nicht einmal seinem Bericht über die hinterlistigen Schenker richtig zugehört.

Ich verließ die Stadt durch das Nordtor und wäre sofort losgeprescht, hätte mich nicht eine Stimme aus einer Ansammlung Zelte und Fuhrwerke am Wegrand angerufen.

»Heda, Reisender! Habt Ihr Euch in Betand amüsiert?«

Es war der breitmäulige Händler, den ich in der Schenke im Süden der Stadt getroffen hatte. Ich erinnerte mich daran, daß er gesagt hatte, er würde mich wiedersehen, aber ich hatte nicht richtig darauf geachtet. Leise fluchend zügelte ich das Pferd und wartete, bis er an meiner Seite war.

»War es interessant, Nekromant?«

»Betand ist keine üble Stadt, Händler.«

»Nicker, Freund. Laggy Nicker. O ja, Betand ist reizvoll«, sagte er und stieß wieder dieses schmutzige Lachen aus, das ich schon kannte. »Nicht schlecht, etwas umsonst zu bekommen, wofür man anderswo bezahlen muß, was?« Als ich nicht antwortete, setzte er hinzu: »Nun, habt Ihr eine Geschichte zu erzählen?«

»Nein, Händler Nicker. Meine Geschäfte in Betand sind erledigt, und ich reite jetzt nach Westen. Danke für Eure Anteilnahme.«

»Oh, mehr als bloße Anteilnahme, Freund! Viel mehr! Besorgnis. Ja, echte Besorgnis. Wir haben es uns zur Gewohnheit gemacht, meine Gefährten und ich, uns mit alleinreisenden Spielern anzufreunden. Die Welt ist schlecht, junger Herr, gewissenlos. Sie kümmert sich nicht um Jugend oder Geschäft. Nur wenn man zu mehreren ist, findet man Schutz. Wenn Ihr nach Westen reitet, habt Ihr die gleiche Richtung wie wir. Kommt, ich will Euch meine Leute vorstellen.«

Ich hätte weiterreiten sollen. Ihn einfach übersehen und verschwinden, aber die Angewohnheit, höflich zu sein, war noch zu sehr in mir verankert. Ärgerlich über die Verzögerung stieg ich vom Pferd und ging mit ihm zu den Fuhrwerken am Straßenrand hinüber.

»Izia«, rief er, »komm heraus und begrüß einen Spieler, der allein reist!«

Sie trat hinter einem der Fuhrwerke hervor wie eine Erscheinung, eine Priesterin, Prinzessin, eine Göttin. Ich bin mir sicher, mein Mund blieb offenstehen. Auf den öffentlichen Plätzen in der Schulstadt standen Statuen, die das Ideal weiblicher Schönheit und Grazie verkörperten. Wenn eine dieser Statuen lebendig geworden und weggegangen wäre, wäre sie zu Izia geworden. Ihr Haar war schwarz, ohne einen einzigen Lichtglanz darin. Ihre Augen schimmerten hinter dunklen Schatten. Die Kurve ihrer Lippen schwang sich in der sinnlichsten Weise hoch und abwärts, mit jenem halben Lächeln, das wie eine schweigende Aufforderung zur Leidenschaft ist. Ein paar Tage früher hätte ich das noch nicht bemerkt. Jetzt erkannte ich es. Soviel hatte ich zumindest in Betand gelernt. Sie ging graziös, aber mit einer leichten – ja, was? Einer leichten Verzögerung, einem vorsichtigen Setzen ihrer Füße, als ob da ein Widerstand wäre. So stellte sie sich neben den breitmäuligen Mann und sagte mit sanfter, unbeteiligter Stimme: »Willkommen, Reisender. Wollt Ihr etwas essen oder trinken?«

»Bitte nicht«, entgegnete ich hastig. Ich hatte das Gefühl, seit Tagen nichts anderes getan zu haben als zu essen und zu trinken. »Wirklich nicht, danke. Ich muß weiterreiten.«

»Davon wollen wir nichts mehr hören.« Der Händler hatte den Arm fest um meine Schulter gelegt, seine Finger gruben sich in meinen Unterarm wie mit einem freundschaftlichen Griff, fühlten sich dabei aber an wie die Krallen eines Jagdvogels. »Überhaupt nichts mehr. Ihr reitet mit uns und wir mit Euch, zu unserem gegenseitigen Schutz. Wenn Ihr jetzt weiterreisen wollt, brechen wir ebenfalls auf.« Und damit rief er einigen Leuten, die im Schatten der Fuhrwerke ruhten, Anweisungen zu, worauf eifriges Packen und Anschirren einsetzte. Ich versuchte vergebens, Einwände zu erheben. Es war sinnlos. Jeder Einwand wurde lächelnd, aber nachdrücklich zurückgewiesen, während sich der Blick des Händlers die ganze Zeit über in den meinen bohrte und seine Augen ohne jedes Lächeln in meine Seele hinabblickten. Ich hatte noch nie jemanden getroffen, der mich, ohne daß ich mit ihm überhaupt näher bekannt war, so oft mit einer solch eindringlichen Stimme *Freund* genannt hatte.

Tja, was hätte ich tun können? Der Zug setzte sich in Bewegung, in die Richtung, in die auch ich hatte reiten wollen. Ich schloß mich ihm an, wenn auch ohne große Bereitwilligkeit. Nachdenklich beobachtete ich, wie die Frau, Izia, die ganze Zeit über zwischen den Pferden umherlief, die Geschirre überprüfte, während sie den Tieren leise etwas ins Ohr flüsterte und sich von ihren weichen Nüstern beschnuppern ließ. Wenn Nicker in die Nähe kam, scheuten die Pferde zurück, aber ihr gegenüber verhielten sie sich, als sei sie ihresgleichen. Sie trug einen glockigen, weiten Rock, ein enggeschnürtes Leibchen über einer Bluse mit weiten Ärmeln und hohe graue Stiefel, die aus einem eigenartig metallischen Stoff gewirkt schienen. Von Zeit zu Zeit beugte sie sich nieder, um mit den Händen darüber zu streicheln oder, wie es eher aussah, ihre Beine durch die Stiefel hindurch zu streicheln, erst das eine und dann das andere, fast wie nebenbei. Ich grübelte erneut über das Zögern in ihrem Gang nach, entschied aber dann, daß es bei ihrem Volk nichts Außergewöhnliches sein mußte, denn andere Leute in dem Zug gingen ebenso seltsam. Vielleicht, überlegte ich, lief man dort, wo sie herstammte, einfach so.

Ich rief mir die Zeit ins Gedächtnis zurück, als Seidenhand, die Heilerin, Stunden und Tage damit verbracht hatte, mir alle Spieler des Index einzubläuen. Damals war es langweilig gewesen, aber jetzt durchforstete ich meine Erinnerung danach, welche Kreatur dieser Nicker wohl darstellen mochte. ›Händler‹ hatte im Index gestanden. Die Talente eines Händlers waren Macht über andere und Betörung. Seine Kleidung bestand aus ledernen Stiefeln, braunrot gestreiften Hosen und einem weitärmeligen Hemd sowie einer bauschigen Kappe und einem Kittel, der mit den Symbolen seines Handelsguts bestickt war. Laggy Nickers Kittel war über und über mit Bildern bestickt, die alles mögliche darstellten, von Pfannen und Deckeln bis hin zu Pferdeköpfen; er schien sowohl mit Blech als auch mit Pferden zu handeln und seine Finger in allen möglichen Geschäften zu haben. Keiner der anderen im Zug trug die Kleidung eines Spielers. Sie waren alle wie die Frau gekleidet, mit weiten kurzen Hosen über grauen Stiefeln, weiten Hemden und geschnürten Westen. Ich fragte mich, woher sie kamen, unterließ es aber, danach zu fragen. Ich wollte mich mit dem Händler nicht mehr unterhalten als unbedingt notwendig. Ich wußte nicht weshalb und hätte es auch nicht erklären können, doch ich konnte das Gefühl nicht abschütteln, daß er meinen Worten mehr entnahm, als ich meinte, mehr in meinem

Gesicht las, als ich gern zeigen wollte. Deshalb lächelte ich und nickte, wenn er mit mir sprach, antwortete aber einsilbig. So schützt der Instinkt manchmal einen Dummkopf, der zu dämlich ist, seinen Verstand dazu einzusetzen.

Also setzten wir die Reise fort, ich so schweigend wie möglich und meistens damit beschäftigt, die Frau zu beobachten. Zuerst tat ich es, weil ich sie für schön hielt, aber nach einer Weile sah ich, daß sie nicht so schön war, wie ich beim ersten Anblick gedacht hatte. Ihre Nase war zu lang und ihr Mund zu breit. Eine Auge saß ein bißchen höher als das andere, und sie hatte die Gewohnheit, immer ihren Kopf etwas zur Seite zu beugen, als erwarte sie die Antwort auf eine längst vergessene Frage. Trotzdem konnte ich nicht aufhören, sie zu beobachten, und ich ritt so, daß ich sie stets sah, wo immer in dem Zug sie sich auch befand. Ich konnte nicht aufhören, sie ständig anzuschauen, wie ein Geizhals seinen Goldschatz.

Sie merkte, daß ich sie beobachtete, und wandte den Kopf ab, nicht verstimmt, sondern eher betrübt. Ich hatte nichts getan, was sie hätte betrüben können. Also mußte es einen anderen Grund dafür geben, und ich entschloß mich, ihn herauszufinden. Immer wenn wir hielten, huschte sie eilig zwischen den schweigenden Männern umher, brachte etwas zu trinken oder bereitete Essen, und ich versuchte ein paar Mal, mit ihr über dies und das zu reden. Es schien, als hätte sie nie gelernt, mehr als drei Worte auf einmal zu sagen. Ja. Nein. Soll ich etwas bringen? Hier, für Euch … Ihr Unbehagen, wenn ich sie ansprach, war so offensichtlich, daß ich damit aufhörte und so tat, wie ich von Anfang an hätte tun sollen – gleichgültig. Es war gut, daß ich mich dafür entschied. Nicker warf mir jedenfalls finstere Blicke zu, wenn er dachte, ich sähe ihn nicht.

Der Zug bestand aus ungefähr acht Fuhrwerken, meistens offenen Wagen, die hochbeladen mit Kisten und mit wasserdichten Planen abgedeckt waren. Ein oder zwei von ihnen wurden als Wohnwagen benutzt, in denen man schlafen und Mahlzeiten zubereiten konnte. Einer war ein frostumhüllter kleiner Wagen, der wie ein Drache eisigen Dampf ausströmte, und der, wie Laggy Nicker sagte, verderbliche Waren enthielt, die im Westen als große Delikatessen galten. Die Fuhrwerke rollten knirschend hinter ihren Gespannen her, manche hinter Pferden, andere hinter Ochsen, und die Männer, die die Zügel hielten, schwiegen. Izia schwieg. Ich schwieg ebenfalls, während Laggy Nicker wie ein Wasserfall redete, über dies und über das und über alles mögliche.

Ein Tag verstrich, eine Nacht und noch ein Tag, und am Abend jenes zweiten Tages, als ich auf ein Dickicht am Wegrand zu ging, um mich zu erleichtern, merkte ich, daß ich bewacht wurde. Jemand aus dem Zug umrundete das Dickicht, und mir fiel ein, daß jedesmal, wenn ich ein bißchen vorausgeritten oder hinter dem Zug zurückgeblieben war, immer jemand sofort an meiner Seite auftauchte. Ja, sagte ich zu mir, du hast es geahnt. Deshalb hattest du die ganze Zeit über ein so unangenehmes Gefühl. Diese Leute hier bieten dir nicht einfach ihre Begleitung während der Reise an, sie passen auf dich auf, bewachen dich und werden dich nicht gehen lassen, falls du versuchst zu fliehen. Ich war mir darüber so sicher, als hätte Laggy Nicker es mir selbst erzählt. Ich trödelte im Dickicht herum, in Sichtweite des Mannes, der mich beobachtete, und ließ mir nicht anmerken, daß ich mich gestört fühlte, während ich mir wieder und wieder Mavins Worte durch den Kopf gegen ließ.

›*Vertraue den Schatten, hüte dich vor Freunden.*‹ Sie hatte mich gewarnt, und ich hatte nicht darauf geachtet. Na gut, es war passiert. Ab jetzt würde ich wachsam sein. Ich ordnete meine Kleidung und ging langsam zu den Fuhrwerken zurück, wobei ich immer wieder stoppte, um einen Busch oder Baum zu betrachten. Waren da Schatten? Wenn ja, wo? Ich sah keinen, fand keinen, und wurde von Laggy Nicker am Feuer begrüßt, als wäre ich sein jahrelang verschollener Liebhaber. Mein Kehle war trocken wie dürres Herbstgras, und ich fürchtete mich. Schweigen brachte mich indes nicht weiter. Die Zeit war gekommen, ihr Spiel mitzuspielen und zu hoffen, daß sie noch ausreichte, etwas herauszufinden, was für mich von Vorteil war.

An jenem Abend trank ich also mit ihm, unterhielt mich, erzählte ihm lange Geschichten über Betand, über mindestens hundert Jungfrauen, die es nicht gab und tausend Dinge, die mit ihnen geschehen waren, die nicht stimmten. Die ganze Zeit über grinste sein breiter Mund, während seine Augen eiskalt in mein Herz schauten. Die ganze Zeit über vermied ich, Izia anzusehen, und betete, daß ich ihr nicht bereits mit meiner Neugier geschadet hatte. Schließlich gab ich vor, betrunken zu sein und fragte ihn dieses und jenes. »Habt Ihr jemals von Zauberkünstlern gehört?« Ich täuschte einen Schluckauf vor, um zu zeigen, daß die Frage unwichtig war. »In Betand wird viel über ... hicks ... Zauberkünstler gesprochen.«

Seine Hand zuckte. Ich sah, wie sich sein Kiefer unter dem Lächeln verkrampfte, wie Izia, die neben dem Feuer kauerte, plötzlich ihre Beine berührte, als seien sie verletzt worden, und hochschaute, als hätte sie eine häßliche Stimme ihren Namen rufen hören. Ich steckte meine Nase in den Becher und machte Schluckgeräusche. Etwas war geschehen. Nun, ich würde später darüber nachdenken.

»Zauberkünstler«, sagte Nicker fröhlich. »Nein, ich glaube, davon habe ich noch nie etwas gehört.«

»Ich auch nicht«, plapperte ich, ganz der weinselige Simpel. »Aber in Betand reden sie viel davon. Warum wohl? Was meint Ihr?«

»Nun ja, Betand ist im Grunde ziemlich hinterwäldlerisch. Die meisten Menschen dort sind unwissend, abergläubisch. Sie brauchen halt Gesprächsstoff, und es ist unterhaltsam, über Wundersames zu reden, über Monster, Schenker... ja, zum Beispiel über Schenker. Sie reden ständig darüber, aber hat jemals einer von ihnen einen Schenker *gesehen*?« Seine Augen beobachteten mich über den Rand seines Bechers hinweg. Ich schaute mit einem Blick zurück, in dem nicht der geringste Funken Geist glimmte.

»Na, wißt Ihr, das ist ja ein Ding!« Ich schlug mir lachend aufs Knie. »Meint Ihr, es gibt überhaupt keine Schenker? Na, toll... Die ganzen Kerzen wegen etwas, das es überhaupt nicht gibt... das ist ja zum Brüllen!« Ich lachte und reckte und streckte mich dabei, so daß ich Izia unauffällig beobachten konnte. Ja. Sie strich immer noch über ihre Beine, starrte immer noch mit angestrengt gerunzelter Stirn ins Feuer, als täte ihr etwas weh. Also gut. Kalte Gewißheit überkam mich. Der Mann führte mir gegenüber nichts Gutes im Schilde, in keinster Weise.

Ich wußte, daß ich recht hatte, als er zu meiner Decke trat, mir einen Weinschlauch reichte und sagte: »Etwas von dem Wein, den wir nach Westen bringen. Nicht das Zeugs, das wir hier trinken. Nein. Etwas ganz Besonderes. Es schmeckt Euch bestimmt.« Lächeln, Lächeln, Lächeln. Ich lächelte betäubt zurück, nahm den Schlauch und legte ihn neben mich.

»Großzügig von Euch, Händler. Großzügig. Ich werde gleich einen Schluck davon nehmen. Wenn sich der von eben gesetzt hat...« Ich lachte etwas und hielt meine Augen geschlossen, als wäre ich zu schläfrig, wachzubleiben, betrachtete ihn aber unter halbgeschlossenen Lidern. Sein lächelnder Mund verzog sich knurrend, bevor er wieder zu seinem üblichen Grinsen zurückfand.

»Schlaft gut«, wünschte er mir. »Nehmt einen tiefen Schluck und schlaft gut.«

»Ja, ja. Mach ich, mach ich. Danke.« Wenn du aus diesem Schlauch trinkst, sagte ich zu mir, wachst du wahrscheinlich nicht mehr auf. Wie, im Namen des Schwebenden Tamor, kam ich bloß heil aus dieser Sache heraus?

Eine Weile verstrich. Die Nacht war hereingebrochen. Ich hörte, wie jemand an der Stelle vorbeiging, wo ich lag, und streckte die Hand aus, die einen Knöchel zu fassen bekam. Es war Izia, und sie kauerte sich neben mich und flüsterte: »Was soll das, Dummkopf?«

»Izia, möglicherweise bin ich ein Dummkopf, doch ich frage dich trotzdem – befinde ich mich in Gefahr?«

»Oh, natürlich, armer Irrer. Und ich kann dir nicht helfen, sonst sterbe ich einen so qualvollen Tod, wie du ihn dir gar nicht vorstellen kannst.« Sie nahm meine Hand und legte sie auf ihren Stiefel, oben am Bein, und hielt ihn dort fest. Minuten verstrichen. Dann hörte ich Laggy Nicker aus einem der Fuhrwerke ihren Namen rufen, einmal, zweimal, und unter meiner Hand fing der Stiefel an wie Feuer zu glühen. Ich zog mit einem erschreckten Ausruf meine Hand fort.

»Ich komme schon«, rief sie laut, bevor sie sich hinkniete, um mir ins Ohr zu flüstern: »Verstanden, Dummkopf? Wir gehorchen. Wir gehorchen, gehorchen, gehorchen. Oder wir verbrennen.«

4

Vertraue den Schatten

Am nächsten Morgen, als das Lager zum Leben erwachte, gab ich vor, einen Brummschädel zu haben und mich kaum auf den Beinen halten zu können. Während der langen Stunden, in denen ich schlaflos dagelegen hatte, war ich zu dem Schluß gelangt, daß Laggy Nicker sich meiner Talente und meiner Macht unschlüssig war und sich deshalb, aber nicht unbedingt, dafür entscheiden würde, mich nicht offen zu attackieren. Nein, er würde etwas anderes versuchen, wenn er mich töten wollte, einen heimtückischen Mord oder etwas Heimliches, Hinterhältiges wie den Wein, den er mir angeboten hatte und der mit Sicherheit vergiftet gewesen war. Also beschloß ich, mich so darzustellen, als sei ich keine Gefahr für ihn, um Zeit herauszuschinden und einen Plan zu entwerfen, wie ich mein Leben schützen konnte. Ich ging davon aus, daß Izia mich nicht verraten würde. Diese Annahme erwies sich als richtig. Endlich begriff ich die Disziplin um mich herum. Sie war aus Angst geboren, Angst und Schmerz, nichts weiter. Laggy Nicker besaß eine geistige Verbindung oder eine andere Art der Kontrolle über die Stiefel, die seine Leute trugen. Die Träger dieser Stiefel mußten Nickers Willen erfüllen, oder die Stiefel brannten. Das erinnerte mich an das seltsame Gebilde, das Nitch im Jahr zuvor in meine Jacke eingenäht hatte. Waren diese Folterstiefel nicht etwas ähnliches? Und glich beides nicht den Dingen, von denen Mandor gesagt hatte, sie gehörten Huld?

Die Ähnlichkeit dieser Dinge war jedoch im Augenblick nicht wichtig. Mein Leben war wichtiger. Und so torkelte ich schwitzend durch die Gegend und brachte es sogar fertig, mich im Gebüsch zu übergeben. Ich fühlte mich, um ehrlich zu sein, wirklich ziemlich elend, obwohl das eher von der Angst und Anspannung kam und weniger vom Wein. Ja, ich fürchtete mich. Während der Nachtstunden hatte ich Dorn gerufen. Zögernd, langsam, »Nekromant Neun, Nekromant Neun«, murmelnd, war er erschienen. Mehr konnte ich ihm nicht entlocken, und der Warnung, daß ich mich in ernsthafter Gefahr befand, hätte es nicht bedurft. Das hatte ich bereits selbst gemerkt.

Es dauerte nicht lange, da stellte sich mir Nicker mit verlogenem Lächeln und hinterhältigen Fragen in den Weg. Ob ich den Wein getrunken hätte, den er mir letzte Nacht gegeben hatte? Ich antwortete mit unbestimmten Kopfnicken, grinste mühsam und beteuerte, daß nur noch ein einziger Tropfen mehr davon mich wahrscheinlich ins Jenseits befördert hätte. Das befriedigte ihn keineswegs, und ich wußte, es würde nur wenig Zeit verstreichen, bis er etwas anderes versuchte. Sollte er doch denken, ich sei ein Trottel. Ich hatte selbst keine höhere Meinung von mir.

Ich mußte unbedingt eines der Talente benutzen, und während ich Plan um Plan prüfte, abwog und wieder verwarf, wurde ich ganz kribblig. Wenn ich mich in eine andere Gestalt verwandelte, mußte ich mein Pferd und meine ganzen Habseligkeiten zurücklassen. Diese Idee überzeugte mich nicht, denn ich hatte noch eine ziemlich weite Reise vor mir. Mein Instinkt sagte mir, daß Nicker von Trandilar nicht beeindruckt sein würde. Er gehörte zu denen, die der Betörung durch andere nicht sonderlich zugänglich waren. Ebensowenig würde er sich vor dem Tod fürchten. Etwas anderes also … Portieren nicht, denn damit würde ich ebenfalls mein Pferd und meine Ausrüstung verlieren. Außerdem konnten sich Portierer nur zwischen zwei ihnen bekannten Orten bewegen. Da ich mich aber in der Gegend vor mir überhaupt nicht auskannte, würde jeder Sprung mich in meiner Reise meilenweit zurückwerfen. Waffenträger? Wenn ich davonflog, waren Pferd und Ausrüstung ebenfalls verloren. Feuer? Heilen? Was sollte ich damit? Das Talent des Dämonen zum Gedankenlesen? Vielleicht, wenn ich dadurch erfahren konnte, was Nicker dachte. Grübelnd ritt ich neben dem frostigen kleinen Wagen her und sah Dampf von ihm aufsteigen, ebenso wie ich die Nebel in der Leuchtenden Domäne hatte aufsteigen sehen. Nichts bot sich an, was man als wirklich guten Plan hätte bezeichnen können. Alles wirkte an den Haaren herbeigezogen, schwierig, möglicherweise gefährlich …

Da erblickte ich vor uns Felsen, scharf vor einem Himmel aufragend, der tief über uns hing, denn während der Morgenstunden war es kühl und regnerisch gewesen und klarte erst jetzt auf. Felsenriffs, deren Ränder zerklüftet und brüchig waren, mit langabfallenden Böschungen, die ihnen ein kegelförmiges Aussehen gaben. Ein Plan formte sich in meinem Kopf, zunächst nur langsam, ein Gedankenskelett, das erst noch mit Fleisch bedeckt und vollendet werden mußte. Die Sonne kam hinter den Wolken hervor, heiß und ungeduldig. Ich griff in den Beutel und fand die kleine Figur von Shattnir, Erste Magierin, Große Bewahrerin der Macht. Sie sprach nicht zu mir, wie die anderen es getan hatten. Statt dessen floß sie in meine Adern und durch meine Haut, fing mich in ihrem Netz, band mich in ihr Wesen ein und begann, die Wärme der Sonne aufzunehmen und einzulagern – irgendwo innen. Ich fühlte, wie sich die Kraft in mir aufbaute, wie es mir eng wurde, als ob meine Haut sich spannte und schwoll. Ich hatte den Eindruck, daß meine Augen hervorquollen und daß sich meine Lippen gedunsen nach außen stülpten, aber mein Gesicht, das ich in der polierten Kummetplatte zwischen den Ohren des Pferdes erblickte, sah aus wie sonst auch. Nicht zuviel, bat ich stumm. Soviel, wie ich brauche, Shattnir, aber nicht zuviel. Doch sie hörte nicht, sondern zog weiter Kraft aus dem strahlenden Himmel, immer mehr und mehr, bis ich schließlich aufgab, aufs Explodieren zu warten und ihr statt dessen gestattete, in mir Raum für alles zu finden. Als ich aufhörte, die Luft anzuhalten, verebbte das Gefühl des Geschwollenseins langsam, und es erwies sich, daß ich in mir tatsächlich Raum für alles hatte, denn wir ritten weiter, bis die Berge, die sich zum Himmel erhoben, einen langen, purpurfarbenen Schatten auf die Stelle warfen, wo wir unseren Rastplatz aufschlugen.

Feuer wurden angezündet. Die schweigsamen Bauern begannen mit ihren üblichen abendlichen Verrichtungen. Izia ging zwischen den Pferden umher, prüfte ihre Hufe, striegelte die feuchtglänzenden Flanken, flüsterte den Tieren etwas ins Ohr. Mit einer Entschuldigung entfernte ich mich vom Lager. Einer der gestiefelten Männer folgte mir, was mich nicht überraschte. Diesmal trat ich nicht ins Unterholz, sondern den felsigen Abhang hoch, wobei ich absichtlich schlurfte und dabei mit hoffnungsvoller Befriedigung bemerkte, wie sich unter meinem Tritt Geröll löste. Ich fand einen Spalt, nicht größer als ein Schrank, an einer Stelle, wo aus dem Hang ein großes Stück Fels herausgebrochen war. Dort verrichtete ich meine Notdurft und beobachtete, wie mein Bewacher mich nicht aus den Augen ließ. Um so besser …

Ich griff in meinen Beutel und nahm das Abbild Wafnors in die Hand, des ersten und mächtigsten Tragamor. Ich wurde zu einem Zimmer, in das ein Mann mit fröhlichem Gesicht eintrat, der lachend die Hände derer umfaßte, die sich bereits darin befanden. Beinahe konnte ich ihn sagen hören: »Dorn, Trandilar, Shattnir, prächtig seht Ihr aus! Wie gut, meine Freunde wiederzusehen!«

Und dann war er an meiner Seite und fragte: »Nun, was gibt's?«

Vielleicht sagte ich es ihm, vielleicht wußte er es einfach. Ich kann es einfach nicht beschreiben. Ein bißchen, als spräche man mit einer anderen Person, aber doch auch mit sich selbst und wüßte ohnehin gleichzeitig Bescheid. Ich fühlte, wie seine Arme sich in mir erhoben und hochreckten, immer höher, bis sie den Rand des Felsenriffs ungefähr fünfzig mannshoch über uns erreicht hatten, wie Wafnor die dort ruhenden Gesteinsbrocken packte und langsam abwärts bewegte, erst zwei, drei, dann ein Dutzend, wie die Steine ins Trudeln gerieten und hinabrollten, gegeneinander polterten, immer schneller, immer heftiger, bis eine Lawine von Gesteinsbrocken in Richtung meines kleinen Schrankes donnerte, über deren dröhnendes Gerumpel hinweg ich dem Mann, der mich bewachte, zuschrie: »Vorsicht! Steinschlag!« Er schaute auf, sein Gesicht ein weißes Oval um das Loch eines schwarzen, angsterfüllten Schreies.

Dann hörte und fühlte ich nichts mehr außer dem Knirschen von Steinen. Immer noch griff Wafnor nach Felsbrocken, stapelte einen über den anderen, als sie herabgestürzt kamen, häufte sie um mich herum und über mich auf wie eine Höhle, eine Höhle, die von den Steinen, die davor zerschmetterten, noch eine ganze Zeitlang erschüttert wurde, bis schließlich Stille eintrat.

Zwischen den Steinen, die mich umgaben, gab es Zwischenräume, Spalten, damit Luft hereinkam und ich die Geräusche draußen hören konnte. Ich vernahm erschrecktes Pferdewiehern, Schnauben, Izias Rufe, als sie die Tiere vor den herabstürzenden Gesteinsbrocken in Sicherheit brachte. Wafnor griff noch einmal nach draußen, über das Lager hinweg zu der Stelle, wo mein Pferd weiterhin gesattelt und bepackt stand, und lockte das Tier zwischen die Bäume, damit es vom Lager aus nicht mehr gesehen werden konnte, wo er es beruhigte und ihm sagte, es solle auf mich warten. Dann tat er nichts mehr, genausowenig wie ich, und wir warteten einfach ab und lauschten auf die Geräusche.

»Wo ist er?« Laggy Nicker, tobend vor Wut.

»Ich weiß es nicht.« Die antwortende Stimme klang zittrig, fast hysterisch. »Ich weiß es nicht. Er stand am Felsen, dort oben, und dann prasselte alles auf ihn herab. Er schrie mir zu, ich solle aufpassen. Ich hörte ihn schreien. Die Steine stürzten genau auf ihn herab ... begruben ihn ... bedeckten ihn ...«

»Zum Teufel auch!« schrie Nicker. »Was hat den Steinschlag ausgelöst?«

»Nichts. Es fing einfach an. Ich habe nichts bemerkt. Keine Leute, nichts, was sich bewegte. Kein Donner oder so etwas. Es fing einfach an ...«

»Schattenmänner? Hast du Schattenmänner gesehen?«

»`Nein, Herr. Überhaupt nichts. Er schrie, und die Steine kamen herab ...«

»Los, rauf mit euch, nichtsnutziges Pack!« Das war wieder Nicker, seine Stimme diesmal schneidend schrill. »Wir müssen ihn ausgraben!« Er klang gehetzt. Mich ausgraben? Warum? Das kam unerwartet, aber Wafnor war unbeeindruckt. Er griff noch einmal hoch und schickte eine kleinere Lawine Geröll nach unten, die vor Nickers Füßen aufschlug, gefolgt von mehreren Felsbrocken mittlerer Größe. Ich konnte spüren, wie Wafnor den Rand des Riffs packte und daran rüttelte.

»Zurück! Zurück! Sieht aus, als ob das Ganze gleich einstürzt. Oh, warum mußte er bloß dort hochsteigen! Izia! Hat er irgend etwas zu dir gesagt?«

Ihre Stimme wieder. »Ihr wißt, daß er nichts sagte, Herr. Nichts, was Ihr nicht auch gehört hättet. Und nun ist er tot ...«

»Ich sollte ihn nach Westen schaffen«, knirschte Nikker. »Nach Westen, zu Langmann und den murmelnden Steinen. Ich kann unmöglich mit leeren Händen dort erscheinen.«

»Was sollten sie Euch denn tun? Es ist nicht Euer Fehler, daß der Felshang brüchig war. Vielleicht Pech, aber doch keine Absicht ...«

»Ich habe Pech, seitdem der Wandler dich damals an mich verkauft hat. Pech während all der Jahre unserer Reise. Verdammt, ich wünschte, du wärst an seiner Stelle unter der Steinlawine begraben!« Ich hörte das Geräusch eines Schlags, ein Aufschrei, dann war es still.

Nach einer Weile sagte eine Männerstimme: »Bestimmt verstehen sogar sie, daß es Dinge gibt, die man nicht vorhersehen kann.«

»Die man nicht vorhersehen kann? Ja! Die man aber vorhersehen könnte. Ich werde verlangen, daß sie mir einen Seher mitgeben. Vielleicht sogar mehr als einen. Wenn wir dort ankommen, werde ich verlangen ...«

»Fahren wir auf dieser Straße weiter, Herr?«

»Nein. Dieser Weg führt uns nirgendwo hin. Ich habe ihn nur genommen, um diesem verfluchten Nekromaten zu folgen, diesem Totenschädel, diesem Sohn einer ekelhaften Kröte. Oh, ich bin nur hier entlanggefahren, um ihn in eine Falle zu locken, und nun *ist* er gefangen, aber zu tief für mich, um ihn noch zu erreichen! Wir fahren zum Fluß Haws zurück und von dort aus nördlich, bis wir fast beim Höllenschlund sind und dann nach Westen, den Cagihiggy entlang. Wir haben keine Zeit mehr, etwas zu essen. Wir brechen sofort auf!«

Ich hörte eine Stimme hoffnungslos und leise etwas über den Höllenschlund murmeln und daraufhin einen weiteren Schlag. Dann vernahm ich nur noch das Rasseln der Geschirre, Räderknirschen, die Stimmen von Männern und einer Frau, die sich in östlicher Richtung entfernten und schließlich verklangen. Ich wartete ab, bewegte mich nicht. Nicker war mit allen Wassern gewaschen. Vielleicht hatte er jemanden zur Beobachtung zurückgelassen. Die Nacht brach herein, und ich schlief. Der Morgen kam, und Wafnor räumte die Gesteinsbrocken beiseite. Wie eine Erscheinung vom Ruf des Nekromanten wurde ich wieder ins Leben hineingeboren und blinzelte in die Sonne. Als ich pfiff, tauchte mein Pferd zwischen den Bäumen auf, wo Wafnor es während der Nacht festgehalten hatte. Sowohl das Pferd als auch ich brauchten Wasser, und erst als wir getrunken hatten, brachen wir nach Westen auf. Eigentlich hätte ich froh sein müssen, war es aber nicht. Meine Flucht, meine Sicherheit wurden von Izias fortdauernder Gefangenschaft überschattet, und sie beschäftigte während der ganzen Morgenstunden meine Gedanken, so stark, daß ich schließlich entschied, daß dieses Grübeln weder für sie noch für mich etwas Gutes bewirkte. Ich rief mir Mavins Worte: ›Vertraue den Schatten!‹ ins Gedächtnis. Wenn der Abend kam, würde ich tun, wie sie mich geheißen hatte.

Der Pfad führte aufwärts. Von einer einsamen Anhöhe aus konnte ich auf den Weg zurückblicken, den ich gekommen war, und entdeckte eine Staubwolke am östlichen Horizont. War das Laggy Nicker? Gab es etwas, das ich hätte tun können, aber versäumt hatte? In meinem Kopf entspann sich eine kleine Diskussion, und Stimmen sagten mir, daß ich nichts hätte tun können, nicht jetzt, wo dringendere Dinge meiner harrten. Trotzdem quälte mich das Gefühl, etwas Unerledigtes zurückgelassen zu haben. Obwohl ich versuchte, nicht daran zu denken, nahm Izia breiten Raum in meinen Gedanken ein.

So war es auch noch, als der Abend kam. Ich hockte abwartend neben meinem Lagerfeuer, lauschte auf ein Lebenszeichen der Schattenmänner, doch ich sah und hörte nichts, außer gelegentlichem lautem Insektengebrumme, das klang, als stöbere jemand sie auf. Der

Morgen kam, grau und nieslig, und ich setzte meinen Ritt nach Westen fort. Der nächste Abend, ein neues Feuer. Ich holte Trandilar und bat sie um etwas Schmeichlerisches, eine Betörung, um Vögel und kleine Tiere zu verzaubern, was immer sich auch in Hör- oder Geruchsweite von mir befinden mochte. Ein süßer Duft, der schwache Geruch von Verlangen floß durch mich hindurch, verbreitete sich in der Luft. Beobachtende Stille antwortete, eine Art schweigender Aufmerksamkeit. Ich konnte nicht erklären, woher ich wußte, daß sie sich in meiner Nähe befanden, aber ich war mir sicher. Schließlich schlief ich ein, vom Warten auf sie erschöpft.

Am nächsten Morgen ritt ich einen Wasserlauf entlang, der zu einem kleinen Fluß wurde. Mein Weg hatte mich auf eine Hochebene geführt, die sich nach Westen abwärts neigte, und der Fluß, dem ich folgte, wurde von allen Seiten von kleinen, rasch dahinsprudelnden Bachläufen gespeist, die mit munterem Plätschern über die glattgeschliffenen Steine ihres Bettes sprangen. Am Ende des Tages begann ich, einen eigenartigen Geruch wahrzunehmen, eine große Nässe, der des Stürmischen Meeres ähnlich, aber doch auf eine Art, die ich nicht beschreiben konnte, davon verschieden. Unzählige Regenbögen standen plötzlich am Himmel, und der Fluß stürzte jäh steil durch eine Senke im Boden nach unten, wo ich Wasser erblickte, ein großes Binnenmeer, das sich bis zum westlichen Horizont erstreckte. Der Abendwind blies mir ins Gesicht und warf die Wellen mit langen weißen Schaumkronen ans Ufer. Ein gewundener Pfad führte nach unten, wo das Ufer in einer langen sanften Kurve nach Norden und Süden schwang und das Hochland hinter sich ließ. Etwas weiter nördlich sah ich eine kleine, von Bäumen umstandende Bucht, mit einem grasüberwachsenen Ufer und ruhendem Wasser, auf dem weiße Blumen mit ihren Köpfen nickten und in das Teufelsnadeln ihre wie Glas funkelnden Flügel tauchten. Das Pferd stolperte vor Müdigkeit. Ich leckte mir über die Lippen, die salzig schmeckten, und konnte mich kaum auf den Beinen halten, als ich vom Pferd stieg. Außer Wassergeplätscher war kein Geräusch zu vernehmen, doch ich wußte, daß man mich beobachtete, wie seit Tagen schon. Ich war zu erschöpft, um zu essen, zog deshalb nur den Sattel vom Pferd und wickelte mich in eine Decke, um in einen tiefen traumlosen Schlaf zu fallen.

Es war Nacht, als ich erwachte, Nacht, die von einem halben Mond erhellt wurde. Ein Geräusch hatte mich geweckt, ein Rufen. Ich starrte über das mondbeschienene Wasser und erblickte ein Boot, ein langes, flaches Boot, wie es große Schiffe mit sich führen. Obwohl es offenbar leer war, hörte ich ein Rufen. Das Boot hob sich nur als Silhouette vor einem sanften Glühen ab, einem nebelhaft verschwommenen Leuchten. Es trieb zu mir hin, knirschte über die Uferkiesel und wurde zurückgeschwemmt, jedesmal ein Stück weiter ins Wasser hinaus. Im meinem schlaftrunkenen Zustand erschien es mir der reinste Glücksfall, ein Boot zu haben, das mich nach Westen übers Wasser tragen konnte. Ich wickelte mich rasch aus der Decke, noch halb im Schlaf, und schickte mich an, das Boot näher ans Ufer zu ziehen.

Als ich aber in Richtung des Bootes stolperte, ertönte ein schmerzlich hohes Heulen aus der Dunkelheit, und ich hielt inne, außerstande, einen Schritt weiter zu gehen. Kleine Arme umklammerten meine Beine und zerrten mich zurück, zogen an mir, schoben mich von dem Boot weg. Zwischen mir und dem feinen Glühen konnte ich den Umriß ihrer Gestalten erkennen. Zwei oder drei von ihnen trugen etwas bei sich, einen Holzbalken möglicherweise – irgend etwas Sperriges. Sie näherten sich dem Boot, hievten ihre schwere Last hinein und rannten rasch fort. Die Last fiel in das Boot und…

Und das Boot kippte in die Senkrechte, stieg in die Luft empor, wurde zum Ende einer hohen Säule, an der es befestigt war, einem gigantischen biegsamen Arm, einem von einer Vielzahl dicker Greifarme, die in einem wirbelnden Mahlstrom hochschossen und sich um das Boot schlangen, um es unter Wasser zu ziehen. Kleine Finger stießen mich zurück, immer weiter zurück, während die Greifarme erneut aus dem Wasser schossen und mit spürbarem Zorn über die Uferkiesel tasteten, auf der Suche nach dem Opfer, das ihnen gerade entkommen war. Vor dem wässrigen Glühen glaubte ich eine Aura zu sehen, die ein Auge umrahmte, ein Auge, runder als der Mond und genauso kalt, das starr auf die kleinen schattenhaften Gestalten äugte, die pfeifend und Kapriolen schlagend am Ufer tanzten.

Es waren die *quadrumanna*, die Vierhändigen, die Schattenmenschen mit ihrem seidigen Fell, den Ohren, die wie zierliche Flügel an ihrem Kopf wuchsen, und den scharfen kleinen Zähnen, die im schwachen Licht der Sterne glitzerten. Bei dem ganzen Getrillere und Pfeifen vergaßen sie nicht, mich immer weiter vom Ufer wegzuziehen, hin zu dem Platz, wo ich geschlafen hatte. Dabei spielten sie den Zorn der Wasserkreatur nach, ließen ihre langen, dünnen Arme wie Tentakel kreisen und in gekonnt imitierter Wut auf die Kieselsteine fallen. »Hoo, hoo, hoor, oor, oor.« Vom Fluß her kamen noch mehr von ihnen, bis ich von einer wild tanzenden Meute umgeben war. Meine Müdigkeit schien verflogen. Ich fütterte das hastig entzündete Feuer mit Zweigen und beobachtete die Vorstellung um mich herum.

Einer von ihnen brachte mir eine Frucht, die ich aß, und das veranlaßte andere, mir ebenfalls alles Mögliche zu essen zu bringen, einiges, das gut roch und schmeckte, anderes, das ich nicht über mich brachte, in den Mund zu stecken. Sie begriffen rasch. Hatte ich einmal etwas abgelehnt, brachten sie es kein zweites Mal. Nach einer Weile legte sich ihre Aufregung, und sie kauerten sich nebeneinander hin, um mich zu beobachten. Ich streckte die Hand nach dem Nächstsitzenden aus, berührte ihn und sagte zu ihm (oder ihr): »Freund.« Das gefiel ihnen. Einige versuchten, das Wort in ihrer eigenen Sprache zu sagen, und andere stimmten ein. »Freund, reund, eund, eund.« Dabei erhob sich einer mit silbrigem Fell, kam an meine Seite und strich sich mit der Hand über seine Brust. »Proom«, sagte er. »Proom. Proom.«

Ich berührte seine Brust und entgegnete: »Proom.« Dann berührte ich meinen Oberkörper. »Peter.«

»Peter, eter, ter, ter«, murmelten sie entzückt.

Der Graue wies auf den See, auf die unruhige Wasseroberfläche, ahmte Schwimmbewegungen nach und hob seine Hände wie sich windende Greifarme. »D'bor.«

Ich wies auf die Wellen und wiederholte das Wort. Er nickte. Offenbar gefiel es ihm, wie unser Gespräch verlief.

»D'bor, nein, nein, nein«, sagte er stolz und tat wieder so, als schwimme er. »Nein, nein, nein.«

Ich lachte. »D'bor, nein, nein, nein, nein«, stimmte ich zu, worauf wir beide zufrieden nickten. Mavins Worte: *Geh über Feuer, aber schwimm nicht im Wasser,* kamen mir in den Sinn. Natürlich. Wasser war tabu.

Also würde ich über Feuer gehen müssen, falls ich Feuer fand. Ich legte mehr Zweige ins Feuer, bis die Flamme hochloderte, stellte mich dann, bevor ich es einmal umrundete, mit priesterlich erhobenen Händen davor auf, wobei ich eine Hand über mein Auge hielt, als spähe ich in die Nacht hinein, nach Norden, Westen, Süden und Osten. Dann deutete ich wieder auf das

Feuer. Die Schattenmenschen beratschlagten untereinander, ein leises Geschnatter. Der Graue wies auf das Feuer. »Thruf«, sagte er. Dann wandte er sich nach Norden. »Thruf«, sagte er wieder. Seine Hände beschrieben etwas Größeres, Umfangreicheres.

Ich ahmte seine Geste nach und wiederholte mit Gehbewegungen: »Thruf.« Das leise Schnattern setzte sich fort, und ein paar Schattenmenschen erhoben sich, um mir zu folgen, tapp, tapp, auf dem weichen Gras, nach nirgendwo hin. Sie kicherten. Offenbar wollten mir einige von ihnen folgen, wenn ich aufbrach. Zeit genug dazu, wenn die Sonne aufging, dachte ich. Doch ich irrte. Sie waren anderer Meinung. Diejenigen, die sich angeboten hatten oder ausgewählt worden waren, schnappten meine Habseligkeiten und gingen damit zu meinem Pferd, dem sie sich Nase an Nase gegenüberstellten, um sich mit schnüffelnden Geräuschen in eine geheime Unterhaltung mit ihm zu vertiefen. Es half alles nichts. Ich mußte das Pferd besteigen und losreiten, während sie es am Zügel führten. Auch gut – wenn ich achtgab, konnte ich im Sattel schlafen. So zogen wir los, das kieselige Ufer des Binnenmeeres entlang, wobei wir uns sorgsam vom Wasser fernhielten, in Richtung Norden. Der Himmel wurde grau, die Dämmerung brach herein, und meine Führer bedeuteten mir mit wachsender Aufregung, abzusteigen. Wir hielten sofort an, ein hastiges Absuchen des Geländes erfolgte, dann erklang ein langes »Hoo-oor-oor« von einem bewaldeten Hang. Die anderen folgten dem Ruf, und man brachte mich zu einer kleinen Höhlung, dunkel wie ein Nasenloch in der Seite des Berges. Die Schattenmenschen legten mein Gepäck hin, beeilten sich, trockene Zweige und Äste aus dem Wald zu holen und diese an der Bergwand aufzuschichten, dann verschwanden sie mit einem langgezogenen »Hoor-oor-oor-oor« in der Dunkelheit. Ich entschied, daß sie damit Aufwiedersehen meinten und Hier-bin-ich. Ich rief leise hinter ihnen her. Nur Stille antwortete mir.

Tagsüber war ich also mir selbst überlassen. Ich hätte aus ihren übergroßen Augen und flügelartigen Ohren eigentlich schließen können, daß sie Geschöpfe der Nacht waren. Der Tag lag vor mir, und ich war in keinster Weise schläfrig, also ging ich fischen. Ich brauchte den halben Tag dazu, einen ordentlichen Fischspeer anzufertigen und die Hälfte des Nachmittags, genug Fische für die ganze Gesellschaft zu fangen. Nachdem ich dann ein Nickerchen gehalten hatte, entfachte ich das Feuer, bevor sie bei Sonnenuntergang erschienen. Ich war nicht lange im Zweifel darüber, ob sie Fisch mochten, denn ich hörte lautes Geschmatze von schmalen Lippen, runde Bäuche wurden gerieben, melodiös gepfiffen. Nachdem sie auch noch den letzten Hautfetzen gegessen und die Gräten eingehend beschnuppert hatten, drängten sie mich in den Sattel, um erneut die Nacht hindurch zu reiten. Wieder führten sie mich, während ich schlief und nur hin und wieder aufwachte, um zu sehen, wie sich der Horizont veränderte, wie sich ein Berg, der vorher vor mir gewesen, nun plötzlich in meinem Rücken befand. Ich zählte die Tage meiner Reise und gab ihnen Namen. Morgen, sagte ich zu mir, würde Hasentag sein. In meinen Satteltaschen waren nur noch wenig Vorräte, und wir hatten den Fluß bereits hinter uns gelassen.

Und so war es. Der Hasentag wurde vom Taubentag abgelöst, gefolgt vom zweiten Fischtag, gefolgt von dem Tag, an dem wir Grünzeug und Nüsse aßen. Das kleine Völkchen war darüber mächtig enttäuscht, aber ich hatte an diesem Tag kein Glück bei der Jagd gehabt. Wir hatten eine moorige Landschaft mit vielen kleinen Wasserläufen erreicht, wo es Grünzeug in Massen gab, das niemand außer uns essen wollte. In dieser Nacht erblickte ich während der Stunden, in denen wir unsere

Reise fortsetzten, ein feuriges Glühen am Horizont, halb hinter einem großen Hügel verborgen. Noch bevor der Morgen kam, hatten wir freie Sicht auf hochsprühende Feuerfontänen, die sich so weit das Auge sehen konnte vor uns erhoben. »Thruf«, schnatterte meine Eskorte befriedigt. »Thrufarufarufarauf.« Das sollte wohl bedeuten, daß es sich um viele Feuer handelte.

Und es waren viele Feuer. Bald darauf bewegten wir uns zwischen ihnen hindurch, die glühenden Hügel schlossen sich dichter um uns und waren schwieriger zu umgehen. Flammen schossen aus verborgenen Löchern im Gestein, flüssiges Feuer rann in Spalten, wo es wie Kohle glühte und zischte, und rückte uns immer näher. Schließlich erreichten wir eine Stelle, wo ich nicht weiterreiten konnte. Unmittelbar vor den Pferdehufen lag ein breiter Streifen Lava, violett in der leichten Brise, krustig und verschorft mit Schlacke. Das Pferd schreckte zurück und weigerte sich, weiterzulaufen. »Zwitsch, zwitsch«, machte einer der Schattenmenschen eindringlich und zerrte mich am Bein. »Zwitsch.« Sie zogen mein Gepäck vom Pferd, gaben mir etwas davon zu tragen, den Rest nahmen sie selbst. Dann setzte der zwitschernde Vierhändige ohne Zögern seinen haarigen Fuß auf den glühendroten Stein. Die anderen folgten ihm, nur einer blieb zurück, um das Pferd zu halten. »Geh über Feuer«, sagte ich schwitzend zu mir selbst und wartete auf den Schmerz, der sich durch die Sohlen meine Stiefel nach oben brennen würde. Nichts. Um mich herum knisterte Feuer, aber meine Füße wurden nicht heiß. »Zwitsch«, rief mein Führer. »Thrufarufaruf.«

Wir gingen wie auf einem Pfad aus Glas. Das feurige Glühen entstand nur durch den Widerschein der Geysire und Fontänen zu beiden Seiten. Feurige Flüsse säumten unseren Weg, wo sich Halbgeschmolzenes zu bizarren Gebilden aufgehäuft hatte. Hitze strömte von ihnen aus wie von einem Schmelzofen, aber der Boden, auf dem wir gingen, war kühl. Wir schienen über ein schmales Stück Land zwischen zwei mächtigen Felsen zu gehen, aus deren Gipfel Rauch zu der blutroten, gräßlichen Wolke aufstieg, die schwer von Asche und Regen über uns hing. Die kleinen Leute rannten vor mir her, hüpften fröhlich von einer Seite des Weges auf die andere. »Zwitsch, zwitsch, Peter, eter, ter.«

Ein antwortender Ruf ertönte vor uns. Wir wagten uns zwischen den letzten flammenden Fontänen hindurch und kamen am Hang eines Hügels an, der grün und kühl wirkte, wo ein steter Wind die Hitze hinwegwehte und Wasser zwischen den Bäumen glitzerte. Die kleinen Leute hüpften voran, ich mühte mich hinter ihnen her und wünschte, ich hätte sorgfältiger gepackt, damit mir die Decken nicht ständig um die Beine baumelten. So kam ich aufgelöst an, stolperte fast über das nachschleifende Bettzeug, knallrot durch die Hitze und Eile, und fiel unmittelbar vor der Frau, die auf uns wartete, aufs Gesicht. Sie war so unhöflich, laut zu lachen.

»Erhebt Euch, werter Spieler«, sagte sie, den Blick spöttisch auf das verstreute Zeug um mich herum gerichtet. Dann wandte sie sich ab, um sich in ein vielsilbiges Gespräch mit den *quadrumanna* zu vertiefen, das ihnen gut zu gefallen schien, denn sie kicherten unaufhörlich und kugelten sich den Bauch haltend über den Boden.

»Ich wollte von ihnen wissen«, sagte sie zu mir gewandt, »ob Ihr einer von den sagenhaften Kugelmäusen seid, die sich endlos durch die Welt rollen und nicht wissen, wo ihr Kopf und wo ihr Hinterteil ist. Die Kleinen hier sind fast geneigt, es anzunehmen, obwohl sie sagen, daß Ihr ein guter Versorger gewesen seid und wahrscheinlich derjenige, dessen Reise bis hierhin von Mavin Vielgestalt vorbereitet wurde. Seid Ihr es?«

»Sie ist meine Mutter«, erwiderte ich erschöpft.

»Soso. Dann seid Ihr es wohl. Mavin hat nicht so viele Söhne, daß man den einen mit dem anderen verwechseln könnte. Demnach ist Euer Name Peter?«

»Ja. Und Eurer?«

»Ihr könnt mich Thynbel nennen oder Sambeline. Oder wie immer Ihr mich nennen wollt.«

Ich entschied mich für den zweiten Namen. »Sambeline. Hat meine Mutter dieses Treffen mit Euch vereinbart?«

»Nein, keineswegs. Sie bat mich, auf Prooms Volk zu warten, damit ich sie für die Mühsal bezahle, Euch hierzubringen. Obwohl sie sagen, sie seien schon mit einem Pferd gut belohnt.«

»Mein Pferd? Was wollen sie mit meinem Pferd?«

»Vielleicht wollen sie es verkaufen, aber wahrscheinlicher ist, daß sie es essen.«

Mir fiel keine passende Antwort ein. Es war kein Pferd, an dem ich besonders hing, aber es war ein gutes, gehorsames Tier. Ein Pferd, das mir treue Dienste geleistet hatte. »Wenn Ihr sie bezahlt, würden sie dann einwilligen, das Pferd nicht zu essen?«

»Möglicherweise. Vielleicht bezahle ich sie aber auch, und sie verspeisen das Pferd trotzdem. Doch ich will es für Euch versuchen.«

Und das tat sie auch. Sie führte eine langwierige, schwierige Unterhaltung, mit endlos wiederholten Worten. Schließlich kicherten die kleinen Leute zum letzten Mal, hielten ihre Hände auf, um den Lohn in Empfang zu nehmen, und bekamen eine Fülle silberner Glöckchen und metallener Flöten hineingelegt, die wie die Sonne funkelten. Sie schlugen mir auf die Beine, gaben mir Klapse auf die Hüften, riefen zum letzten Mal »Peter, reter, eter« und verschwanden mit Luftsprüngen über den Weg des falschen Feuers in der beginnenden Morgendämmerung.

Sambeline winkte ihnen nach, wandte sich dann zu

mir um und sagte: »Sie sagten, sie würden das Pferd im Grünen freilassen, bis Ihr zurückkehrt, Peter. Vielleicht tun sie das auch. Vielleicht vergessen sie es. Sie tun es vielleicht und vergessen es und essen das Pferd später. Sie sind sehr vergeßlich, diese kleinen Kerle. Sie vergessen, wo sie ihre Glöckchen und Flöten hingelegt haben. Sie verlieren sie dutzendweise. Also sind sie stets erpicht, mehr davon zu bekommen und damit bezahlt zu werden. Wenn sie nicht so viele Dinge verlören, würden sie überhaupt nicht für uns arbeiten. Jetzt haben sie für eine Zeitlang Musik und werden viele lange Lieder über ihre Reise zu den Feuerländern singen, die sie mit dem Sohn von Mavin Vielgestalt unternommen haben.«

Ich war damit fertig geworden, meine Habseligkeiten sorgfältiger zusammenzupacken, und schnürte sie zu einem Bündel, das ich bequem tragen konnte. Sambeline bot mir keine Hilfe an, sondern beobachtete spöttisch meine Bemühungen. »Ich muß weiter, aber Ihr seid nicht meine Führerin, wie Ihr sagtet?«

»Nein. Ich werde nur ein kurzes Stück mit Euch gehen. Ihr befindet Euch in dem Land Schlaizy Noithn, dem Land der Gestaltwandler. Dorthin kann Euch niemand begleiten. Das hier ist Schlaizy Noithn, und die Straßen bleiben nicht, wie sie sind. Jedenfalls nicht für lange. Wohin wollt Ihr gehen?«

Ich setzte mich auf das Bündel. Die Dämmerung hatte ein grünes, bewaldetes Land freigegeben, von Flüssen durchzogen und mit Teichen und Seen bedeckt. Es lag unterhalb der Anhöhe, auf der wir standen, und streckte sich nördlich und westlich in einer lieblichen Schale, deren gewölbter Rand am Horizont durch andere Höhen gebildet wurde. »Ich suche das Monument von Thandbar«, sagte ich. »Könnt Ihr mir sagen, wo ich es finde?«

»Ihr denkt nicht wandlerisch genug«, bemerkte Sambeline, »wenn Ihr fragt, wo in Schlaizy Noithn Ihr das Monument von Thandbar finden könnt.«

Ich ließ mir ihre Worte durch den Kopf gehen. Tatsächlich waren sie nicht von der Hand zu weisen. Thandbar war der erste und größte aller Gestaltwandler gewesen. Sicher würde seine Erinnerungsstätte kein festes, unveränderliches Gebilde sein. Es würde sich bewegen, verwandeln, verändern. »Wenn Ihr es zu finden hättet«, fragte ich, »wo würdet Ihr suchen?«

»Hinauf und hinunter, hier und dort, dazwischen und hindurch, rundherum, innen und außen«, sagte sie.

»Oben«, fuhr ich fort. »Mittendrin, darunter, hindurch und obendrüber ...«

»Genau«, erwiderte sie. »Das ist schon wandlerischer gedacht. Vielleicht gibt es doch Hoffnung für Mavin Vielgestalts fremdländischen Sohn.«

5

SCHLAIZY NOITHN

IN DER DARAUFFOLGENDEN ZEIT lernte ich eine Menge über wandlerisches Benehmen, wandlerische Gedanken und Gewohnheiten. Wie soll ich es aber beschreiben, damit ihr es versteht, ihr, die ihr aus einer Welt stammt, in der die Berge nicht fortlaufen und sich die Straßen nicht in Bewegung setzen? Ihr, die Ihr aus einer Welt stammt, in der ihr morgens am gleichen Platz aufwacht, an dem ihr abends eingeschlafen seid, wo ihr euren Weg durch Grenzsteine markiert findet und Landkarten beim Reisen benutzt? Während meiner kurzen Reise mit dem kleinen Seeschiff hatte ich gesehen – wenn auch nicht gelernt – wie man seinen Weg mit Hilfe der Sterne finden kann. In Schlaizy Noithn mußte ich es lernen, denn die Sterne waren das einzige, das während der Tage und Nächte meiner Reise bestehen blieb. Ich würde sofort verzweifeln, wenn ich euch erklären müßte, was wandlerisch bedeutet, und so sage ich nur, daß es für jemanden, der in einer Schulstadt aufgewachsen ist, schwierig ist. Und doch – wie ich bald erfuhr – war meine Kindheit in der Schulstadt eine Gnade, die meine Mutter mir erwiesen hat und über die viele andere junge Wandler froh gewesen wären. Nun, es gibt keinen besseren Weg, etwas zu erzählen, als es einfach zu erzählen, wie Chance sagen würde. Also erzähle ich es jetzt.

Sambeline ging an meiner Seite, als ich Schlaizy Noithn betrat. Ich unterhielt mich mit ihr über alles mögliche, und sie antwortete mir, erzählte, daß Mavin hier große Achtung genösse, und nach einer Weile schaute ich zu ihr hin, um etwas zu sagen, und entdeckte, daß ein riesiger Pombi neben mir herschaukelte, dessen mächtiger Kopf bei jedem Schritt von einer Seite zur anderen schwang und dessen lange Zunge zwischen den gebogenen elfenbeinernen Fangzähnen heraushing. Vor lauter Schreck konnte ich überhaupt nichts tun. Mein erster Gedanke war, daß dieses Tier Sambeline getötet und ihre blutigen Überreste irgendwo hinter uns hatte liegen lassen. Als das Tier mir aber einen zerstreuten Blick zuwarf, bevor es den Weg verließ und einen hohlen Baum erklomm, wo es sich mit einer seiner mächtigen Tatzen festhielt, um mit der anderen in der Baumhöhle nach Honig zu fischen, den es auch mit allen Anzeichen großen Genusses schleckte, dämmerte mir, daß Sambeline und dieser Pombi ein und dasselbe waren. Als die Gestalt des Pombi verschwamm, zerfloß und sich in die Höhe erhob, um mit zweimaligem schrillem Uuhu-uuhu auf weiten Schwingen von feinstem Weiß davonzufliegen, als der Honigbaum sich schüttelte und auf Wurzeln, die plötzlich beweglichen Fingern glichen, durch den Wald davonschritt und mich allein zurückließ, wurde mir langsam klar, was wandlerisch bedeutete. Ich fing an zu begreifen, warum Sambeline meine Ausrüstung so spöttisch betrachtet hatte. Brauchte ein Pombi eine Decke? Einen Kochtopf? Einen Feueranzünder? Ich schulterte das Gepäck ab und starrte es an, unwillig, es zurückzulassen und mir doch im klaren darüber, daß es mehr als alles andere verriet, daß ich ein Fremder war, ein Außenseiter, jemand aus einem anderem Land. Bedeutete das Gefahr für mich – oder nicht? Ich wußte es nicht.

Unter den Spielfiguren von Barish waren sechzehn winzige Wandler. In einem einfachen Satz Figuren, wie man ihn zum Beispiel Kindern für ihre kleinen Brettspiele gab, wären das die Bauern gewesen. Bei mir waren sie Wandler, und einer von ihnen, wenn nicht sogar alle, enthielten die Persönlichkeit von Thandbar, dem alten Weitgesandten selbst, dem wandlerischsten von allen. Wahrscheinlich würde ihm das alles hier nicht eigenartig erscheinen, und doch dachte ich nicht daran, eine der Wandlerfiguren in die Hand zu nehmen und zog es auch niemals in Erwägung. Später wunderte ich mich, warum ich es nicht getan hatte. Der Grund war schlicht und einfach – Stolz. Wandeln war mein eigenes Talent, war mir in die Wiege gelegt worden. Ich wollte keine Anweisungen darüber von irgend jemand anderem hören. Ich wollte, daß es mein eigenes Talent blieb. Also begab ich mich, aus Ignoranz und Stolz unvorbereitet auf das, was ich antreffen oder sehen oder was man von mir erwarten würde, ganz allein in das Land Schlaizy Noithn.

So war es.

Ich saß auf einem Hügel neben einem grotesken Steinhaufen, der aussah, als sei er in halbgeschmolzenem Zustand geformt worden, und verzehrte mit unbehaglichem Gefühl ein paar Fische. Sie waren außergewöhnlich, denn sie hatten weder geheult noch waren sie den Fischspeer hochgeklettert, um freßwütig mit ihrem Mäulern meine Hände zu verschlingen, bevor sie sich in einen Schwarm Schmetterlinge verwandelt hatten und in den blauen Himmel entschwunden waren. Diese Fische hier waren still gewesen, und meine Vernunft sagte mir, daß es deshalb echte Fische waren, genießbare. Die Vernunft sagte mir das. Der Magen fühlte sich unbehaglich.

Neben mir huben die verformten Steine knirschend zu sprechen an, bewegten sich langsam, als wären sie die Lippen eines riesigen, breiten Mannes.

»Weer … iiiiist … nach Schlaaaizy Noiiithn … gekooommeen?«

»Peter, der Sohn von Mavin Vielgestalt«, sagte ich, voll Furcht, daß mein Herz gleich aus der Brust springen könnte. Der Stein sagte nichts weiter. Statt dessen wuchs ein langes Stück Erde neben mir aus dem Untergrund heraus, hoch und nach außen wie der gebogene Ast des lebendigen Hügels, um sich dann umzudrehen und nach mir zu spähen, indem es auf seiner Spitze ein neugieriges, milchigblaues Auge öffnete, mit Wimpern aus Gras bekränzt, das mir zublinzelte und mich dann anstarrte. Es starrte, während der Fisch briet, während ich ihn aß, während ich das Messer säuberte und einpackte. Es starrte, als ich das Feuer austrat und wandte sich dann um, um mir noch nachzustarren, als ich wegging. Als ich vom nächsten Hügelkamm aus zurückblickte, war das Auge etwas in die Höhe gewachsen, um mich besser im Blickfeld halten zu können.

Manchmal bewegte sich die Straße. Manchmal bewegte sie sich in die Richtung, in die ich ging, manchmal seitwärts oder rückwärts. Dann hüpfte sie wieder, wie ein launisches Pferd, das zum ersten Mal gesattelt wurde. Wenn die Straße sich entgegen meiner Richtung bewegte, verließ ich sie so rasch wie möglich und entschuldigte mich dafür, daß ich das tat – oder dafür, sie überhaupt betreten zu haben. Es schien schwierig, ohne Straße auszukommen, denn das Land war größtenteils unwegsam. Manchmal unterhielten sich die Straßen mit mir, manchmal verfluchten sie mich. Eine Straße umklammerte meine Füße so fest, daß sie mich eine ganze Tagesreise mit sich zurücktrug. Versteht Ihr meine Dummheit, wenn ich Euch sage, daß ich diese Tagesreise trotzdem wieder auf meinen eigenen Füßen vorwärtslief, das Gepäck geschultert?

Langsam wurden sie – wer immer sie auch waren – ungeduldig.

Als es Nacht wurde, machte ich Rast, holte den Feueranzünder aus meinem Gepäck und häufte Feuerholz auf, bereit für den Funken. Das Feuerholz schoß hoch und stieß den Anzünder aus meiner Hand, der von einem Vogel aufgefangen wurde, der in der Nähe auf einem Stein saß. Der Vogel flog fort, den Feueranzünder in den Krallen, und es war mir, als hörte ich ein krächzendes, leises Lachen in der Luft. Ich verfluchte die Gegend, die Einwohner, mich selbst. Niemand schien mich zu hören oder sich darum zu scheren, abgesehen davon, daß sich die Baumwipfel plötzlich in einem Wind zu bewegen begannen, der zuvor nicht geweht hatte, und daß sich Wolken in der Abenddämmerung zusammenballten, eine ungeheure Menge grauer aufgedunsener Klöße an einem Himmel, der wie rote Suppe aussah. Innerhalb weniger Minuten fing es an zu regnen. Mein Feuerholz bekam Beine und verschwand im Gebüsch. Ich wickelte mich in meine Decken und knabberte an einer Handvoll Nüsse, die ich im Laufe des Tages gesammelt hatte. Ein Hirsch trat aus dem Wald und röhrte eine Herausforderung an einen zweiten, der hinter mir erschien. Die beiden huben an, über meinem Körper miteinander zu kämpfen. Ich rollte mich hastig beiseite, schrammte mich dabei an Steinen blutig und sah gerade noch die beiden Hirsche zwischen den Bäumen verschwinden, meine Decken auf ihren Geweihen aufgespießt.

Ich kauerte mich unter einen Baum, ohne Decken, ohne Feuer, während das Wasser mir in den Nacken lief und es höhnisch weiter in Strömen regnete. Der Regen fand mich, wohin ich mich auch bewegte. Es gab keinen Schutz vor ihm außer einer Öffnung hoch im Baum, wo sich von Zeit zu Zeit Flügel gegen das Leuchten der Blitze abhoben. Mir war kalt. Meine Kleider konnten mich nur wenig wärmen. Da fühlte ich, wie etwas vorsichtig an meinem Fußgelenk zerrte. Der nächste Blitz ließ eine dünne Kletterpflanze sichtbar werden, die mit ihren messerscharfen Kanten die Nähte meiner Hose auftrennte, während eine ihrer Ranken eine Art Puder in meine Schuhe stäubte. Zwei Blitze später, und auf den Schuhen sprossen Pilze, große, feuchte Schwämme, die meine Füße bedeckten. Flügel flatterten in das Loch fünf mannshoch über mir, eine Öffnung so weit wie die Spanne meines Armes an dem dicken Baumstamm.

Eine dumpfe Wut begann sich in mir aufzubauen, ein Unbehagen, so groß, daß mein Körper dagegen rebellierte. Es gab keinen gedanklichen Zusammenhang. Etwas, das älter und mächtiger war als der Verstand, handelte nach seinem Willen, und Peter tat nichts, um es daran zu hindern.

Meine Krallen bohrten sich tief in die borkige Rinde des Baumes. Meine langen gebogenen Fangzähne leuchteten im Schein der Blitze. Über mir flatterten Vögel aufgeregt herum, und mein Pompi-Ich grinste vor Vorfreude. Ich fuhr mit einem Rutsch in die Öffnung hinein, mit knirschenden Kiefern, große Tatzen fingen einen Flatterer nach dem anderen und machten ihn zu einer bequemen Mahlzeit aus warmem Fleisch für mich, während der ich Federn aus der Öffnung spuckte und beobachtete, wie der Sturm sich über die fernen Berge hinweg verzog. Als es draußen ruhig war, rollte ich mich in der Höhle zusammen und fuhr nur noch einmal hoch, um ein Stück morsches Holz ins Freie zu werfen, das mich an der Hüfte gedrückt hatte. Ich schlief. Es war warm im Baum, und meine Wut verging, ebenso wie der Sturm vergangen war.

Als ich erwachte, erinnerte ich mich nur dunkel an das Vorgefallene. Ich war nackt wie ein Ei, in meiner eigenen Gestalt. Weit unten auf dem Erdboden lagen die Überreste meines Gepäckes. Ein paar Schnallen und Schnüre. Ein Messer. Neben mir in der Öffnung lag der Beutel, der die Spielfiguren von Barish enthielt. Offenbar hatte ich sie trotz meiner Wut nicht losgelassen. Ich begab mich den Baum hinunter wie ich hochgekommen war, in Pombi-Art, den Beutel zwischen den Zähnen. Auf dem Erdboden angekommen, kam mein Peter-Ich wieder zum Vorschein, wenn ich auch fellbedeckt blieb, mit einer Tasche im Fell für die Spielfiguren. Es war alles nicht schwierig. Ich fragte mich und frage mich auch heute noch, warum ich so lange brauchte, um es zu begreifen oder mich dafür zu entscheiden. Das Messer hätte ebenso in die Tasche gepaßt, aber ich ließ es liegen, wo es war. Die Pombi-Krallen konnten ebenso gut schneiden.

Als die Sonne immer höher stieg, wurde mein Fell kürzer, außer an den Beinen und Füßen, wo ich es als Schutz vor den Steinen und Dornen brauchte. Als es gegen Abend kälter wurde, wuchs das Fell wieder. Der Körper tat alles von selbst. Peter brauchte nicht darüber nachzudenken. Der Körper dachte an längere Beine, wenn er sie brauchte, und an Arme, deren Länge sich veränderte, wenn sie sich nach irgend etwas reckten, das sie pflücken wollten. An diesem Tag aß ich besser als an vielen vorhergegangenen. Keine Frucht riß sich schreiend aus meiner Hand los. Kein Fisch und kein Vogel verwandelte sich über meinem Feuer in ein Ungeheuer. Manche Dinge ließ ich in Ruhe, und der Körper wußte, welche. Nach einer Zeitlang wußten es die Augen, und schließlich auch der Verstand.

Es gab Bäume, denen man sich besser nicht näherte, Hügel, von denen man sich fernhielt, Straßen, die man nicht betrat. Andere Dinge wiederum waren gastfreundlich oder einfach ›echt‹. Ich sah Artefakte in Schlaizy Noithn, Monumente. Ehrengrabmale. Riesige Menhire, die aussahen, als seien sie am Urbeginn der Zeit errichtet worden. Einige von ihnen waren von Menschen gebaut, vielleicht von Spielern oder Bauern. Einige waren Wandler, Wesen wie ich (dachte ich zumindest), die gerade etwas schufen. Ich lernte, an diesen Stellen auf mein Körpergefühl zu achten. Wenn die Dinge ›echt‹ waren, konnte ich sie erforschen oder dort Schutz suchen. Wenn sie es nicht waren, empfahl es sich, einen sicheren Abstand von ihnen zu halten. Andere Dinge, die weder wandlerisch noch echt waren, kannte ich in Schlaizy Noithn noch nicht, Dinge, vor denen mein Körper mich nicht warnen konnte. Was mich einem dieser Dinge in die Arme trieb, war meine Einsamkeit.

Tage waren inzwischen verstrichen. Ich hatte aufgehört, sie zu zählen, während ich das ganze Tal auf der Suche nach Thandbars Monument durchquerte. Ich hatte gesucht und gesucht und war beinahe am Verzweifeln, denn wer sagte mir, daß das Denkmal sich nicht ständig von mir wegbewegte oder sich hinter mir versteckte? Seitdem Sambeline weggeflogen war, hatte ich kein menschliches Wesen mehr zu Gesicht bekommen. Ich überlegte manchmal, ob sie die menschliche Gestalt nur bei bestimmten Anlässen benutzten, für irgendwelche hohen Rituale, um ihre Religion auszuüben, wie immer die auch aussehen mochte. Mir zeigten sie sich jedenfalls nicht in ihrer menschlichen Gestalt. Ich sah Tiere, die keine Tiere waren, Dinge, die wie aus Stein oder Erde gemacht aussahen, aber nicht waren, Bäume und Pflanzen, die niemals aus Samen oder Knollen gesprossen waren, aber ich sah keinen Menschen. Sogar Peter in seinem Fell war seiner menschlichen Wirklichkeit näher als viele andere hier.

Als ich deshalb zu dem Schloß kam, mit seinen Hunderten von hellerleuchteten Fenstern und seinem sanften Hauch Musik, der von ihm in die Nachtluft hinausschwang, brauchte ich die Gesellschaft meinesgleichen dringender, als ich in Worte fassen konnte. Langsam wurde ich unsicher, wer ich war, was ich war. War ich bloß der fellbedeckte Peter, ein Wilder in der Wildnis, ein Tier unter vielen anderen, das langsam vergaß, warum es hierhergekommen war und was es hier wollte? Ich brauchte dringend das Wissen, mehr zu sein als das.

So rief das Schloß mich zu sich, von seiner Höhe

oben, wo es brütend über den silbrigen Wiesen lag, seine hohen verzierten Säulen in knolliger Asymetrie verdreht, Seen aus Schatten auf das Gras vor meinen Füßen werfend, mit Sümpfen der Dunkelheit in den Höfen. Seine Türen standen weit offen. Einladend. Es gab keine Warnung. Alles wirkte grotesk, verunstaltet, fremd, aber nicht gefährlich. Ich war zu einsam, um mich zu fürchten. Ich verwandelte mich in eine zivilisiertere Gestalt, genoß wieder das Gefühl von Kleidung an meiner Haut, das Gewicht eines Umhangs auf meinen Schultern. Ich hatte gelernt, daß Kleidung kein Problem war. Man konnte sie aus dem gleichen Stoff machen wie dem, aus dem man seine Haut schuf.

Ich schritt unter den Arkaden hindurch, die Hände mit offenen Handflächen vor mir, um zu zeigen, daß ich kein Feind war. Hier gab es kein Fallgatter, das knirschend in steinernen Ausbuchtungen einrastete, keine Brücke, die donnernd aufs Pflaster rasselte. Nein, ein offener Weg, der Fußboden ein Mosaik, dessen Muster sich wand und drehte, in unerwartete Richtungen führte, von unvorhergesehenen Kurven und unberechenbaren Geraden zurückkehrte. Mein Blick verschwamm, als ich darauf schaute, aber ich redete mir ein, das käme vom Hunger nach Gesprächen, nach Menschen, nach einem Feuer oder Essen, das gekocht war, nach den Verlockungen menschlichen Daseins. Der Name des Ortes war über der großen Tür eingemeißelt. ›Schloß Jammer.‹ Der Name wirkte nicht gerade fröhlich, aber das war noch kein Grund, den Ort zu verdammen. Ich war schon öfter an Plätzen mit traurigen Namen gewesen.

Die Tür schwang weiter vor mir auf, und ich ging hindurch.

Dann schloß sie sich hinter mir.

Mir fehlen die Worte, um das Geräusch zu beschreiben. Die Tür war nicht sehr groß, nicht größer als viele andere Hallentüren auch. Sie schloß sich sanft, aber mit dem Geräusch einer Tür von zwanzigfacher Größe, einem mächtigen *Wumm!* wie von einem riesigen Hammer. Es vibriert etwas, widerhallte kurz und löste sich dann in eine Stille auf, in der noch immer etwas von dem Ton schwang. Und von überall her aus dem monströsen Gebäude ertöne das Geräusch weiterer Türen, die sich mit unabwendbarer Endgültigkeit schlossen, ein Schließen, das so unausweichlich war, wie ich es mir bis zu diesem Augenblick nicht hatte vorstellen können. Ich war eingeschlossen. Ich drehte mich um, um mit den Händen gegen die Tür zu schlagen und stoppte dann, aus Angst davor, was vielleicht als Antwort auf diese Schläge erfolgen könnte, denn das Schließen der Türen hatte geklungen, als klappten Kiefer zusammen, als schlössen sich klatschende Hände um flatternde Flügel, um festzuhalten, zu halten und zu halten, bis Hoffnung und Leben erstorben war. Es war das Geräusch, das Zähne erzeugen mochten, die sich um eine Kehle schlossen.

Ich begann mich schrecklich zu fürchten, so sehr, daß ich eine ganze Weile überhaupt nichts unternehmen konnte, kaum atmete, mich hinkauerte, wo ich mich befand, und mich umschaute wie in einem Alptraum. Schließlich bewegte ich mich wieder.

Es gab Treppen, die aus der Audienzhalle über bodenlose schwarze Abgründe führten, sich gegen Säulen schwangen und sie wie Schlangen umwanden, über sie hinweg zu hohen Böden aufstiegen, auf den Hunderte rohgemeißelter steinerner Köpfe verstreut standen, die mich anlächelten und mit Kinderstimmen um Essen, Sonnenlicht und Freiheit baten. Sie rollten bettelnd hinter mir her, als ich mir einen Weg zwischen ihnen hindurch bahnte. Ich schlüpfte durch eine Tür und schloß sie gegen den Lärm, gegen das fordernde Klopfen der Steinköpfe gegen die Tür.

Es gab Zimmer ohne Decken, deren Mauern sich oben in unendlicher Finsternis zu verlieren schienen, und das Geräusch von etwas Riesenhaftem, das dort oben schwebte und hin- und herschwang. Es gab Wandelgänge ungeheuren Ausmaßes, Fenster, die zu Innengärten führten, wo steinerne Tierköpfe mich ungestüm anschauten, als wünschten sie verzweifelt, sich bewegen zu können. Es gab große Hallen, in denen Herdfeuer brannten und Tische mit dampfenden Mahlzeiten gedeckt waren. Ich aß nichts. Ich trank nichts. Shattnir in mir zog jedoch die Hitze aus diesen Feuern, um sie zu speichern.

Als ich nicht mehr weiter konnte, war es neben einem dieser ungeheuer großen Herde, wo ich auf den Fersen hockend auf einem Teppich sitzenblieb, dessen kompliziertes Muster *quadrumanna* auf der Jagd nach Schlangen zeigte. Shattnir hörte nicht auf, Hitze in mir zu speichern. Fast im Halbschlaf ließ ich sie gewähren, ließ mich von ihr zu einem großen Gefäß der Kraft machen. Ich konnte hören, wie sich in weitentfernten Hallen des Schlosses Türen leise öffneten und wieder schlossen, und ich fragte mich voll Furcht, was sich da wohl nähern möge. Meine Hand wanderte in die Tasche an meiner Seite. »Komm, Großmutter«, flüsterte ich. »Göttliche Didir, komm …«

Was als Antwort auf diese umklammernde Einladung auftauchte, war alt, so alt, daß mein Mund trocken wurde und meine Haut sich runzlig und verstaubt anfühlte. Jahrhunderte sanken auf mich herab, tausend Jahre, vielleicht sogar mehr. Eine Haut war es, eine eingeschrumpfte Hülle, in der sich nichts befand, nichts – bis sich die Haut füllte, etwas aus mir, aus Shattnir, aus der Welt um uns herum in sich hinein zog und anschwoll, von innen gegen mich drückte, bis ich dachte, es bliebe kein Platz mehr für mich übrig, und angstvoll aufschrie: »Genug, genug! Laß mir etwas Raum!« Daraufhin ließ es nach, eine Art Rückzug setzte ein, und eine Stimme flüsterte aus den Tiefen der Jahrhunderte: »Ich verstehe… verstehe… verstehe…«

Ich fühlte Dorn in mir und seine Ehrfurcht; Trandilar, die sich verbeugte; Wafnor, der mit erhobenem Kopf lächelte; Shattnir, die DERJENIGEN, die ich aus der Vergangenheit gerufen hatte, die Hand bot. Großmutter Didir, Dämon, Erste aller Spieler und Spielerinnen aus längst vergessener Zeit. Sie, die den Geist dieses Ortes, an dem ich mich befand, LESEN konnte, den Geist dieses monumentalen Gebildes, falls sie es wollte. Wenn ich die Ehrfurcht der anderen vorher gespürt hätte, würde ich nicht so unverfroren gewesen sein, SIE zu rufen. Ich bin froh, daß ich es nicht vorher wußte. Den Mitbewohnern meines Geistes war meine Furcht nicht entgangen, und Didir entging sie auch nicht. Ich hörte ihre Stimmen durcheinander, ihre erhob sich über die anderen wie flüsternder Stahl, unendlich zart, unendlich stark.

»Tja, Kind, das ist ein gefährlicher Platz, den du hier gefunden hast.«

»Magiermacht Neun«, flüsterte Shattnir.

»Nekromant Neun«, sagte Dorn.

»Unsinn«, erwiderte Didir. »Gefährlich, aber nicht tödlich. Wir Alten beugen uns nicht so rasch dem Wort ›tödlich‹, nicht wahr, Kind?«

Ich bewegte mich nicht, denn sie griff aus mir heraus, gebrauchte die Kraft, die Shattnir gespeichert hatte, griff durch das Material dieses labyrinthischen Gebäudes hindurch, um die Mitte zu finden, seinen Nerv. Ich fühlte, wie sie suchte und suchte, fühlte das kalte Unverständnis der Mauern, die steinerne Ignoranz der Säulen und Treppen, während sie weiter suchte, sich bis zu den Grenzen des Platzes streckte. Nichts.

Am Ende des Korridors öffnete sich eine Tür.

»Dort unten«, flüsterte Didir. Sie sandte ihre suchenden Gedanken aus und hinunter, durch Bodenmosaiken und muffige Gewölbe, zu den Abgründen der Verließe und Katakomben, die sich unterhalb der Mauern in schweigender Finsternis verloren. Nichts.

Die Tür schloß sich.

Es schien mir, als hörte ich Didir mit den Zähnen knirschen, ein kleines knirschendes Jucken in meinem Kopf. »Oben«, sagte sie, und ihr Geist wanderte abermals umher, langsamer, sorgfältig, durchsuchte jedes Quentchen Luft, jede Treppenstufe, stieg das Mauerwerk nach oben bis zu dem tief darüber hängenden Himmel, umschlang jeden Turm wie eine Weinranke, bohrte sich mit winzigen Gedanken wie mit wurzellosen Füßen hinein, zum First hoch, zu den weiten, leeren Dächern. Nichts.

Plötzlich hörten wir, wie sich vielleicht zwanzig Schritte von dem Zimmer entfernt, in dem wir uns befanden, auf dem großen Korridor eine Tür öffnete und nach einer abwartenden Pause wieder schloß, mit dem mächtigen dumpfen Geräusch einer etwas entfernten Explosion. O Götter der Schöpfung, wir erstarrten vor Angst. Laute Warnrufe ertönten in mir, aber die brauchte ich nicht. Ich *floß* die Wand hoch, benutzte die ganze Macht, die Shattnir gespeichert hatte, stieg fließend hoch wie Wasser, bis ich auf einer Mauer lag, die nicht breiter war als ein Fingernagel, fein, dünn und durchsichtig dahingestreckt wie Glas, durch meine Haut schaute, durch sie fühlte und mit jeder Faser von mir hörte und wußte, wie sich die Tür zu dem Zimmer unten öffnete und etwas hindurchging. Dann schloß sie sich wieder.

Doch im Zimmer begann etwas zu zischen, etwas sehr Altes und Böses. Ich konnte es fühlen, spüren, wußte, daß es anwesend war, aber man konnte es mit dem gewöhnlichen Sehsinn nicht erkennen. Vorweltlich und unsichtbar füllte es den Raum aus, preßte sich gegen die Mauern, preßte sich gegen mich in wütender Besitzherrschaft über diesen Platz, dieses Gebäude. Dann, unsagbar langsam, ohne etwas von seiner drohenden Ausstrahlung zu verlieren, öffnete sich eine andere Tür auf der gegenüberliegenden Seite des Zimmers, und das, was sich im Raum aufgehalten hatte, verschwand. Die Tür schloß sich hinter ihm mit dieser unabwendbaren Endgültigkeit, die ich nun schon unzählige Male erlebt hatte.

»Es weiß, daß jemand hier ist«, flüsterte Didir in mir. »Aber es weiß nicht, wo du bist.«

Ich ließ mich die Wand hinuntergleiten und blieb als Pfütze unten liegen, eine Pfütze, in der der kleine Beutel mit Barish Spielfiguren der einzige feste Gegenstand zu sein schien. »Nimm dich zusammen, Junge«, sagte Didir streng. »Gib mir eine Gestalt, in der ich überlegen kann!« Sie schlug nach mir, ein Aufzucken elektrischen Schmerzes, der sich nicht darum scherte, in welcher Gestalt ich mich gerade aufhielt. Ich kämpfte mich in die Gestalt des fellbedeckten Peters zurück, verstaute die Spielfiguren in meiner Tasche und wartete. Weit entfernt verhallten Geräusche großer, zuklappender Türen.

Dann belauschte ich ein Gespräch zwischen Geistern. Dorn und Didir, Wafnor und Shattnir, Trandilar als interessierte Zuhörerin, ein Stimmengewirr, in dem alle gleichzeitig redeten oder es zumindest versuchten, während ich mich, soweit es ging, aus meinem Geist fernhielt, um ihnen allen Platz zu lassen. Es hielt aber eine ganze Weile an, zu lange, denn entlang der hallenden Korridore ertönte näher kommend wieder das Geräusch der Türen.

»Schluß jetzt«, schnappte ich, mit der Geduld am Ende. »Niemand von euch hört dem anderen wirklich zu. Seid ruhig. Laßt mich meinen Kopf wieder selbst benutzen!« Überraschtes Schweigen folgte – und dann ein Gefühl wie Rückzug, eine Art belustigter Rückzug. Sollten sie über mich lachen, wenn sie wollten. Schließlich war es mein Körper, den ich schützen mußte.

Ich setzte Stück für Stück zusammen, was ich bis jetzt wußte, genauso, wie Spielmeister Gervaise es mich hoch oben in den kalten Räumlichkeiten der Schulstadt einst gelehrt hatte, zog Rückschlüsse aus dem Bekannten und fügte meine Vermutungen hinzu. »Didir findet keinen Geist in diesem Gebäude. Wenn es hier Geist gäbe, würde sie welchen finden, also gibt es hier keinen. Nichtsdestotrotz befinden wir uns an einem Ort, der Zeichen davon aufweist, der entworfen wurde, ein Ort, der offenkundig nicht zufällig oder aus Chaos entstanden ist. Wenn sich also kein Geist hier befindet, hat es vielleicht früher einmal welchen gegeben. Wenn er nicht hier ist, ist er vielleicht fortgegangen – irgendwo anders hin.« Ich wartete, ob mir jemand widersprach, aber meine Mitbewohner hüllten sich in Schweigen.

»Wie dem auch sei«, fuhr ich verbissen fort«, irgend etwas befindet sich hier, irgend etwas Urtümliches, Bösartiges, das Geschöpfe hereinlockt, aber nicht mehr herausläßt. Eine Falle, eine schlichte Falle – aber wer hat sie gebaut?«

»Ein Teufel?« Es war Wafnors Stimme, voller Zweifel.

»Was sind Teufel?« fragte Didir.

Schweigen.

»Was bleibt, wenn der Geist gestorben ist?« Dorn, nachdenklich. »Wenn der Körper weiterlebt, nachdem der Geist tot ist...«

Ich überlegte. Unterhalb Bannerwells, in den Kerkern, hatten wir nach der großen Schlacht Spieler gefunden, über deren lebende Körper Seidenhand, die Heilerin, in Tränen ausgebrochen war und gesagt hatte, man solle ihnen gestatten, zu sterben, denn ihr Geist sei schon längst tot, bis in die Wurzeln ZERLESEN und zerstört, ausgebrannt, und habe nur lebendes Fleisch zurückgelassen, wie sie es nannte. Sie hatten geatmet, geschluckt, mit blicklosen Augen ins Leere gestarrt. Himaggery hatte Seidenhand gewähren lassen, und sie hatte die Spieler friedlich einschlafen lassen. Didir las meine Erinnerung daran.

»Welchen Geist besitzt die Echse auf dem Stein?« fragte sie. »Was denkt das Krokodil in seinem Sumpf? Geist genug, um zu essen, zu atmen, zu kämpfen und sein Revier gegen andere seiner Art zu verteidigen – gegen andere überhaupt. Soviel und nicht mehr. Keine Vernunft, keine Vorstellungskraft…«

»Wie lange?« hauchte Dorn. »Wie lange kann es überleben?«

»Für immer«, flüsterte Didir. »Warum auch nicht? Wer sollte es bekämpfen?«

»Ihr meint also«, fragte ich sie, »daß der Schöpfer dieses Ortes… tot ist? Vielleicht schon lange tot? Daß aber irgend etwas von ihm, ein sehr alter, primitiver Teil überlebt hat?« Draußen hatte das Zischen erneut eingesetzt, die Tür öffnete sich langsam. Ich floß wieder die Wand hoch, rasch, denn es quoll mit einem einzigen aufbrausenden Wutschwall ins Zimmer. Ich fühlte etwas, das nach dem Eindringling suchte, *etwas*, das danach gierte, in Stücke zu reißen und zu zerfetzen. Diesmal blieb es lange, sehr lange im Zimmer, drehte und wendete sich, um den ganzen Raum zu durchsuchen, seine Oberflächen, seinen Geruch und Geschmack. Eine entsetzlich lange Zeit verstrich, bis es sich schließlich wieder entfernte, durch die Tür und die Korridore des Schlosses hinunter verschwand.

»Wie können wir es aufhalten?« Niemand antwortete mir. »Los«, forderte ich sie auf, »helft mir nachdenken! Ist dieses Schloß erbaut worden? Oder ist es eher etwas wie dieser Hügel, auf dem ich saß und der mit mir sprach? Befinden wir uns im Körper eines Wandlers?«

»Das ist doch gleichgültig«, erwiderte Wafnor. »Ruf Hafnor, meinen Vorfahren, den Portierer, der sich bei den Figuren befindet. Ruf ihn, und wir lassen uns von ihm von hier wegportieren…«

Ich knirschte ob dieser Versuchung mit den Zähnen. »Würde ich das gewollt haben, hätte ich ihn anstelle von Großmutter Didir gerufen. Denkt doch an die Steinköpfe. An die wilden Tiere im Garten. Sollen wir sie einfach hier zurücklassen, ihrem Schmerz ausliefern?« Es war überheblich von mir, aber ich hatte entschieden, daß bei mir kein Hilferuf mehr unbeantwortet verhallen würde. Das Schicksal von Himaggery und Windlow – und vielleicht auch Izias – brannte zu tief in mir, die Schuld war zu frisch, um einer neuen zu erlauben, sie weiter zu schüren. Ich fühlte, wie sie sich unsicher in mir bewegten, und wie ich davon schwindlig und schwach wurde, wie sich die Macht entleerte.

»Also gut«, sagte Wafnor. »Wenn wir den Geist nicht finden können, müssen wir eben den Körper angreifen.«

Ich merkte, wie er seine mächtigen Arme ausstreckte, immer weiter, bis zu einem weit entfernten schlanken Turm, der an der Außenmauer des Schlosses stand, fühlte, wie Wafnor mit der ganzen Macht, die Shattnir für ihn aufgebaut hatte, gegen den Turm drückte. Der Turm wankte, neigte sich, stürzte langsam ein. Irgendwo in dem riesigen Gebäude ertönte ein durchdringend schrilles Zischen, eine entsetzliche Folge wütender Laute, das trommelnde Geräusch auf- und zuklappender Türen die langen Korridore entlang zum Turm hin. Wafnors Kraft kehrte wie ein Peitschenhieb zu mir zurück, streckte sich dann wieder aus und griff diesmal in die entgegengesetzte Richtung. Er fand einen Zwischenwall und begann rasch, die Erde darunter auszuhöhlen, so daß Steine und Erde in die entstehende Öffnung stürzten, als die Grundpfeiler zu brechen begannen. Ich merkte, wie die Mauer langsam nachgab, wie sie sich wie ein riesiges Blatt nach außen legte, wie sie barst und auseinanderbrach und die Steine auf das

Pflaster unten aufschlugen. Im Schloß verdoppelte sich der Wutschrei, ein Windstoß brauste durch das Gebäude von einem Ende zum anderen, schaute nach uns, suchte uns. Das Zischen wurde zum Brüllen, zu einem tobenden Tumult.

»Das Ding ist verletzt«, sagte Didir. »Seht nur, die Türen...«

Tatsächlich, die Türen standen offen, bei uns und weiter oben im Gang, und bewegten sich leicht wie im Windzug, unschlüssig, ob sie sich richtig schließen oder ganz öffnen sollten. Wafnor faßte wieder hinaus, dieses Mal zu einer Stelle, die auf halber Strecke zwischen seinen beiden früheren Angriffen lag, und wieder untergrub er eine Mauer und ließ ihre zerberstenden Steine mit donnerndem Geprassel auf den Mosaikboden stürzen. Die Tür vor uns begann zu schlagen, wieder und wieder, eine Kanonade von Schlägen. Zwischen einem *bang!* und dem nächsten ertönte ein langgezogenes, rumpelndes Brüllen, und die steinernen Köpfe schossen durch die Tür und flogen wie Querschläger von einer Wand zur anderen, von Seite zu Seite, schreiend, mit aufgerissenen Augen, während ihren steinernen Mündern kehlige Schmerzenslaute entflohen. Der Lärm steigerte sich, und sie rollten hinweg, als Wafnor sich an der vierten Seite der Schloßmauer zu schaffen machte. Die Wände des Zimmers begannen, sich zu wölben.

»Es schlägt nach sich selbst«, flüsterte Didir. Ich zog mich quer durchs Zimmer zu der entgegengesetzten Wand, beobachtete und lauschte mit jedem Nerv. Die Mauer gegenüber zog sich wie bei einem Atemzug nach innen, bog sich wieder nach außen und brach in Stücke, die auf den Boden und durch ihn hindurch nach unten in die großen Hallen stürzten. Dann kam Wafnor wieder zu mir zurück, und wir rührten uns nicht mehr, brauchten uns auch nicht mehr zu bewegen, denn um uns herum jagte Schloß Jammer sich selbst in wütender Zerstörung, biß sich, schlug nach sich in selbstmörderischer Tobsucht. Mauern brachen, Decken stürzten ein, mächtige Deckenbalken barsten entzwei und streckten ihre Teile wie gesplitterte Knochen zum Himmel. Dann, plötzlich, verblaßten Balken, Steine und Mörtel verschwammen. Gestank breitete sich aus, Gestank nach Verwesung. Morsche Klumpen fielen auf uns herab, Fäulnis brodelte auf. Ich rollte mich zusammen, wurde zu einer Schale und ließ mich wie eine Nuß auf der Fäulnis treiben, während ich abwartete, bis ich den Schrei hörte, mit dem Schloß Jammer in Schweigen versank und verschwand. Für immer verschwand.

Als die Stille von Vogelgezwitscher unterbrochen wurde, entrollte ich mich wieder und wurde zum Fellpeter. Ich stand auf einem verwüsteten Hügel, auf einem Boden aus Asche und Schlacke, grau und hart, auf dem kein einziger Grashalm wuchs. Hier und dort standen noch ein paar Steine aufeinander, verschoben und gesplittert, wie Überreste eines Skeletts. Sonst sah ich nichts, abgesehen von den steinernen Köpfen und Tieren, die nun mit leblosem Blick schwiegen. Ich stieß einen von ihnen mit dem Fuß an, und als er zu Staub zerfiel, kam der Schädel darunter zum Vorschein. Dieser starrte mich ebenfalls aus leeren Augenhöhlen an, und ich begann zu weinen. »Nicht, nicht«, sagte Didir in mir. »Es leidet nicht mehr.«

Am Fuß des Hügels zitterten zwei Bäume und wurden zu jungen Menschen, blond und ernst. Ein *Pombi* kam aus dem Wald, stellte sich auf die Hinterbeine und verwandelte sich in Sambeline. Auf einem der Steinköpfe ließ sich ein Vogel nieder, kreuzte die Beine und stützte den Kopf in die Hand, um mich mit den Augen eines Mannes mittleren Alters anzublicken. Langsam versammelten sich um uns einige der Wandler von Schlaizy Noithn, um mich und die Ruinen anzustarren – neugierig und seltsam regungslos.

Nach einer Weile sah ich hoch und sprach einen von ihnen an. »Wie lange gab es diesen Ort hier schon?«

Der Vogelmann ruckte mit dem Kopf, überlegte und sagte: »Ein paar tausend Jahre, soviel ich weiß.«

»Was war es? Es war ein Wandler, stimmt's?«

»Man hat mir erzählt, sein Name sei Thandigar gewesen. Er war verrückt. Völlig verrückt.«

»Er war nicht verrückt.« Ich zwang sie, mir in die Augen zu sehen. »Er war tot.«

»Das kann nicht sein«, sagte Sambeline. »Wenn er tot gewesen wäre, hätte es Schloß Jammer nicht mehr gegeben…«

»Doch!« Ich hätte sie am liebsten allesamt verflucht. »Der Wandler war tot. Sein Geist ist bereits vor langer Zeit gestorben. Überreste des Körpers blieben erhalten, irgendein primitives reflektives Nervenzentrum, das die Dinge am Laufen hielt, die Feuer am Brennen, das Mauern ausbesserte und die Türen öffnete und schloß, das festhielt und haßte. Nur das blieb übrig…« Ich wartete, aber sie schwiegen. »Wie viele von euch hat es gefangen? Getötet?«

»Von uns nur ein paar«, erwiderte der Vogelmann zögernd.

»Aha. Ihr habt Euch also gegenseitig gewarnt. Und die anderen? Die sollten es selbst herausfinden, stimmts? Wie viele gingen hinein?«

»Tausende«, erwiderte Sambeline verstimmt.

»Und wie viele kamen wieder heraus?«

»Keiner«, sagte der Vogelmann.

»Falsch«, sagte ich. »Jetzt sind sie alle wieder herausgekommen. Alle. Und nun verlange ich eine Antwort, die ich mir redlich verdient habe. Wo ist das Denkmal von Thandbar?«

Sie schauten sich an, mit wandlerischen Blicken, Blikken, die sich von den Augen abwandten und sich über die Schultern auf weit entfernte Dinge richteten.

»Was ich mit Schloß Jammer gemacht habe, kann ich auch mit anderen Dingen hier tun«, drohte ich leise. »Gleichgültig, welche Gestalt ihr annehmt, ich finde euch schon…«

Es war Sambeline, die einlenkte. »Schlaizy Noithn selbst ist Thandbars Denkmal«, erwiderte sie. »Das Tal selbst.«

Beinahe mußte ich lachen. O Mavin, dachte ich. Mutter, bist du wirklich mit denen hier verwandt, dieser Ansammlung speichelleckender Nichtstuer? Und, falls es wirklich so ist, warum will ich dich dann überhaupt finden? Meine Augen blickten zu den Anhöhen. »Schau nicht darauf«, hatte sie gesagt. Na gut, wenn ich nicht auf Schlaizy Noithn schauen sollte, dann würde ich eben auf die Anhöhen blicken. Irgendwo dort hoch.

Ich sagte kein Wort mehr zu den Gestalten, die immer noch inmitten der Verwüstung standen. Ich wandte mich einfach ab und ging fort in Richtung der Anhöhen. Hinter mir hörte ich, wie sich ein kurzes Streitgespräch entspann. Als ich mich umdrehte, um auf den Weg zurückzublicken, war niemand mehr da. Das Tal lag vor mir, wie ich es zuerst gesehen hatte, grün, bewaldet, mit Girlanden aus Flüssen und mit Seen geschmückt. Am Rand des Tales nahe bei mir befand sich eine graue Narbe. »Werdet Gras und bedeckt sie«, flüsterte ich. »Um eure Schande zu verbergen.« In mir bewegte sich Didir heftig. »Schon gut«, sagte ich. Sollten sie doch eine Weile auf die narbige Erde blicken. Vielleicht fiel ihnen dann ein, was sie hätten tun sollen. Oder getan hätten, wäre ihnen eines der Wörter bekannt gewesen, die Windlow mir beigebracht hatte.

In diesem Augenblick hätte ich keine wurmstichige Frucht für alle Wandler von Schlaizy Noithn hergegeben.

6

Mavins Sitz

Oben auf der Anhöhe führte ein Pfad rund um das Tal. Ich wandte mich nach Westen, weil das der Richtung entgegengesetzt lag, aus der ich nach Schlaizy Noithn gekommen war. Der Pfad führte mich höher und höher hinauf, bis ich zuletzt einen spitzen Gipfelvorsprung erreichte, der sich westwärts über das Land neigte. Dort lehnte ich mich gegen einen Baum. Mein Blick glitt von den eisbedeckten Bergen im Süden zu einem weit entfernt liegenden nebelverhangenen Gebiet im Norden, wo Dschungel und Sümpfe lagen. Ich lehnte – ohne viel zu überlegen – an einem Baum, bis eine Bewegung meine Aufmerksamkeit erregte. Oben auf dem Gipfel saß Mavin neben einem Feuer, über dem ein paar fette Vögel brieten. Das Wasser lief mir so im Mund zusammen, als ich daran dachte, wie sie wohl schmecken würden, daß ich kein Wort herausbrachte, als ich mich näherte.

Mavin schaute hoch und fuhr mich an: »Was hat dich aufgehalten? Ich dachte, du kämst viel früher.«

Das war zu viel. Ich spürte, wie heiße Wut in mir kochte und wie eine harte Windböe mein Rückgrat hochschoß »Wie kannst du zulassen, daß es etwas so Entsetzliches gibt?« schrie ich sie an. »Seit Jahrhunderten – wie ein Geschwür! Und was hast du dagegen unternommen? Nichts! Ich wäre beinahe getötet worden. Wie Tausende vor mir auch. Wer waren sie? Vierhändige? Bauern? Leute, nach denen kein Hahn krähte? Wie konntest du zulassen, daß dein eigenes Fleisch und Blut in dieser Falle gefangen wird?

Wie konntest du …« Vor lauter Zorn versagte mir die Stimme.

Mavin hörte gar nicht richtig zu. Sie ließ einen der Vögel auf ein Holzbrett plumpsen, häufte etwas Unerkennbares daneben, legte eine Brotkante dazu und stellte alles auf einen Stein neben mich. »Du wirst hungrig sein«, sagte sie. »Exorzieren ist anstrengend.«

Wieder schrie ich sie an. Sie biß vorsichtig in ein Vogelbein, wobei sie den Finger benutzte, um sich ein Stück knuspriger Haut in den Mund zu schieben. Der Geruch war überwältigend. »Dein Essen wird kalt«, sagte sie.

Ich wütete, tobte, rannte hin und her, und die Worte sprudelten ungewollt, in einem vollendeten Wutausbruch, aus mir heraus. Mavin aß einfach weiter. Schließlich konnte ich vor Erschöpfung, Wut und aus purer Schwäche nicht weitertoben. Ich schnappte nach Luft, erstickte fast an meinen eigenen Worten. Mavin drückte einen hölzernen Krug in meine Hand. Ich dachte, es wäre Wasser und trank den Krug in einem Zug fast zur Hälfte aus. Daraufhin schnappte ich derartig nach Luft, daß ich endgültig verstummte. Im Krug war Branntwein, reinster Branntwein, und er brannte meine Wut fort, fegte durch mich hindurch wie ein Besen beim Ausmisten eines Stalles. »Aaargh«, schnaufte ich. »Aargh.«

»Genau.« Sie gab mir das Holzbrett. »Wenn du mit deinem Vortrag nun endgültig fertig bist, mein Sohn, werde ich deine Anschuldigungen beantworten. Wie alt bin ich deiner Meinung nach? Ach, gleichgültig … du wirst ja wohl nicht annehmen, daß ich tausend Jahre alt bin, oder? Dachte ich mir. Also, dann kann ich die Verantwortung für diesen Ort, von dem du sprichst, für mindestens neunhundertundnochwas Jahre von mir weisen. Seitdem ich merkte, daß dieser Ort einen Fluch für das Tal von Schlaizy Noithn bedeutet, habe ich dreimal versucht, die Sache in Ordnung zu bringen. Zuerst probierte ich, ein paar dieser halsstarrigen Unveränderlichen in das Tal zu holen, aber sie weigerten sich. Sie meinten, es sei nicht ihr Problem, ob dieser Ort ein paar tausend Spieler mehr oder weniger verschlänge. Dann versuchte ich, einen bekannten Heiler hierher zu bringen, aber er weigerte sich ebenso. Es sei unwahrscheinlich, daß er Erfolg habe, meinte er. Mein dritter Versuch gelang. Schloß Jammer ist zerstört, und du bist hier, ißt gebratenes Geflügel, was nicht das Schlechteste ist.«

Ich starrte sie ungläubig an. Hatte sie mich absichtlich *dort* hinein geschickt?

»Ich hatte recht, nicht wahr? Es war wahnsinnig?«

»Es war tot«, murmelte ich. »Tot, und ich könnte jetzt auch tot sein ...«

»Unsinn. Du bist mein Sohn. Du bist ein Wandler. Wandler von Mavins Familie werden nicht einfach ›getötet‹. Dazu sind wir viel zu wandlerisch, zu schlau, zu gewitzt ... Außerdem warst du nicht allein.«

Der Branntwein hatte meine Finger und Fußzehen erreicht und wärmte sie kitzelnd und angenehm. Das Essen glitt mir die Kehle hinunter. Ich konnte nicht mehr die Kraft aufbringen, mich weiter zu ärgern. »Du hast mich betrunken gemacht«, sagte ich anklagend.

»Ich weiß, wie man mit Hysterikern umgeht«, erwiderte Mavin ungerührt. »Du hast dir wirklich Zeit gelassen, hierher zu kommen. Hat dich die Einladung verwirrt?«

»Nein ... nein. Ich wollte kommen. Aber es gab andere, die wollten, daß ich nicht fortging. So verging die Zeit.«

»Und die Reise? Kamst du gut voran?«

»Das Schlimmste war der Händler. Ich dachte, er brächte mich um. Er versuchte ...«

»Nicker? Ein schmaler Mann mit breitem Mund? Einem Mund voller Lächeln und Oberflächlichkeiten?

Mit Augen, die so kalt sind wie schmutziges Eis und Feuerstein? Ist es der?«

Ich nickte zustimmend. »Wie dumm von mir, auf ihn hereinzufallen. Wie dumm … Aber er ließ einfach nicht locker …«

»Ja, das ist seine Art.« Ihre Stimme knirschte.

»Ich brauchte eine Weile, bis ich begriff, daß er mich töten wollte. Oder irgend etwas mit mir anstellen. Ich bin mir nicht ganz sicher, was.«

»Wie versuchte er es?«

»Vergifteter Wein. Vielleicht war auch ein Schlafmittel darin. Ja, vermutlich ein Schlafmittel, denn er geriet außer sich, als ich ihn davon überzeugte, daß ich tot sei.« Ich redete weiter, berichtete ihr stoßweise, was während der Reise passiert war, wobei ich nichts ausließ bis auf das, weshalb ich ursprünglich mit einer solchen Eile zu ihr aufgebrochen war. Naja, ich war voller Branntwein. Als ich ihr von meinen vielen Prüfungen in Schlaizy Noithn erzählte, schüttelte sie den Kopf.

»Wir nennen es das Denkmal von Thandbar, aber im Grunde ist es nicht viel mehr als eine Kinderstube. Viele dort haben ihr Talent gerade entwickelt, oder sind sehr jung oder beschränkt. Sambeline besitzt nur drei Gestalten, ihre eigene, den *pombi* und eine Eule. Eine Menge Wandler dort sind Wereulen oder Wer*pombis*. Einige neigen zu Experimenten oder sind einfach verrückt, Frauen und Männer, die das Talent nicht beherrschen, sich wandeln und dann irgendeine seltsame Gestalt annehmen. Straßen zum Beispiel, die reden. Sprechende Hügel. Manche experimentieren sich in Formen, aus denen sie sich nicht mehr befreien können. Schloß Jammer war wahrscheinlich so ein Fall. Ich habe oft überlegt, daß es sich lohnen würde, ein paar Unveränderliche hier zu haben, um diese Armen befreien können, aber ich war nicht imstande, die Unveränderlichen davon zu überzeugen.«

»Sie halten nicht viel von Spielern.« Ich gähnte. »Obwohl Rätsel sehr freundlich zu mir war.«

»Nun, vielleicht können wir uns auf diese Freundlichkeit eines Tages einmal berufen. Erzähl mir von meiner Familie. Wie geht es Mertyn? Schmiedet er immer noch Pläne mit Himaggery und Windlow?«

Ich verfluchte mich selbst. Sie wußte es nicht. Ich hatte über eine Stunde essend und trinkend bei ihr am Feuer gesessen, und sie wußte immer noch nicht Bescheid. Mit einem Wortschwall platzte ich alles heraus – daß Himaggery und Windlow verschwunden waren, Mertyn sich in der Leuchtenden Domäne aufhielt. Sie schaute mich mit erstarrtem Gesicht an, im Augenwinkel verdächtige Feuchtigkeit.

»Himaggery verschwunden? O Götter des Spieles, ich befürchtete, daß so etwas passieren würde. Er ist ein liebenswerter Mann, voller Saft wie eine reife Frucht.« Sie hielt inne und sagte dann: »Er ist dein Vater. Ich erinnere mich gern an ihn, er sich aber nicht an mich. Er hätte gern gehabt, daß ich bei ihm geblieben und mit ihm zusammengelebt hätte wie das bäurische Weib eines Hufschmieds – ich, Mavin Vielgestalt, der die Welt nicht groß genug sein kann! Ich verließ ihn gegen seinen Willen, und deshalb mag er mich nicht mehr.«

»Weiß er es? Ich meine … weiß er, daß er mein Vater ist?«

»Er weiß, wie alt du bist und daß ich deine Mutter bin, und eigentlich müßte er zwei und zwei zusammenzählen können. Ja, ich vermute, daß er es weiß. Nicht, daß das wichtig wäre. Was ich ihm damals auch sagte, aber er hatte den Kopf voll bäurischer Ideen. Genug davon … Ob er mich noch mag oder nicht, ist gleichgültig, ich möchte trotzdem nicht, daß er einfach in den Schatten verschwindet wie so viele andere unserer Freunde auch. Mertyn tat gut daran, dich zu mir zu schicken. Tja, was machen wir jetzt am besten?«

»Mertyn wollte, daß ich sie finde, nach ihnen suche. Er bat mich, überall nach ihnen zu forschen, als Nekromant …«

»Das ist zwecklos. Die Verschwundenen sind nicht tot. Das ist uns schon seit Jahrzehnten klar. Aber sie leben auch nicht, denn die Unterherolde können sie nicht finden. Nein, sie sind in das Land von Dingold, dem Ort der Schatten, gegangen, und wir müssen uns verwandeln, um sie dort zu finden. Nicker zum Beispiel weiß etwas, da kannst du Gift drauf nehmen.«

Diese plötzliche Gesprächswendung traf mich überraschend, und Mavin merkte das und deutete von der Höhe, auf der wir saßen, zu dem Platz unten, der langsam ins Licht kam, als der Schatten der Nacht kürzer wurde. Ich schaute auf etwas hinab, was noch sonderbarer wirkte als Schlaizy Noithn, denn es wies keine Ähnlichkeit mit irgend etwas auf, das ich kannte.

Das eigenartige Gebilde sah aus, als hätte das Kind eines Riesen eine Spinne aus Lehm, Fetzen und Fäden gebastelt, aus Rattenfell und Schlamm, und dieses Tier dann auf einen steinernen Teller gesetzt, so daß seine Beine rundum über den Tellerrand ragten und seine Augen in alle Richtungen funkelten. Wenn das Kind dann noch Türme aus Lehm gebaut und zwischen die Beine der Spinne aufgestellt hätte, jeden Turm mit Türen am Sockel, die wie Gesichter geformt waren, jedes Gesicht ein aufgerissenes Maul in der Dunkelheit, und wenn dieses Kind das Ganze dann mit einer gezackten Mauer umgeben und in zitternde Bewegung versetzt hätte – nun, dann wäre wohl das herausgekommen, was ich gerade sah. Rauch stieg herauf. Klirrende Geräusche drangen nach oben, gedämpft durch die Entfernung. Die Gesichter auf den Turmtüren grinsten, öffneten die Augen und schlossen sie wieder. Die Spinne rollte die Augen dahin und dorthin, das Ganze ein dunkler Klumpen im Licht des frühen Morgens.

»Was ist denn das?« flüsterte ich, unfähig, meinen Augen zu trauen.

»Der FLECK«, sagte Mavin. »Hierher kommen die Schenker. Nicker kommt hierher.«

»*Schenker?*«

»Händler. So nennen sie sich. In Wirklichkeit sind es Schenker. Sie bringen bestimmte Sachen hierher und nehmen andere dafür mit. Die Dinge, die sie mitnehmen, verkaufen sie oder verschenken sie einfach.«

»Ist das der Ort, an dem diese Zauberkünstler leben?«

»Was weißt du von Zauberkünstlern?« wollte sie wissen.

»Nur, was man auf dem Markt erzählt. Was Spielmeister Gervaise mir gesagt hat. Und Nicker. Daß es möglicherweise, irgendwo im Westen, einen Ort gibt, an dem Zauberkünstler leben. Gervaise sagte, die kleinen Spielfiguren kämen von dort. Nicker behauptete, es gäbe einen solchen Ort nicht, aber wir wissen beide, daß er ein Lügner ist.«

»Der Platz dort unten wird manchmal der Ort der Zauberkünstler genannt. Aber dort unten gibt es keine Spieler. Keine Unveränderlichen. Nur ein paar seltsame Wesen, die dort leben, und ein paar seltsame, die kommen und gehen. Und bald wird auch Nicker wieder auftauchen. Er kommt regelmäßig hierher, und als er das letztemal kam, verließ er den Ort wieder mit deinen Vettern in seinem Gefolge.«

»Meinen Vettern?« Ich erinnerte mich an grinsende Gesichter unter rotflammendem Haar, die in Bannerwell von weit oben auf mich herabgeschaut hatten. »Meine Vettern? Mit Nicker? Warum?«

»Deine Vettern Swolwys und Dolwys. Zwillinge. Taugenichtse, aber bessere Wandler als jeder, den du in Schlaizy Noithn getroffen hast. Sie haben nicht deine Vorteile, keine Spielfiguren von Barish, die sie zu Hilfe rufen können, wie du es vermutlich in Schloß Jammer getan hast und wie ich es auch erhoffe. Aber es sind trotzdem prächtige Kerle. Ich schickte sie mit Nickers Zug fort, als er das letztemal hierher kam, und sie werden dort von der Straße aus dem Norden zurückkommen. Selbst wenn wir keinen anderen Beweis haben, die Tatsache, daß Nicker *diese* Straße benutzt, die über Poffle hinausführt, beweist uns, *was* er ist. Sie müßten jetzt bald zurückkehren.«

Sie blickte nach Norden, wo Wagenspuren auf dem Plateau zu sehen waren, die hinter einem Vorsprung verschwanden. Ich folgte ihrem Blick und sah Staubwolken. Jemand fuhr auf dieser Straße, die nur in eine Richtung führte, und zwar zu dem Platz unter uns.

»Da sind sie schon. Es wird aber noch Stunden dauern, bis sie hier sind, so langsam, wie ihre Wasserochsen vorankommen. Wenn ich du wäre, mein Sohn, würde ich eine Weile schlafen. Trink den Rest des Branntweins und bewege deinen vollen Bauch in meine Höhle hier. Ich wecke dich, wenn sie angekommen sind.« Sie wies auf einen halbverborgenen Eingang im Fels, den ich zuvor nicht gesehen hatte. Ich war zu erschöpft, um zu widersprechen und ließ zu, daß sie mich in die Richtung schob.

Vom Höhleneingang her schaute ich zurück, in der Erwartung, sie immer noch von dem Vorsprung aus ins Tal hinabblicken zu sehen, doch der Platz war leer. Hoch über mir kreiste ein mächtiger Vogel, dessen Flügelspanne so breit war wie ich hoch. Er rief meinen Namen und stieß auf mich herunter, ehe er sich von einer Luftströmung nach Norden treiben ließ. Er sah vor dem Sonnenlicht sehr schön aus, weiß und glänzend, mit Flaum, der davonstob wie Rauch. Ich trat mit einem Gefühl besonderer Traurigkeit in die Höhle, als hätte mich eine Erinnerung heimgesucht, die ich nicht erkennen konnte. Vielleicht rührte es aber auch nur von dem Alkohol in meinem Blut her, den Nachwirkungen des Ärgers. Ich schlief, kaum daß ich mich hingelegt hatte.

Mavin weckte mich am späten Nachmittag, schüttelte mich und bot mir etwas warme Brühe aus einem siedenden Topf über dem Feuer an. »Sie haben angehalten«, sagte sie. »Es wirkt beinahe so, als zögere Nicker, sich dem FLECK zu nähern. Sie sind aber bereits nahe der Mauer, und du kannst sie von hier oben ausgezeichnet sehen.«

So setzte ich mich wieder auf den Vorsprung und beobachtete die Wagenburg neben der gezackten Mauer. Die Tiere waren ausgeschirrt und zu einem Flecken mit hohem Gras geführt worden, der am Beginn der Steigung lag. Mavin schaute neugierig hin. Bis zu diesem Augenblick hatte ich keinen Gedanken darauf verschwendet, welche Gestalt meine Vettern in Nickers Gefolge eingenommen haben könnten. Mavins angestrengter Blick zeigte mir, wo sie waren und in welcher Gestalt. Zwei Ochsen bewegten sich grasend von den übrigen hinweg, zu einem Felsen, der lange, breite Schatten warf, grasten um ihn herum und waren verschwunden. Ein Rascheln zwischen den niedrigen Bäumen zeigte, wohin sie gegangen waren.

»Sie werden gleich hier sein«, sagte Mavin befriedigt. »Vielleicht erfahren wir etwas Neues …« Man hörte Schritte auf dem Pfad näher kommen, und dann tauchten die beiden hinter dem hohen Felsen auf, genau wie ich sie in Erinnerung hatte, mit breiten Gesichtern, roten Haaren, ihre gleichgeformten Münder zu einem gleichaussehenden Grinsen verzogen. Einer der beiden hatte eine auffällige Narbe über dem Auge. Ansonsten sahen beide völlig gleich aus. Der mit der Narbe zeigte auf sein Merkmal.

»Swolwys«, sagte er. »Ich habe die Narbe behalten, damit es für die anderen einfacher ist, mich zu erkennen. Es ist leichter, als sich in etwas Unverwechselbares zu verwandeln.«

»Unsere Einzigartigkeit ist unverwechselbar genug«, sagte der andere. »Warum soll man uns daran nicht erkennen? Ich bin Dolwys. Diese Zwergenhirne im Wagen bemerkten nicht einmal, daß sie zwei völlig gleiche Wasserochsen besaßen. Wir probierten es absichtlich aus, um zu sehen, ob sie wachsam seien. Sie waren es nicht, oder zumindest nicht sehr. Sie nahmen an, du seist tot, Vetter Peter.«

Ich schluckte. Sie wirkten sehr jung, viel jünger als ich. »Ich nehme an, ihr wart nicht so überzeugt davon.«

Swolwys überlegte. »Nun, wenn wir nicht gewußt hätten, wer und was du bist, hätten wir es vielleicht auch geglaubt. Es war sehr gut gespielt. Allerdings haben wir nicht ganz begriffen, warum du dich nicht einfach verwandelt und aus dem Staub gemacht hast.«

»Im Zug war eine Frau«, sagte ich.

»Aha« erwiderte Dolwys. »Izia.«

»Izia, die Schöne«, kommentierte sein Bruder. »Nicht gerade mein Fall, aber trotzdem hübsch. Sehr hübsch.«

Mavins Kopf fuhr hoch wie der eines witternden Fustigars. »Eine Frau? Bedeutet sie dir etwas?«

»Nichts«, sagte ich lachend, doch seltsam bitter. »Warum diese Aufregung? Sie ist eine Dienerin, ein Bauer. In Gefangenschaft, gegen ihren Willen festgehalten durch irgendeine Vorrichtung, von der ich zuvor noch nie etwas gehört habe. Stiefel. Stiefel aus Metall, die bis zu den Schenkeln reichen, und die heiß werden, wenn Nicker es will. Wäre ich einfach verschwunden, hätte Nicker denken können, die Frau sei in meine Flucht verwickelt, denn ich hatte ihn leider merken lassen, daß ich sie beobachtete. Wie du sagst, sie ist sehr hübsch.«

»Aber sie bedeutet dir nichts?«

Ich mußte mich zügeln, als ich diese Frage noch einmal hörte. »Nichts! Überhaupt nichts! Sie ist eine Gefangene. Wie diejenigen in Schloß Jammer. Du weißt, wie ich über solche Dinge denke.«

»Ja. Gut. Vielleicht können wir etwas für sie tun.«

In diesem Augenblick war ich heilfroh, daß kein Dämon in der Nähe war. Mit ehrlichem Herzen hätte ich ihm gegenüber nicht sagen können, daß Izia mir nichts bedeutete. Sie bedeutete mir eine ganze Menge, und die Tatsache, daß sie sich fast in Reichweite meiner Stimme befand, ließ mich zittern. Izia. Ich konnte sie Nickers Bösartigkeit nicht überlassen. Ich mußte einen Weg finden, sie zu befreien. Ich verstand das Gefühl nicht ganz, denn es war nicht einfach Mitleid. Doch ich begrüßte es, wie ich – wie ich inzwischen begriff – Sylbie und Schloß Jammer begrüßt hatte. Es waren Probleme, Probleme, die gelöst werden mußten, Dinge, die verkehrt waren und die gerade gerückt werden mußten. Ich dachte wieder an das seltsame Wort von Windlow: Gerechtigkeit. Es war eigenartig, welch befriedigende Sachen man unter der Flagge dieses Wortes tun konnte. So sann ich vor mich hin, während meine Vettern und meine Mutter über den Vorsprung lehnten, um die Fuhrwerke unten zu betrachten.

»Seht ihr!« flüsterte Mavin. »Nicker hat sich entschieden, bis morgen früh zu warten.« Es stimmte. Das Lager war fertig errichtet. Nicker saß neben dem Feuer, während die anderen mit ihren immer wiederkehrenden Arbeiten beschäftigt waren. Ich erblickte Izia kurz, wie sie zwischen den Tieren umherging, das fehlende Ochsenpaar suchte, ihr Rock weit sichtbar zwischen den Hosen der Männer, die alle mit der gleichen Verzögerung gingen, die ich inzwischen nur zu gut verstand.

»Gibt es einen Weg, sie zu befreien?« fragte ich die Zwillinge. »Von Nicker oder den Stiefeln?«

»Falls es nötig wird, müssen wir uns einen Weg ausdenken«, entgegnete Swolwys. »Diese Stiefel sind auf eine Art miteinander verknüpft, die wir nicht begriffen haben. Ich hörte Nicker sagen, daß ein Portierer nicht aus diesen Stiefeln herauskönnte. Ein Tragamor könnte sich nicht von ihnen wegbewegen, und ein Wandler könnte sich nicht verwandeln, wenn er sie trüge. Sie sind den Talenten überlegen, sagt Nicker. Nicker kontrolliert sie, aber er muß jedes Jahr zu dem FLECK zurückkehren, um seine Macht erneuern zu lassen. Sie wird bereits wieder schwächer, und ich glaube, das ist auch der einzige Grund, weshalb er hierherkommt. Ohne diese Macht schwindet ihm die Kontrolle über seine Diener. In den letzten Tagen waren bereits Anzeichen von Aufsässigkeit zu bemerken, besonders bei den neuen Dienern. Wir zogen ziemlich weit nach Süden, vermutlich, um dich zu suchen, Vetter, und hielten in der Nähe der Leuchtenden Domäne, wo du aber nicht mehr warst. Nicker kaufte dort einige Bauern bei einem Pfandleiher, junge, starke Burschen, in deren Auge bereits der Funke der Meuterei glimmt.«

»Und Izia? Würde sie sich auch auflehnen?«

»Nein. Sie ist bereits als Kind in Nickers Hände gefallen. Er ärgert sie immer mit dieser Tatsache. Er behauptet, ein Wandler hätte sie ihm verkauft, weil sie wertlos war – und daß nur Nickers Großzügigkeit und Freundlichkeit sie die ganzen Jahre über am Leben erhalten habe. Sie steckt in den Stiefeln, seit sie sieben oder acht Jahre alt ist, vielleicht seit zehn Jahren. Diese Jahre haben ihr das Rückgrat gebrochen. Sie wird sich nicht auflehnen. Sie lebt nicht, sie vegetiert.«

»Warum tut er ihr das an? Warum?«

Die Zwillinge blickten mich eigenartig an, und Mavin spießte mich wieder mit einem ihrer herrischen Blicke auf, aber Swolwys antwortete rasch: »Sie stammt aus einer Familie von Pferdezüchtern und Hufschmieden unten im Süden. Pferdeverstand wird bei diesen Leuten vererbt wie bei uns die Talente. Izia bringt bei Pferden alles zuwege, auch bei den meisten anderen Tieren, und sie ist für Nicker das Tausendfache ihres Preises wert. Außerdem ist sie hübsch …«

Ich wollte nichts weiter hören. Der Gedanke an Izia in Nickers schmutziger Umarmung war unerträglich. »Was jetzt?« fragte ich.

»Jetzt wirst du Swolwys Platz einnehmen«, erwiderte Mavin. »Und hinunter zu Nickers Lager gehen. Wir müssen erfahren, was in diesen Mauern morgen vor sich geht.« Mit einem drohenden Blick warnte sie mich, ihr zu widersprechen, doch ich hatte das gar nicht vor. Im Gegenteil. Ich hätte darum gebettelt, gehen zu dürfen. Ich mußte sehen, ob Izia noch lebte … ob sie noch diesselbe war wie in meiner Erinnerung.

7

Der Fleck

Die Wasserochsen erkannten mich als ihresgleichen an, doch zuvor mußte ich erst eine ganze Weile meine Hände auf eines der Tiere legen, um zu begreifen, wie es gebaut war. Ich hatte bereits gemerkt, daß es einfacher war, sich in eine Phantasiegestalt zu verwandeln als in etwas, das allseits bekannte Formen und Bewegungen aufwies. Während der ersten Stunden meines Wasserochsenlebens mußte ich mich deshalb immer wieder zwingen, den Kopf gesenkt und den Schwanz gegen die Fliegen in Bewegung zu halten und nicht über meine flappigen Füße zu stolpern. Ein *Fustigar* zu sein, war mir leichter gefallen, aber ich hatte Fustigare davor auch täglich beobachten können. Wasserochsen waren eher ländliche Tiere, auf jeden Fall aber welche, die stärker rochen. Dolwys flüsterte mir zu, daß ich aufhören konnte, mein Verhalten zu beobachten, sobald mir der Geruch nicht mehr fremd vorkam. Es ging rascher, als ich gedacht hatte.

Ich lernte bei dieser Verwandlung, Masse zu sammeln, etwas, das ich zuvor nicht gekannt hatte. Wenn man sich verwandelte, wurde die überschüssige Masse allmählich zu dem Fleisch des anderen Geschöpfes. Verwandelte man sich zurück, blieb eine gewisse Masse übrig. Einige Wandler, wie zum Beispiel der Hügel in Schlaizy Noithn, sammelten einfach immer mehr Masse, bis das Fasernetz, aus dem ein Wandler bestand, so weit gedehnt war, daß es nicht mehr zu seiner ursprünglichen Form schrumpfen konnte. Dieses Netz sei der Dreh- und Angelpunkt allen Wandelns, sagte Mavin, die bereits das Fleisch gesammelt hatte, das von Dolwys und Swolwys übriggeblieben war, nachdem sie sich wieder in ihre menschliche Gestalt zurückverwandelt hatten. Es sei zu zerfetzt, um Rippchen daraus zu machen, meinte sie, aber es würde eine gute Suppe ergeben. Ich muß gestehen, daß mir bei diesen Worten etwas unwohl in der Magengegend wurde. Der Gedanke, etwas zu essen, das zuvor Teil meiner Vettern gewesen war, behagte mir gar nicht. Sie lachten über mich, als ich dies sagte, worauf ich mich sehr jung und ausgesprochen töricht fühlte. Aber trotzdem gefiel mir die Idee nicht, und ich war froh, als sie nicht in die Tat umgesetzt wurde. Anstelle der Suppe lernte ich, Gras zu essen.

Ich erfuhr, daß Wandler einen eigenen Jargon besaßen, fast eine eigene Sprache. Sich in seine Originalgestalt zurückzuverwandeln, hieß ›das Netz ziehen‹ und bezog sich offenkundig auf das Fasernetz, das von Geschöpf zu Geschöpf, von Gestalt zu Gestalt, mehr oder weniger geschlossen blieb. Mit der Hälfte des Netzes konnte man ein Vogel werden, benötigte aber ungefähr zwei Drittel davon, um sich in einen Wasserochsen zu verwandeln. Was übrig blieb, wurde einfach innen beiseitegelegt, verfügbar für andere Dinge, wie Kleidung oder was auch immer. All das hörte sich äußerst reizvoll an.

Am nächsten Morgen jedenfalls war aus mir ein unauffälliger Wasserochse geworden, der vom Grasen zum Fuhrwerk getrieben und dort eingeschirrt wurde. Immer wenn ich den Kopf in ihre Richtung schwang, sah ich Izia hinter mir. Laggy Nicker hatte sich nun doch entschieden, die letzten Schritte seiner Reise in die schattigen Höfe des FLECKS zu unternehmen. Die Tore standen weit offen, als wir uns näherten. Sie wirkten, als täten sie das schon seit mehr als einer Generation, so rostig und ausgeleiert waren ihre Angeln, die eisernen

Türblätter abgesackt und schief, der Zwischenraum von Gras überwuchert. Hinter den Toren fielen die Schatten der riesigen spinnenbeinigen Gewölbe auf uns, und eines der Turmgesichter murmelte uns über das Pflaster hinweg an. Dolwys schnaubte, als sei er verstört, und mir fiel ein, daß ich ein Wasserochse war, der sich über einen solchen Anblick sicher erschrecken würde, und ich schnaubte ebenfalls, Izias Stimme im Ohr: »Nanana, meine Guten, ruhig, ganz ruhig.« Der Klang ihrer Stimme ließ mich unwillkürlich schaudern, vielleicht wäre das jedem anderen Wasserochsen auch so ergangen.

Wir erblickten den ersten Bewohner dieses Ortes, als er prahlend über das Pflaster hüpfte, und dabei dachte ich, während der Verwandlung sei irgend etwas mit meinen Augen schiefgegangen, so monströs wirkte die Gestalt, die uns gegenübertrat. Das Wesen stand eine ganze Zeitlang vor uns, bis mein Verstand glaubte, was meine Augen sahen. Das war kein Wandler. Es war eine echte Person, oder vielmehr eher zwei Personen. Zwei von der Taille aufwärts mit zwei Köpfen, zwei Paar Schultern, vier Armen und zwei Oberkörpern, die aus einer gemeinsamen Taille, einem Paar Hüften und zwei Beinen herauswuchsen. Das Geschöpf gluckste. »Dupie eins«, sagte einer der Münder, während der andere in einer tieferen Tonlage hinzufügte: »Dupie zwei.« Als ich hochschaute, sah ich, wie Izia auf ihrem Sitz schauderte und Laggy Nicker mit einer Miene höchster Zuversicht nach vorne kam.

»Hallo, Dupies. Wollt ihr die Tiere hier im Hof behalten, oder sollen wir sie lieber draußen vorm Tor lassen?« Seine Stimme hatte den einschmeichelnden Klang, den ich nicht mehr gehört hatte, seit er mich vor den Mauern von Betand in seinen Zug locken wollte.

»Hier, hier, Laggy Nicker«, erwiderte der Kopf mit der Tenorstimme. »Hier. Wo Dupies sie beobachten können, füttern, ihre schönen Flanken striegeln. Dupies dürfen sie haben, oder? Wir werden sie lieben, lieben, die niedlichen Dingerchen, die großen, wundervollen Tierchen, bis sie in Stücke fallen.«

Dolwys neben mir zitterte, ich ebenso. Die lustvollen Schmeicheleien klangen in meinen Ohren stark nach Hunger. »Sieh bloß, wie sie zittern«, sagte die tiefere Stimme. »Den hübschen Tierchen wird es kalt, da im Schatten. Hol sie doch in die Sonne, dupey, wo's warm ist…«

»Gut, gut«, sagte Nicker herzlich. »Führt sie in die Sonne, Dupies, und bringt ihnen Futter und Wasser. Sie werden euch dafür lieben.«

»Ooooh, in Stücke lieben werden sie uns, in Stücke, so groß, wie sie sind.«

»Lieben, ja, das werden sie uns.« Die beiden (oder war es bloß einer?) führten uns hinweg, ihr (oder sein?) Vergnügen hinaustirillierend. Wieder schauderte Dolwys neben mir. Ich fragte mich, was er wohl dachte. Bei all den Menschen ringsum war es unmöglich, sich zu unterhalten. Wir mußten damit warten. Man führte uns zu einer sonnigen Stelle neben einem Wassertrog. Neben uns wurde ein Karren Heu geschoben. Wir schlugen mit den Schwänzen und wanden unsere Nüstern unter den streichelnden Händen und unaufhörlich schwatzenden Stimmen der Dupies, während wir versuchten, um sie herum oder zwischen ihnen hindurch Nicker und den Rest zu beobachten.

»Wo ist Fettmann, Dupies? Wo bleibt er?« Nickers Frage war eindringlich, als wollte er die Aufmerksamkeit dieses Monstrums von uns ablenken.

»Fettmann? Oh, Fettmann ist hier. Dauert eine Weile, Laggy Nicker. Vor einer Weile war er hier. Geduld, Geduld. Er wird gleich kommen.«

»Langmann? Ist Langmann da?«

»O ja. Langman ist immer hier. Immer manchmal. Er

geht und kommt. Laggy Nicker. Geduld, Geduld.« Die zwei Köpfe kehrten sich einander zu und küßten sich leidenschaftlich, umklammerten sich fest, bevor sie mit dem Streicheln und Striegeln der Pferde fortfuhren. Uns hatte man noch nicht gestriegelt, und ich begann inständig zu hoffen, daß es uns erspart bleiben möge. Aber es sollte nicht sein. Statt dessen wurde ich und auch Dolwys mit einer solch hungrigen Zärtlichkeit beglückt, daß wir beide, als die Dupies von uns abließen, am ganzen Leib zitterten. Wenigstens konnten wir die anderen im Zug sehen, die aber ebensogut aus Stein hätten sein können, so zusammengesunken kauerten sie auf dem schattigen Pflaster nahe den großen, mundartigen Türen. Keiner bewegte sich außer Nicker, der zwischen ihnen hindurchmarschierte, seine Hände gegen die Hüften schlug und mit den Hacken seiner Schuhe ein unregelmäßiges *tock, tock, tock* auf das Pflaster hämmerte. Aus irgendeiner verborgenen Öffnung heraus konnten wir die Dupies »Geduld, Geduld, Laggy Nicker«, rufen hören.

Der erste Beweis für weitere Bewohner war ein schrilles, warnendes Kreischen, gleich einer verrosteten, in der Stille des Hofes gequält aufschreienden Türangel. Es kam aus einem der Türme, hinter den murmelnden Lippen der Türen hervor. Das Kreischen wurde zum Rumpeln, das Rumpeln zum Geklapper, und einer der Münder begann sich zögernd zu öffnen, immer weiter, bis die Augen in Falten verschwanden und die Zähne weit über einer metallenen Zunge aufklafften, die sich nach außen streckte, hin zu uns. Über diese Rampe rollte ein Geschöpf, das auf seine Weise genauso seltsam war wie die Dupies, rund und so fett, daß seine Schultern aufwärts und seine Wangen nach außen quollen, wodurch eine konvexe Linie entstand, die in eine kugelartige Form überging, einen Ballon, einen Ball, ein Ei von Mann. Er fuhr in einer Art Tasse, wie in einem Eierbecher auf Rädern, und von diesem Gefährt rührte der unfaßbar quietschende Lärm her.

»Öl, Dupies«, schrie das Wesen. »Öl für den Fettwaggon. Oh, er schreit, nicht wahr? Macht fürchterlichen Krach. Laggy Nicker, halli-hallo, hallo-halli! Hörst du, wie ich ich dich ankreische! Öl, Öl! Dupies!«

»Geduld, Geduld«, ertönte es, offenbar die übliche Antwort der Dupies auf alles, was an diesem Ort geschah. Der Fettmann rollte seinen Eierbecher rückwärts und vorwärts, wobei er mit dem hohen Quietschen sämtliche Tiere in Panik versetzte, bis die Dupies – von wo aus immer sie sich versteckt gehalten hatten – herbeigerannt kamen, ein Kanne Öl in den Händen. Eine Art Nachlaufspiel entspann sich, bis das Quietschen langsam abnahm und schließlich beinahe Ruhe eintrat. Nun erst trat Laggy Nicker wieder vor.

»Ich grüße dich, Fettmann.«

»Oh, ich grüße dich ebenso, Laggy Nicker. Bringst du gute Fracht für uns? Etwas, was *sie* erfreut? Etwas, das die großen, langen Dinger glücklich macht? Ich hoffe doch. Sie werden langsam schwierig, Laggy Nicker. Empfindlich. Haben Wutanfälle und werfen mit Sachen nach uns. Ganz ohne Grund. Ojeh, ojeh! Sie brauchen Abwechslung, Laggy Nicker. Ja, eine Abwechslung.«

»Ja, ich habe das meiste von dem dabei, was ich bringen sollte.«

»Das meiste? Hast du ›das meiste‹ gesagt, Laggy Nicker? Oh, oh! Nur das meiste dabeizuhaben, könnte vielleicht zu wenig sein. Viel, viel besser wäre es, *mehr* zu haben, nicht *das meiste.* Langmann wird in Rage geraten, Laggy Nicker. Alle Langmänner. Alle. Du wirst es gleich selbst von ihm hören.« Und der Fettwaggon rollte zwischen die hohen Pfeiler und zu den murmelnden Türgesichtern, sprach laut mit sich selbst, während er kielholend hin- und herkippte und das Licht wieder und wieder auf die Glatze des Fettmanns leuchtete, als er sich rollend seinen Weg in die Schatten zurück suchte.

Ich hörte, wie Izia zu Laggy Nicker sagte: »Warum erlaubt Ihr uns nicht, draußen zu warten? Hier drinnen könnt Ihr doch gar nichts mit uns anfangen. Laßt uns die Tiere nach draußen bringen. Wir warten dort auf Euch.« Ihre Stimme klang hoffnunglos, selbst als sie bat.

»Ich will, daß ihr hierbleibt!« fuhr er sie an. Seine Finger trommelten gegen die Naht seiner Hose, tapp, tapp, voll Energie und eigenem Rhythmus. »Hier.«

»Wir werden krank«, murmelte sie. »Alle, auch die Tiere. Hier drinnen. Wir können nichts dafür. Der düstere Ort hier macht uns krank.«

»Krank! Aha! Es ist mir gleich, ob du krank wirst. Hauptsache, du hältst den Mund dabei. Ich schwöre dir, ich werde diesen Wandler finden, der dich an mich verkauft hat, und ich werde dich an ihn zurückverkaufen oder mich an ihm rächen, weil er mich so betrogen hat.«

»Ihr seid nicht betrogen worden, Laggy Nicker! Ich habe Eure Tiere in den zehn Jahren, seit ich bei Euch bin ein dutzendmal über diese Welt getrieben! Wer kümmert sich um Eure Gespanne, wenn sie krank oder verletzt sind? Wer treibt sie über Fjorde, die sie nicht überqueren wollen oder Pfade hoch, die sie nicht erklimmen möchten? Wer außer mir, Laggy Nicker? Ihr seid nicht betrogen worden.«

»Doch, weil du mich nämlich keine Minute in Ruhe läßt. Sei jetzt still, oder du brennst ein bißchen.« Seine Finger wechselten den Rhythmus, und Izia keuchte kurz auf, wie in jähem Schmerz.

Ich bewegte mich, und Dolwys trat sofort mit einem seiner plumpen Hufe auf meine, was mich fast umwarf. »Warte«, hörte ich ihn seufzen, oder etwas ähnliches, was durch seine Wasserochsenkehle raunte. Ich fügte mich niedergeschlagen, unfähig, mehr zu tun, als Izias Schmerz mitzuerleiden. Nicker jedenfalls beließ es bei einer Warnung, vielleicht, weil seine Macht am Schwinden war, vielleicht aber auch, weil der schaukelnde Fettwaggon wieder aus der Dämmerung heraus in unsere Mitte donnerte.

»Langmann kommt«, krakeelte sein Insasse. »Ich habe den Ruf abgeschickt, Laggy Nicker, wie du's von mir erwartest hast, wie ich weiß, und er kommt umgehend. Beobachte den großen Mund. Jetzt, Laggy Nicker, jetzt er ist auf dem Weg. Herbei, Dupies, herbei! Schaut! Langmann kommt.«

Die Dupies tauchten aus dem Zwielicht auf, schnatterten miteinander wie Spatzen, betatschten sich mit ihren kleinen flinken Händen, die Augenbrauen gezückt und die Münder in Bewegung, während sie sich die ganze Zeit über streichelten und damit nur innehielten, um sich zu umarmen und mit der gleichen gierigen Leidenschaft zu küssen, die sie auch den Tieren gegenüber an den Tag gelegt hatten. Vor einer der murmelnden Turmmünder stoppten sie in gedämpfter Erwartung. Zögernd stellte sich Laggy Nicker neben sie, und der Fettwaggon rollte auf die andere Seite. Eine Zeitlang war es still, dann hörte man das Geräusch laufender Maschinen, ein Rumpeln, das den Boden unter unseren Füßen vibrieren ließ und die ganzen Turmgesichter in zuckende Grimassen versetzte.

Der Mund vor uns zog sich nach unten, runzelte sich einwärts, bekam dann einen Ausdruck von Wachsamkeit. Schließlich öffnete er sich und spuckte seine eigene metallene Zunge aus, die schier endlos war und sich in eine Plattform verwandelte, die sich knapp über dem Boden erhob, auf dem wir standen. Auf diese Plattform rollte ein kleiner Wagen. Ich hatte solche Wagen in Bergwerken gesehen, wo Bauern damit Erz transportierten, allerdings war dieser hier flach. Aus seinem Bug ragte ein langer, dünner Balken empor. Der Balken knickte sich und entstieg dem Wagen. Die obere Hälfte beugte sich zu uns herunter.

»Langmann!« schrien die Dupies.

»Langmann«, trillerte der Fettmann im gleichen Ton.

»Langmann«, sagte Laggy Nicker, und seine Finger zuckten die Nähte seiner Hose entlang. Was den Rest von uns betraf, wir Tiere, wir Bauern und Tiere, so standen wir einfach da und starrten und starrten. Die Stimme, als sie endlich erklang, hörte sich an wie ein Waldwindgeräusch, ein Schilfton, tief, durch eine enge Röhre dringend.

»Aha, Laggy Nicker. Du bist also zurückgekehrt. Hast du die Aufträge ausgeführt, die ich dir auftrug?«

Tipp, tipp, tapp, tapp! machten die Finger an den Hosennähten. Füße scharrten auf dem Pflaster. Laggy Nicker, bleich wie Papier: »Ich habe das meiste dabei, was ich holen sollte, Langmann. Der Junge, Peter – der Nekromant, ähem, er kam bei der Reise ums Leben …«

Eine lange Pause, während der sich der schmale Kopf unter der Kapuze über Laggy Nicker beugte, wie sich eine große Schlange über ihr Opfer beugen mochte.

»Ums Leben? Wie das? Durch dich?«

»Nein, Langmann! Was denkst du? Es gab einen Steinschlag unten im Süden, in einer der Schluchten. Er wollte diesen Weg nehmen, und wir gingen mit ihm, um deinen Auftrag zu erfüllen, um sicher zu sein, ihn ohne Verletzungen zu fangen. Er ging den Felshang hoch, um Wasser zu lassen, und der Berg brach über ihm zusammen, Langmann. Mehr Fels kam herab, als mein Zug in einem Jahr hatte befördern können. Sein Körper, unter all den Steinen …« Nickers Stimme wurde unsicher, und der Kopf über ihm bewegte sich zwar nicht, beäugte ihn aber noch immer mit dem gleichen unerbittlichen Willen.

»Wie lange ist das her?«

»Wie lange? Puh, laßt mich nachdenken ... Wir waren fünfunddreißig Tage auf der Nordroute,stimmt's, Izia? Waren es nicht fünfunddreißig Tage? Dann brauchten wir ungefähr drei Tage, um nach Betand zurückzukehren. Weniger als vierzig Tage, Langmann. Achtunddreißig, würde ich sagen.«

»Also nicht so lang, daß du nicht einen Nekromanten dorthin bringen und ihn erwecken könntest. Erwecke diesen Peter. Finde heraus, was sein Geist alles weiß. Das müßte doch möglich sein, oder?«

»O ja, das könnte ich. Natürlich.« Nicker tat einen kleinen Hüpfer, als könne er es nicht abwarten, sich auf den Weg zu machen. »Ich brauche nur neue Macht, Langmann. Und die Fracht muß zuvor entladen werden.«

Stille trat ein, ein Schweigen, das zu einem Sumpf der Stille wurde, in dem sich keiner mehr bewegte. Laggy Nicker schien nicht mehr zu atmen. Er schien überhaupt vergessen zu haben, *wie* man Luft holte, so still war er, und als Langmann endlich sprach, entwich die Luft aus Nicker wie aus einem Ballon. »Nein, Laggy Nicker. Diesmal keine Machterneuerung. Wir geben dir Macht, wenn du zurückkommst.«

»Aber, aber ...« Zähneklappernd, mit einem Gesicht wie schmelzendes Eis. »Wie soll ich dann die Bauern in Schach halten? Und die Tiere, die ganze Arbeit, wie ... Wie soll ich Izia dazu bringen, ihre Arbeit zu tun ...?«

Die unfaßbar lange Gestalt richtete sich auf. »Die Bauern bleiben hier. *Sie* brauchen ein paar Bauern. Um Blaue zu machen. Für eine Zeremonie. Die Frau wirst du auch hierlassen. Ich brauche eine Frau für ... etwas Bestimmtes. Du wirst den kleinen Waggon nehmen und dich auf den Weg machen. Und du wirst die Stiefel tragen, damit ich sicher bin, daß du auch zurückkommst.«

Der Fettmann blubberte, gluckste. »Stiefel, Langmann. Welche Stiefel für Laggy Nicker? Hat Langmann besondere Stiefel, die er für Laggy Nicker benutzen möchte?«

Und die Dupies: »Geduld, Geduld, Laggy Nicker. Wir werden Stiefel für ihn finden ...«

Der Langmann knurrte irgend etwas und winkte Izia, die aschfahl an einem Pfeiler kauerte. Sie kroch ängstlich zu ihm, und er beugte sich über sie. »Zieh die Stiefel aus.«

»Man kann sie nicht ausziehen« flüsterte sie, heftig atmend, fast hysterisch.

»Närrin! Man konnte sie bis jetzt nicht ausziehen. Probier es. Jetzt geht es.«

Izia zog sie von den Beinen, fast vor meinen Augen, und ich sah, was während der ganzen Jahre, in denen sie die Stiefel getragen hatte, mit ihren Beinen geschehen war, alte Narben, eiternde rote Wunden, verschorfte, grindige Haut, wo mädchenhafte Glätte hätte sein müssen. Izia erblickte ihre Beine und kroch beiseite, nach Luft schnappend, würgend. Dolwys stellte wieder seinen Fuß auf meinen, und noch einmal hörte ich das gleiche geraunte Wort: »Warte.«

Es oblag den Dupies, Laggy Nicker die Stiefel anzuziehen, und einer von ihnen hielt ihn fest, während der andere sie ihm über die Beine stülpte. Als sie fertig waren, schlug sich der Langmann auf die Hüften, und Laggy Nicker schrie laut auf.

»Auf diese Weise«, sagte der Langmann, »wirst du meine Ungeduld bis ans Ende der Welt spüren, Laggy Nicker. Entlade jetzt deine Fracht und erledige dann, was ich dir befohlen habe. Geh nach Betand. Suche einen Nekromanten. Versprich ihm, was du willst, damit er dich zu der Stelle begleitet, wo Peter umkam. Erwecke Peter und finde heraus, was er weiß.«

»Was er über *was* weiß, Langmann? Sei nicht ärgerlich! Sag mir alles Nötige, damit ich dich nicht noch einmal enttäusche. Bitte, Langmann, sage deinem treuen Diener, was er ...«

Die pfostenartige Gestalt bewegte sich ungeduldig. »Was wußte der Junge über ›Zauberkünstler‹? Was wußte er von dem ›Rat‹? War er mit den Zauberern im Bunde? Finde es heraus, Laggy Nicker. Komm so schnell wie möglich zurück oder brenne, Laggy Nicker. Ich habe nicht viel Geduld.«

Ich beobachtete, wie Nicker durch das schiefhängende Tor verschwand, wie er das kleine Gefährt bestieg, das die Dupies bereits für ihn angespannt hatten, wie er die Zügel zögernd in die Hand nahm, als hätte er etwas wie sie noch nie zuvor zu Gesicht bekommen. In einem Anflug von Widerspenstigkeit drehte er sich um und rief: »Langmann, gib mir Izia wenigstens mit! Sie kennt sich so gut mit den Pferden aus, mit ihr zusammen kann ich Betand schneller erreichen ...«

»Geh, Laggy Nicker. Für Izia habe ich eine andere Verwendung.«

Der kleine Wagen rollte aus dem Tor hinaus und verschwand in Richtung der breiten Hügelkette im Norden. Immer noch stand Dolwys' Fuß auf meinem, sein Kiefer käute unaufhörlich dicht neben meinem auf Luft herum. Es war hart für mich, sehr hart, Izia dort kaum fünf Schritte entfernt liegen zu sehen, die Hände vors Gesicht geschlagen, weinend, während die Dupies um sie herumhüpften und beschwörende Gesten mit ihren kleinen plumpen Händen machten.

»Oh, wie schön, wie schön, alles für Dupie, all das ... O wie werden wir sie zu Tode lieben, diese niedlichen, hübschen Beine ...«

Mich überlief ein Frösteln, und eine Ahnung keimte in mir auf, was Langmann plante, etwas so monströs Scheußliches, das mir aber trotzdem immer klarer wurde, als ob Didir es aus Langmanns Kopf herausgepflückt hätte. Ich würde es verhindern, ihm Einhalt gebieten, aber der Zeitpunkt war noch nicht gekommen, denn Langmann wies die Dupies an, die Waggons zu entladen, die Nicker zurückgelassen hatte. Dazu riefen sie eine metallene Kreatur mit Armen und einer rasselnden Raupenkette als Füße auf den Plan, die ihnen half, und Fettmann beförderte ebenfalls Sachen hin und her. Es war eine Art Erz dabei, das so kostbar war, daß sie sogar winzige Stücke davon vom Boden auflasen, die aus den Säcken rieselten; Flaschen und Krüge mit Dingen, die ich nicht kannte; lange Bündel getrockneter Kräuter, deren Duft mich an den Garten von Windlow in jenem Land weit unten im Süden erinnerte. Bald hatten sie alle Fuhrwerke bis auf den kleinen Eiswaggon entladen, der nach Nickers Worten verderbliche Früchte enthielt. Säcke und Bündel wurden auf das seltsam flache Gefährt gehäuft, mit dem Langmann gekommen war.

Dann kam ein sonderbares Zwischenspiel.

Langmann trat zu dem Eiswaggon, umkreiste ihn, hob seine Plane hoch, berührte ihn an verschiedenen Stellen. Hinter ihm rollten und sprangen die Ungeheuer hin und her, lautlos wie Schatten. Die Kapuze verdeckte, was immer auch Langmanns Gesicht sein mochte, aber die Haltung seines Kopfes verriet Konzentration.

»Ihr seid ein gutes Gespann«, sagte er schließlich, »ihr Dupies, und du, Fettmann. Ich habe eine gute Wahl getroffen, als ich euch aus der Monstergrube holte. Du hast gut daran getan, mich zu warnen, daß der Händler nicht alles mitgebracht hat, Fettmann. So hatte ich Zeit, zu überlegen, was ich tun sollte … welche Fragen ich stellen mußte.«

»Langmann?« fragte der Dupie mit dem Tenor. »Werden *sie* ärgerlich sein? *Sie* werden ärgerlich sein, nicht wahr?«

Der Kopf nickte in luftiger Höhe, einmal, zweimal.

»Aber Dupie bekommt trotzdem die Beine, oder?

Dupie darf die Beine haben, ja? Wir werden sie in den Eiswaggon legen, Langmann. Im Eiswaggon werden sie lange, lange Zeit halten.«

Der Kopf wandte sich in Izias Richtung und sagte leise: »Ich sagte, du würdest belohnt, Dupie. Und so soll es auch sein.« Dann, mit erhobener Stimme: »Weißt du, was dich erwartet, Frau? Dupie ist es gleich, ob du es weißt oder nicht, aber mir gefällt es besser, wenn dem Opfer das Schicksal bekannt ist.« Die pfostenartige Gestalt wankte hin und her, wie von einem unfühlbaren Wind bewegt. »Dupie hat zwei Köpfe, wie du gewiß siehst. Zwei Arme auch, und zwei Oberkörper. Aber er besitzt leider nur ein Paar Hüften und Beine. Er braucht ein zweites Paar, soviel ist klar. Er bevorzugt ein weibliches Paar. Er hat sicher seine Gründe dafür, was, Dupie?« Das Monster hüpfte herum, tätschelte sich die Wangen, küßte sich selbst und machte sich mit seinen vier Händen an seinem Unterkörper zu schaffen. Peter, der Wasserochse, mußte den Blick abwenden. Dolwys' Fuß preßte sich hart auf meinen.

»Her damit!« schrie Dupie zweistimmig. »Gib sie mir.«

»Er kennt verschiedene Arten, die obere Hälfte zu entfernen«, sagte Langmann versonnen. »Dupie ist ausgesprochen erfinderisch. Es erheitert mich immer sehr, Dupie zu beobachten.«

»Dupie wurde gerettet«, rief das Monster. »Vor den schrecklichen Hebammen gerettet. Gerettet, um Langmann und *ihnen* zu dienen. Ist es nicht so, Langmann? Oh, gib sie mir ...«

»Geduld, Geduld, Dupies. Zuerst müßt ihr den Eiswaggon noch entladen. Sonst habt ihr nichts, wo ihr die hübschen Beine aufbewahren könnt ...« Ein neues Geräusch entrang sich seiner Kehle, eine Art humoriges Glucksen. Verglichen damit war Lachen der Gesang der Engel. Einen solchen Ton könnte ein Teufel erzeugt haben.

Aber bei diesem Ton wurde das Verdeck von dem Eiswaggon zurückgezogen, man zog lange Bündel heraus und legte sie in einem hohen Stoß übereinander auf den flachen Karren. Irgend etwas an der Größe und der Form dieser Bündel pochte an ein Gehirn, das aber zu erschreckt von Langmann und zu abgelenkt von Ungeheuern war, pochte an dieses Gehirn, jedoch ohne Ergebnis. Plötzlich machte Dupie eine zu rasche Wendung, und die Plane, die eines der Bündel bedeckte, verfing sich in seiner Gürtelschnalle. Er drehte sich rasch um, um das Bündel wieder zu bedecken, aber der Wasserochse, der Peter war, hatte es gesehen, gesehen, gesehen. Windlow, der alte Windlow lag dort, aschgrau vor Kälte, starr. Es ging zu schnell. Noch ehe Peter oder Dolwys reagieren konnten, stieg Langmann wieder auf das Gefährt, den Bauern wurde befohlen, sich auf den Rand zu setzen, und es geriet in Bewegung, um wieder in dem Turmmund zu verschwinden, der sich rumpelnd öffnete. Fettmann beobachtete Dupie. Dupie näherte sich Izia. Peter focht einen Kampf an zwei Fronten, doch es war zu spät. Die Turmtür schloß sich murmelnd.

Wasserochsen haben Hörner, die meist aber stumpf gemacht werden. Sie haben mächtige, langsame Füße. Es sind bedächtige, ruhige Tiere, die selten etwas in Wut versetzt. Deshalb konnte man das, was aus Dolwys und mir wurde, eigentlich nicht als Wasserochsen bezeichnen, sondern es war etwas anderes, aber nicht ganz Unähnliches. Unsere Hörner waren nadelscharf, unsere Füße hart behuft. Dupie erreichte nie den Platz, wo Izia lag. Fettmann wurde aus seinem Wagen geschleudert, lange bevor er die Turmtür erreichte, auf die er zurollte. Unter den trampelnden Hufen wurden sie zu bloßen Klumpen, die dunkel auf dem harten Pflaster in der Dämmerung der Spinnenbögen lagen. Als wir fertig waren, pochte mein Herz, als hätten wir eine große

Schlacht geschlagen, und ich war fast überrascht, als ich Izia sah, die mit vor Erstaunen offenstehendem Mund immer noch auf dem Boden kauerte.

Fellpeter und Dolwys mit den langen Beinen brachten sie die steile Böschung zu dem Gipfel hoch, wo Mavin wartete. Vielleicht hatte sie uns als Vogel beobachtet, denn wir brauchten nicht zu erklären, was geschehen war. Izia fiel aus unseren stützenden Armen und rollte sich auf dem Boden zusammen, eng wie eine Schlange, von der Welt abgewandt. Die versengte Haut ihrer Beine lag bloß, ein obszöner Beweis ihres Lebens mit Laggy Nicker. Dolwys und ich keuchten. Es dauerte lange, bis ich genug Atem schöpfen konnte.

»Windlows Körper, Mavin. Nicker brachte ihn in seinem Waggon hierher. Langmann hat ihn mitgenommen. Hinter diesen Türen... Wir hatten keine Zeit mehr... Ich muß zurück.«

»Wir brauchen einen Heiler für sie«, sagte Dolwys. »Wir müssen etwas für das Mädchen tun!«

»Wir haben einen Heiler«, entgegnete Mavin, den Blick ihrer Raubvogelaugen auf mich gerichtet. »Das heißt natürlich nur, wenn Peter sich entscheidet...«

Ich war so atemlos, so ohne Besinnung, daß ich erst nach einer Weile begriff, was sie meinte. Dealpas. Erste Heilerin. Die Spielfiguren von Barish in meinem Beutel.

»Natürlich«, stotterte ich. »Gleich. Ich...«

»Scht«, machte Mavin. »Beruhige dich erst einmal. Was sie zehn Jahre überlebt hat, wird sie nicht in den nächsten zehn Minuten umbringen.« Sie ging zu Izia und kniete sich neben sie, zog sie hoch und schob sie in die Höhle und auf das Lager dort, wo sie ihr eine heiße Brühe gab, alles trotz Izias apathisch leerer Augen und ihrer fehlenden Regung. Der Anblick ihrer Beine hatte geschafft, was all die Jahre mit Laggy Nicker nicht fertiggebracht hatten – sie in eine Art Wahnsinn zu treiben.

»Wenn Dealpas sie nun nicht heilen kann?« murmelte ich, ohne jemand Bestimmtes anzusprechen. Es war Solwys, der antwortete, als er mir etwas von der Brühe brachte, die Mavin Izia eingeflößt hatte.

»Ja, und? Was wohl, wenn die Heilerin es nicht kann? Oder du es nicht kannst? Dann wird sie damit leben müssen oder sterben, wie wir alle einmal. Es liegt nicht auf deinem Gewissen, Peter. Wenn sich jemand schuldig gemacht hat, dann ist es Nicker.«

»Du kannst noch weiter zurückgehen«, erwiderte ich bitter. »Zu dem Wandler, der Izia an ihn verkauft hat, als sie noch ein Kind war. Sie kann damals nicht mehr als sieben oder acht Jahre alt gewesen sein. Wer weiß, aus welchem Spiel gerissen; wer weiß, zu welchem Spiel verkauft.«

»Sag nicht ›Wandler‹ in diesem Ton«, beschwerte sich Swolwys. »Es könnte ebensogut ein Seher, ein Tragamor oder sogar ein Bauer gewesen sein. Jeder spielt sein Spiel, und Spiele fressen Menschen. Sie fressen auch Kinder, aber das Spiel tut das alles, nicht die Spieler.«

»Einige Spieler schon«, antwortete ich und dachte an Mandor, an Nicker und den fetten Herzog von Betand. Trotzdem hatte Swolwys recht. Ich neigte dazu, schlecht von Wandlern zu denken, wegen Schlaizy Noithn und wegen … Yarrel. Warum dachte ich jetzt gerade an Yarrel? Ich hatte ihn nicht mehr gesehen, seitdem er mich vor Bannerwell hatte stehen lassen, unsere Freundschaft aufgegeben, mir seinen Rücken zugewandt hatte. Sein Gesicht tauchte vor meinem geistigen Auge auf, das dunkle Haar, die geraden Brauen, die lange Nase und der großzügige Mund. Ich preßte meine Hände vors Gesicht und schüttelte mich. Es war nicht die Zeit, in bittersüßen Erinnerungen zu schwelgen. Ich ging in die Höhle.

»Laß mich Dealpas holen«, sagte ich zu Mavin. »Obwohl ich nicht weiß, ob es gelingt. Die Heilerin Seidenhand sagte mir, daß ein Gewebe, das einmal abgestorben ist, nicht mehr geheilt werden kann.«

Mavin hatte Izias Beine aufgedeckt und betrachtete sie, während ich sprach. Die Stiefel hatten bis weit über die Schenkel hochgereicht, und unterhalb ihrer Hüften gab es eine Linie, über der gesundes rosiges Fleisch glänzte, und darunter graue verschuppte Haut, wie von einer kranken Eidechse. »Ich glaube nicht, daß das Gewebe tot ist«, sagte Mavin. »Ich glaube, die Stiefel versengten ihr Fleisch nicht richtig, sondern waren unmittelbar mit den Nerven verbunden. Dieses Fleisch sieht zwar unnatürlich aus, aber es lebt …«

»Naja, wollen wir hoffen, daß Dealpas eine Ahnung davon hat.« Ich griff in meine Tasche, um die kleine Spielfigur zu suchen. Ich mußte eine Zeitlang wühlen. Dealpas schmiegte sich nicht wie die anderen bereitwillig in meine Hand. Meine Finger mußten ihr vielmehr nachjagen, sie zwischen den anderen herausfischen, bis ich sie schließlich umklammern konnte. Zögernd, langsam, mit unendlichem Bedauern erschien sie.

»Ich dachte, ich hätte das alles hinter mir gelassen«, hörte ich sie sagen. »Schmerz. Leid. Ich dachte, ich sei fertig damit …«

»Es gibt kein Ende«, sagte Didir.

»Niemals«, echote Dorn.

Und von den anderen in mir hörte ich Zustimmung, je nach ihrem Naturell – Wafnor gemütlich schmunzelnd, Shattnir mit kalter Herausforderung. Trandilar leidenschaftlich. Und zwischen ihnen Dealpas, in Tränen aufgelöst.

Ich blieb hart. »Kommt, es gibt Arbeit.«

»Es gibt immer Arbeit.« Aber sie folgte, wenn auch bedauernd, bis ich meine Hand auf Izias Fleisch legte, und dann verwandelte sie sich in einen rasch fließenden Strom.

Ich konnte ihr bei dem, was sie tat, nicht folgen. Es

ähnelte ein bißchen dem Wandeln, denn Fäden schienen aus meiner Hand in Izias Fleisch zu fließen. Es ähnelte ein bißchen dem Talent des Tragamors, denn einmal angekommen, dehnten sich die Fäden, schmeckten und rochen an Dingen, jagten lange weiße Faserbündel, paddelten durch Blut, marschierten unaufhaltsam durch große Knochengewölbe. Es war einfach, die verwundete Stelle zu finden, weniger einfach, sie zu heilen. Expeditionen wurden in weitentfernte Gebiete aus Darm und Säften geschickt, in intime Drüsenhallen, die in verwinkelten Höhlen heiß brodelten, um mit diesem und jenem zurückzukehren, zu pumpen und aufzubauen, zu dehnen, Zellwände zu öffnen und Dinge einzusammeln wie ein Hirte seine Herde, Dinge, die funkelten und sich wie Sterne drehten, zuckende Nerven abzuklemmen, so daß kein Schmerz mehr von der Stelle, wo er entstand, weitergeleitet wurde. Ich beobachtete, schnüffelte, schmeckte und war eins mit Dealpas. Ich lernte. Ich hätte ein Schwachkopf sein müssen, um diese Möglichkeit zu lernen, nicht wahrzunehmen, aber ich wußte, daß trotz dieses Lernens ein Universum vor mir lag, das sie kannte, aber mir in seiner Fülle immer verschlossen bleiben würde.

Nach langer, langer Zeit trennte sie sich von mir und wurde wieder, was sie vorher gewesen war, eine zurückgezogene Persönlichkeit, ein Geist, der alleingelassen zu werden verlangte, der schlafen, ausruhen und niemals mehr geweckt werden wollte.

Die anderen ließen sie gehen. Ich ließ sie gehen. Izias Fleisch vor mir auf dem Lager schien nicht sehr verschieden davon, wie es vorher gewesen war, aber meine Hände sagten mir, daß der Heilungsprozeß begonnen hatte. Es reichte. Sie schlief nun. Ich wußte, sie würde lange schlafen. Ihr Gesicht war entspannt, und sie lag da, den Mund etwas offen, leise schnarchend, im Mundwinkel eine kleine Blase. Da wußte ich mit unerschütterlicher Sicherheit, wo ich dieses Gesicht zuvor schon einmal gesehen hatte und warum ich mich so zu ihr hingezogen gefühlt hatte.

»Sie ähnelt Yarrel so sehr«, flüsterte ich. »So sehr, daß sie niemand anderes sein kann als seine Schwester, seine verlorengegangene Schwester, die man für tot hielt, aufgebraucht im Spiel, verloren an einen Wandler. Yarrel haßte mich deshalb. Aber sie ist nicht tot. Nein.«

»Bist du sicher?« fragte Mavin. Ihre Worte waren unsinnig. Ich hatte doch gerade gesagt, daß ich mir sicher war.

Ich legte meine Hand auf die heiße Stirn, strich das dunkle Haar aus ihrem Gesicht zurück. Yarrel hatte seines so getragen, so zurückgestrichen.

»Sie muß zu ihm zurück«, sagte ich. »Zu ihrer Familie. So bald wie möglich.«

»Nach der langen Zeit? Ob sie sich überhaupt an ihre Familie erinnert?«

»Das ist gleichgültig. Was sie nicht mehr weiß, kann sie wieder neu lernen. Aber sie muß zurück, sofort.«

»Du kannst sie hinbringen«, sagte Mavin. »Sobald sie wach ist.«

»Nein. Swolwys soll das tun – oder Dolwys, oder beide. Sie *müssen* sogar, denn sie muß unbedingt beschützt werden, vor jedem Leid sicher sein. Ich kann sie nicht selbst bringen. Ich muß hinter Windlow her.«

Denn wenn eines sicher war, dann daß ich Windlow und Himaggery nicht noch einmal im Stich lassen würde. Ich hatte beide damals in der Leuchtenden Domäne im Stich gelassen, dann noch einmal eben unten im FLECK. Ein drittes Mal würde es nicht geben.

8

Die Zauberkünstler

Ich war überrascht, als Mavin sagte, daß sie mit mir gehen wolle. Ich hatte sie mir, wenn ich an sie dachte, immer woanders vorgestellt, nie zusammen mit mir, und als ich sie auf dem Gipfel angetroffen hatte, dachte ich nicht im geringsten, daß sie mich irgendwohin begleiten würde. Falls ich überhaupt Erwartungen an dieses Treffen hatte, so bestanden sie darin, daß ich einige Zeit bei ihr verbringen wollte, dort, wo sie zuhause war, um von ihr zu lernen, wie ich besser mit meiner wandlerischen Seele zurechtkam. Als sie also ganz gelassen sagte, daß die Zwillinge Izia zu ihrer Familie bringen, sie aber mit mir gehen würde, verschlug es mir eine Zeitlang die Sprache. Reste kavalierhafter Erziehung flüsterten mir zu, daß ich Mavins Begleitung ablehnen sollte, um sie zu schützen. Gesunder Menschenverstand sagte mir, wie idiotisch dieser Gedanke war. Mavin war wahrscheinlich besser als ich imstande, auf sich aufzupassen. Auf jeden Fall besaß sie weitaus mehr Erfahrung als ich. Schließlich sagte ich gar nichts, nicht einmal Dankeschön.

»Wahrscheinlich wäre ich ohnehin selbst gegangen«, sagte sie über Izias schlafende Gestalt hinweg. »Es ist Zeit, endlich herauszufinden, was dort unten jenseits des Fleckes vor sich geht. Viele von uns wissen seit langer Zeit, daß etwas Eigenartiges, Verstörendes von dort ausgeht. Wenn du Windlows Körper gesehen hast, ist sicher Himmagery auch dort. Glaubst du, sie sind am Leben?« Sie wartete nicht auf mein Nicken, wir hatten schon einmal darüber gesprochen. »Ja, Himaggery und wahrscheinlich auch Thosset von Dowes, jener große Magier, und Seelenheiler Talley, einer der wenigen Heiler, die imstande waren, kranke Seelen zu heilen, und wer weiß noch wer – Tausende und mehr, die verschwunden sind. Ebenso wahrscheinlich Bauern. Ich habe sie dutzendweise dort hineingehen sehen, wie betäubte Schafe. In die murmelnden Münder hinein, auf den kleinen Karren sitzend. Viele von uns wissen das, wissen es schon lange, aber wir haben uns nicht zusammengeschlossen … Nein. Wir sind einfach zu ängstlich gewesen, um dort hineinzugehen.«

»Du? Ängstlich?« Ich bezweifelte das.

»Verwechsle nicht meine Überheblichkeit mit Mut, mein Sohn. Es stimmt, daß ich für das berühmt bin, was ich tun kann. Doch ich fürchte mich vor dem Unbekannten, wie die meisten anderen Menschen auch, Spieler und Bauern gleichermaßen. Meine Schwestern und ich bekamen als Kinder erzählt, daß im Westen Ungeheuer hausen, Nachtkreaturen von dort kommen würden, um uns zu holen, wenn wir unartig waren, daß alle schlimmen Träume aus dem Westen kommen. Als ich älter wurde, stellte ich fest, daß etwas Wahres darin steckt. Natürlich fürchte ich mich davor. Wir sollten uns beide davor fürchten, aber es gibt zumindest einen Ort, der noch schlimmer ist als das hier!«

»Wir gehen also?«

»Auf jeden Fall.«

Swolwys und Dolwys waren nicht so überzeugt. Sie diskutierten mit ihr hin und her, bis weit in die Nacht hinein, die ganze Zeit, während Izia schlief. Ich schaute ab und zu nach, ob sie noch zugedeckt war, und betrachtete ihre Beine. Allmählich verschwand das Grau, und stellenweise sah man glatte Haut hinter ihren Knien und entlang der Fußgelenke. In meinem Herzen dankte ich Dealpas, rief sie aber nicht mehr herbei. Ich erinnerte mich an den Reim, den die Kinder beim Seilspringen unter dem Fenster von Mertynhaus sangen – wie in jedem Dorf der Welt. *»Gepflücktes Blatt, Jungfrau voll Schmerz, Dealpas, gebrochenes Herz.«* Es gab für jeden der elf einen Vers, alle den Kindern so vertraut, daß wir nicht einmal darüber nachgedacht hatten, ob sie etwas Besonderes oder Religiöses seien. Mir fielen andere ein. *»Herrin des Geistes, mondfahl, Spinnwebdidir, Schattenstahl.«* Das stimmte nur zu gut, ein unnachgiebiges Netz, gewebt aus Mondlicht und Schatten. *»Holend, streckend, wandelbar, der Listigste ist Thandbar«.* Ich hoffte, daß das auf uns zwei aus Thandbars Familie ebenso zutraf. Nach allem, was Mavin über den Fleck erzählt hatte, würden wir es sehr nötig haben, listig zu sein. Ich hatte auch Angst, aber ich zögerte nicht, außer daß ich Izias Haar streichelte und ihre Wange berührte. Da wußte ich, daß ich sie liebte, aber ich war mir nicht sicher, ob ich sie liebte, weil sie Yarrels Schwester war oder um ihrer selbst willen. Es war auch gleichgültig. Nach dem nächsten Morgen würde ich sie vielleicht nie wiedersehen.

Als sie erwachte, saß ich an ihrer Seite und hielt ihre Hände zwischen meinen Fingern, obwohl sie sich krümmte und versuchte, mich wegzustoßen. Ich hieß sie, ihre Beine zu betrachten, die Stellen, wo die Heilung begonnen hatte, zwang sie zuzuhören, als ich ihr erklärte, daß es heilte, heilte, daß all die Jahre mit Laggy Nicker Vergangenheit waren, vorbei, gewesen, für immer verschwunden. Sie schauderte und schluchzte, ließ aber wenigstens ihre Hände in meinen. Erst dann fragte ich: »Erinnerst du dich an eine Zeit vor Laggy Nicker? An deine Kindheit?«

»Ich erinnere mich an Pferde«, erwiderte sie.

Ich lachte innerlich. Oh, gewiß war das Yarrels Schwester.

»Erinnerst du dich an einen Jungen deines Alters? Einen Bruder?« Ich wollte seinen Namen aus ihrem

Mund hören. Ich hielt den Atem an, so sehr wünschte ich mir von ihr, seinen Namen zu hören.

»Ich erinnere mich an Dorbie«, sagte Izia. »Das war mein Fustie.«

»Nein, Izia. Kein *Fustigar.* Ein Junge. Ein Bruder. Wie hieß er?«

Ihre Augen verschwammen, so konzentrierte sie sich. »Er hieß... hieß Yarrie«, sagte sie schließlich. »Yarrie war mein Bruder. Zwillinge. Zwillinge waren wir.« Tränen quollen aus ihren Augen und rannen die Wangen hinunter. »Ich habe ihn verloren. Alles habe ich verloren.«

»Nein.« Ich drückte ihre Hände, hielt mich zurück, obwohl ich sie am liebsten umarmt hätte, wußte aber, daß sie das nur in Angst versetzen und an Laggy Nicker erinnern würde. »Nein, Izia. Nichts ist verloren. Morgen wirst du mit meinen Vettern losziehen, um Yarrel zu finden, und deine Eltern.« Später verfluchte ich mich, daß ich ihre Eltern erwähnt hatte. Ich hatte seit über einem Jahr nichts von Yarrels Familie gehört. Vielleicht waren sie – oder einer von ihnen – tot. Nun, es war zu spät. Ich hatte es bereits gesagt. »Deine Familie gibt es noch, Izia, und sie hat nie aufgehört, an dich zu denken.«

»Du Narr, du Narr«, singsangte sie. »Sie verkauften mich an den Wandler. Es war ihnen gleich, was aus mir wurde.« Das Schluchzen begann wieder.

»Scht, scht, Izia. Laggy Nicker hat dich angelogen, alles war Lüge. Du bist nicht verkauft worden. Er hat dich entführt, durch Betörung und List. Versuch dich daran zu erinnern, wie es passiert ist! Der Händler hat es getan, Izia. Kein anderer.«

Sie sank auf das Lager, und ich überließ sie Mavin, die gerade eine weitere Tasse heißer Brühe vom Feuer brachte, ihre Medizin für alle Übel, die sie Izia löffelweis einträufelte. Sie schüttelte den Kopf und zog ein Gesicht, als schmecke sie Galle, als sie Izia weinen sah. Zu mir sagte sie später eine Menge darüber, was sie von Spielern hielt, die Kinder raubten. Sie hätte es nicht zu sagen brauchen. Ich hatte bereits meine Meinung darüber, und die konnte gar nicht mehr schlechter ausfallen, gleichgültig, was Mavin noch sagte.

Am Mittag hatte sich Izia so weit erholt, daß sie mit zitternden Fingern begann, die heilenden Stellen an ihren Beinen zu betasten, und zu verstehen schien, was wir über ihre Rückkehr zu Yarrel sagten, und sogar begierig schien, aufzubrechen. Mavin nahm sich viel Zeit dafür, mehr als ich für nötig hielt, Izia zu erklären, daß Dolwys und Swolwys ›gute‹ Wandler waren, die auf Izias Sicherheit achten würden. Sie brachte auch einige Zeit damit zu, meine Vettern vorzubereiten, wie sie sich Izia gegenüber zu verhalten hatten, um weitere Verletzungen zu vermeiden. Swolwys ging hinunter in die Ebene, um Pferde zu holen. Als er wiederkam, war Izia fast wieder wie früher, ging zwischen den Tieren umher, untersuchte ihre Hufe, all das, was ich sie die ganze Zeit über in Nickers Lager hatte tun sehen. So zogen sie also von dannen, und Mavin und ich blieben allein zurück.

»Ich habe mir überlegt«, sagte sie, grübelnd in die Dunkelheit des Fleckes hinunterstarrend, »daß wir die Gestalt dieser zwei Geschöpfe annehmen sollten, die du dort unten zertrampelt hast. Ich glaube, ich bringe dieses Zwiegeschöpf zustande. Kannst du dich in die Gestalt des Fettmanns verwandeln?«

Ich überlegte. Als wir Fettmann getötet hatten, war der Fettwaggon ziemlich intakt geblieben, und ich nahm an, daß ich irgendwie herausfinden konnte, wie man ihn bediente. Ich konnte mir nicht vorstellen, wie man überhaupt die Gestalt der Dupies annehmen könnte, und ich fragte Mavin, wie sie das bewerkstelligen wollte.

»Ich werde mich ganz tief unten halten, im Bauch,

denke ich, mit Knochenplatten um mein Gehirn. Die Köpfe dieser Kreatur werden dann wie Puppen bewegt werden. Mit einiger Übung sollte ich sie gleichzeitig sprechen lassen können, obwohl das vielleicht nicht nötig sein wird.« Sie grübelte weiter, bis sie schließlich einen fürchterlichen Schwur tat und sich von ihrem Ausguck erhob. »Das gefällt mir nicht. Es ist wie – die Gestalt von etwas Schändlichem anzunehmen. Die Gilde der Hebammen wird sich dafür zu rechtfertigen haben.«

»Es ist nicht ihr Verschulden«, sagte ich. »Die Dupies sagten, sie seien vor den ›fürchterlichen Hebammen‹ gerettet worden. Ich verstand nicht, was sie damit meinten…«

Sie schüttelte den Kopf. »Es hängt mit dem Schwur zusammen, den die Hebammen ablegen, Peter. Mit ihrem Glauben, wenn du so willst. Je älter ich werde, um so mehr liebäugelte ich damit.« Sie sah meine verwunderte Miene und fuhr fort: »Glaubst du, daß du eine – *Seele* hast?«

Windlow, Seidenhand, Yarrel und ich hatten in Windlows Turm unten im Süden darüber gesprochen, erst kürzlich, aber es schien bereits sehr lange her zu sein. Der alte Windlow hatte uns darauf aufmerksam gemacht, daß jeder von uns sich zweier Personen bewußt war, einer, die etwas tat, und einer anderen, die das Tun beobachtete. Er sagte uns, daß das die Menschen von den Tieren unterschied, die wir kannten. Ich ließ mir also Mavins Frage durch den Kopf gehen und sagte dann: »Ich besitze bestimmt mehr als, sagen wir, ein *Fustigar.* Jedenfalls dachte das Windlow.«

»Die Hebammen glauben an die Seelen. Allerdings glauben sie nicht, daß sie den Menschen angeboren sind. Sie glauben, daß die Seele zum Teil entsteht, wenn man sprechen lernt (was Menschen als einzige von allen Geschöpfen tun) und zum Teil durch unsere Mitmenschen, ein Geschenk der menschlichen Gemeinschaft an jedes Kind. Hältst du das für annehmbar?«

»Ich weiß nicht, ob ich es ganz begreife«, sagte ich. »Meinst du, wenn ich unter *Fustigaren* geboren und unter ihnen aufgewachsen wäre und nie sprechen gelernt hätte, dann wäre ich mehr zum *Fustigar* geworden denn zum Menschen?«

»So ungefähr. Aber es geht noch weiter. Die Hebammen glauben, daß nur diejenigen, die ihre eigene Menschlichkeit und die der anderen wahrnehmen können, eine Seele entwickeln. Einige, die wie Menschen aussehen, glauben einfach nicht, daß die anderen wie sie sind. Sie denken, die anderen seien nicht wirklich vorhanden. Einer von diesen war Mandor ...«

Ich nickte. Ich glaubte ihr. Mandor hatte die ganze Welt als seinen Fingernagel betrachtet, den man nach Belieben schneiden und die Schnipsel wegwerfen konnte.

»Huld ebenso«, fuhr Mavin fort. »Obwohl er sich hinter der Maskerade guten Benehmens verbirgt. Die Seelenlosen können sehr gut erzogen wirken, genau wie wilde Tiere gut erzogen werden können. Jedenfalls sagen das die Hebammen, die diese Angelegenheit erforscht haben.«

»Was hat das mit den Dupies zu tun?«

»Ach ja.« Sie gab sich einen Ruck. »Die Hebammen schwören einen Eid, sehr feierlich und bindend, daß sie in die Zukunft jedes Kindes schauen wollen, das geboren wird, und daß sie es nicht am Leben lassen werden, wenn sie nicht sehen, daß es eine Seele bekommen wird. Es ist das Talent der Hebammen, auf diese Art in die Zukunft zu sehen, eingeschränkter als ein Seher, aber verläßlicher. Man nennt es das Gnadengeschenk, das Geschenk, das die Hebamme dem Kind gibt, in die Zukunft zu sehen und herauszufinden, ob es eine Seele bekommen wird.«

»Wie kommt dann Huld zustande – oder Mandor?«

»Die großen Häuser wollen keine Hebammen bei der Geburt. Nein. Sie kümmern sich nicht um ›Seelen‹. Sie kümmern sich nur um Benehmen, und das können sie jedem eintrichtern, wenn sie streng genug vorgehen. Ich glaube aber nicht, daß der Dupie einem dieser Häuser entsprungen ist. Er wurde wohl eher den Hebammen entwendet, oder in einem Haus geboren, wo Hebammen nicht hingehen.« Die letzten Worte sagte sie mit leichtem Zögern, als ob sie wüßte, wo das gewesen sein könnte. Das Gespräch war enttäuschend, aber es warf eine Frage auf, die ich einfach stellen mußte.

»Und ich? Haben die Hebammen mich auf die Welt gebracht, Mutter?«

Sie lächelte, ein Lächeln, das wie die Morgendämmerung auf ihrem Gesicht erblühte. »O ja, Peter. Und du hast alle Gaben, die wir dir geben konnten, Himaggery und ich. Keine Angst, du bist kein Mandor. Oder eine Art Dupie. Wenn alle Menschen besser wären, vielleicht könnte dann sogar ein Dupie eine Seele bekommen, aber dazu bräuchte man Heilige. Eine einfache Mutter könnte das nicht. Der Horror wäre zu groß, der Schmerz des Kindes zu schrecklich, um ihn zu ertragen. Wie sollte es leben? Und warum? Es stimmt, daß solche Ungeheuer manchmal geboren werden, aber es stimmt auch, daß es noch etwas viel Schrecklicheren, Ungeheuerlicheren bedarf, etwas, das voll Hochmut ist, um sie am Leben zu erhalten…«

»Und der Fettmann?« fragte ich. »Ohne Beine, ohne Unterkörper… Wenn er so geboren worden ist, wäre er gestorben, es sei denn, jemand hätte es verhindert. Warum? Wie und warum? Vielleicht kann Windlow es uns sagen, weise wie er ist…«

»Wenn wir ihn finden. Wenn wir ihn befreien. Wenn er noch lebt. Es wird aber nichts passieren, wenn wir weiter hier stehen. Es ist Zeit zu gehen.«

Wir rollten nur noch einen großen Stein vor Mavins

Höhle, in der Sachen lagerten, die für sie wertvoll waren. Mit leeren Händen, nur in unser Fell gekleidet, gingen wir zu den fleckigen Schatten hinunter. Von den Überresten des Fettmannes und der Dupies stoben Fliegenschwärme hoch. Wir nahmen die Gestalten an und bewegten uns darin, probierten sie. Sie waren abscheulich. Sie waren *falsch.* In diesen Formen gab es weder Logik noch Angenehmes, und ich begann zu begreifen, was Mavin über Seelen zu erklären versucht hatte. In diesen Gestalten konnte niemand bleiben, ohne verformt zu werden, verdreht, vergiftet. Sie trugen Schmerz in sich, und ich stellte mir vor, wie es sein mochte, für immer mit diesem Schmerz zu leben. Ich veränderte die Gestalt, um den Schmerz auszuschließen, und ich hörte Mavin schwer atmen.

»Ich kann darin nicht wohnen«, sagte sie. »Ich muß es wie eine Takelage über mir aufbauen…«

»Vielleicht sollten wir etwas anderes versuchen«, schlug ich vor.

»Nein«, erwiderte sie. »Ich habe versucht, das Wesen dieses Geschöpfes zu übernehmen, und das war ein Fehler. Wir dürfen bloß so wie sie *wirken.* Wir dürfen nicht so *werden,* oder wir werden uns selbst schrecklich verändern.«

Wir waren also gewarnt, und ich war dankbar für die Zeit, da ich diesen Körper bewegen und ausprobieren konnte. Es dauerte etwas, aber schließlich waren wir imstande, die Erscheinung ungefähr glaubwürdig zu gestalten, ohne daß unser eigenes Wesen davon berührt wurde. Ich war so erschöpft, als wäre ich meilenweit gelaufen.

»Ruh dich aus«, sagte Mavin. »Hier ist Essen. Wir werden etwas davon mit uns nehmen, denn die Götter des Spieles mögen wissen, was wir dort drinnen vorfinden.«

Sogar während dieser kurzen Ruhepause merkten

wir, wie wir unseren neuen Gestalten zu entfliehen versuchten. Mavin stieß ein kurzes bellendes Lachen aus.

»Mavin Vielgestalt«, sagte sie höhnisch zu sich selbst. »Ich verdiene diesen Namen nicht.«

Ich dachte an Gestalten, die ich leicht, fast ohne Proben, angenommen hatte. »Es ist kein Zeichen fehlenden Talentes«, sagte ich, überzeugt, daß ich recht hatte, fühlte es mit einem innerlichen Zurückweichen, als ob mein Verstand vor dem zurückschrecke, was ich war. »Die Gestalten sind böse, Mavin. Mehr noch, sie sind dazu geschaffen, böse zu sein.«

Sie widersprach mir nicht, und wir gingen so böse gestaltet zu dem murmelnden Mund hinüber, innerliche Barrieren aufbauend, die uns davor schützen sollten, das zu werden, wonach wir aussahen. Ich weiß nicht, was Mavin tat, aber ich baute eine Art Gehäuse zwischen mir und dem Image von Fettmann, und darin hausten Peter und die Spielfiguren von Barish, darin zwar, aber doch kein Teil von diesem Ding.

Mavin hatte offenbar den FLECK eine ganze Zeitlang beobachtet, denn sie wußte, daß man die Münder öffnen konnte, indem man mit einem Stock heftig gegen sie schlug und mit des Dupies Stimme rief: »Geh auf, geh auf, verrücktes altes Ding. Geh auf und laß die Dupies rein ...«

Von drinnen hörte man Knirschen und Rattern, dann öffnete sich der Mund und streckte seine lange metallene Zunge heraus. Eingekerbte Rillen teilten sie längs, Rillen, in die der flache Karren hineingepaßt hatte. Der Fettwaggon paßte nicht hinein, aber es gelang mir, mit meinen eigenen Rädern darüber und hinter der Dupiegestalt die Rampe hinauf und in den Mund hineinzufahren. Ich hatte einen Tunnel erwartet, einen Ort nicht unähnlich den Katakomben unterhalb Bannerwells. Was ich vor mir sah, war völlig unerwartet.

Die Wände waren aus Metall, große Platten, dunkel

und leicht schimmernd, ehemals poliert, aber nun leicht beschlagen. Hier und da wurde das Metall von Glaspaneelen unterbrochen, viele von ihnen zerborsten, die Scherben auf dem Fußboden. Hinter einigen der heilen Fenster sah man grünliche Lichter, schwache, trübe Lichter. Es reichte, um den Weg zu finden, aber nicht, um wirklich etwas zu erkennen, und wir strengten uns an, etwas zu sehen und die Dämmerung mit unserem Geist zu durchdringen, ein Bemühen, das uns reizbar machte und verstimmte. Über uns weiteten sich die Metallplatten zu einer hohen, gekurvten Decke, in der sich vergitterte Löcher befanden, die Seufzer und Tropfen durchließen, schwermütige Winde und Feuchtigkeit, die nach Verfall roch. Irgend etwas an diesem Ort versuchte uns zu helfen, indem es den Weg vorn erleuchtete, aber gleichzeitig hinter uns die Lichter auslöschte. Jede dieser Bemühung war von verzweifeltem Klicken und Schwirren begleitet, und hatte oft nur das Ergebnis, uns vollkommen in Dunkelheit versinken zu lassen. Dann ertönten Geräusche, als laufe jemand, es summte und quietschte, wie von gemarterten Gurten oder Geräten, und das Licht ging wieder an, bloß um gerade dann wieder zu erlöschen, wenn wir es am meisten brauchten.

»Götter des Spieles«, sagte Mavin wutentbrannt. »Warum kann uns dieser Ort nicht einfach vergessen und in Frieden lassen?« Beim Klang ihrer Stimme verdoppelten sich das Klicken und Summen zu einem erfolglosen Gerassel. Sie hielt inne, die Stirn gerunzelt. »Es hört mich.«

»Sag ihm, es soll die Lichter anmachen und sie dann in Ruhe lassen«, knirschte ich zwischen den Zähnen hervor. Bei meinen Worten gingen über die ganze Länge des Korridors die Lichter an, und die Geräusche verstummten. Wir schauten uns an, in der Erwartung anderer Dinge, die gleich passieren würden, aber es blieb still. Wasser tropfte hinter uns hinab, der Luftzug schlug uns feucht ins Gesicht. Wir gingen weiter. Die Lichter blieben an, und wir hörten keinerlei Geräusche mehr. »Irgend jemand hörte uns«, sagte ich.

»Irgend etwas hörte uns«, verbesserte sie mich. »Das ist ein Ort der Zauberkünstler. Der Geräte. Wie die Maschine, die die Fracht entlud, Dinge, die geschaffen worden sind, bestimmte Funktionen auszuüben ...«

»Das tun sie aber nicht gerade gut«, bemerkte ich, halb verärgert. Die Räder des Fettwaggons hatten zu quietschen begonnen. Mavin beugte sich mit der Ölkanne, die sie an Dupies Körper gefunden hatte, hinab, und das Quietschen verblaßte zu einem sehr hohen Ton, nahe an der Grenze der menschlichen Wahrnehmungsfähigkeit. Meine Zähne begannen zu schmerzen. Unsere Reise wurde nicht einfacher durch die Tatsache, daß wir an Seitengänge gelangt waren, Abzweigungen, die hilfreicherweise erst in dämmriger Entfernung erleuchtet waren.

»Die Spuren«, sagte Mavin, die merkte, wie verwirrt ich war. Ich sah, daß die Rillen im Boden nicht in die Seitengänge führten. Ich wurde rot. Das hätte ich von selbst sehen müssen. Wir gingen weiter, so leise wir konnten, der endlose Korridor hinter uns verlor sich in phosphoreszierender Ferne, vor uns der gleiche Tunnel, ohne Abwechslung, ohne Veränderung außer in dem Muster des zerborstenen Glases oder der Form der Pfützen unter den tropfenden Schächten. Wir hatten Essen mitgebracht. Zweimal hielten wir, um es herauszuholen und daran zu knabbern, während wir weiterliefen. Meine innere Uhr sagte mir, daß ein halber Tag vergangen sein mußte, vielleicht auch mehr. Der Gang schien keine Biegung zu haben, und wir waren weit genug gelaufen, um uns inzwischen unter den Bergen zu befinden, die ich von Mavins Ausguck aus gesehen hatte.

»Schneepaß«, sagte Mavin. »Wir nennen sie die Verbotenen Berge, voll mit Gletschern und Spalten. In unserer Geschichte gibt es viele, viele Erkunder, die den Schneepaß überqueren wollten und nie zurückkehrten…«

Plötzlich hielten wir verwirrt inne. Die Spuren teilten sich vor uns in drei Richtungen, eine den endlosen Korridor hinunter, die zweite leicht abschüssig nach rechts, die dritte in die Dunkelheit nach oben. Ich konnte mich nicht hinknien wie Mavin, die die Rillen untersuchte, um herauszufinden, welche am verwittertsten und welche am meistens benutzt aussahen. Sie zeigte nach links. Als wir diesen Weg einschlugen, gingen die Lichter an, weniger als in dem Gang zuvor, aber genug, um nicht über die herabgestürzten Teile der Decke zu stolpern, die sich in der Mitte des Weges häuften.

Nun tauchten immer mehr Seitengänge auf. Geräusche ertönten, Gemurmel, Maschinengebrumm oder entfernte Stimmen, die sich unterhielten. Mavin fing an ein Lied zu singen, endlose, sinnlose Strophen, ein Lied, wie die Dupies es in ihrer mißtönenden Zwillingsstimme gesungen hätten. Sie hatte die Gestalt schließlich einigermaßen in den Griff bekommen und war imstande, beide Köpfe zu bewegen und sie sprechen zu lassen. Tief in mir seufzte Didirs Stimme schwach auf. »Menschen kommen näher, hab acht…« Ich gab die Warnung an Mavin weiter, die sie aber nicht brauchte. Keiner von uns beiden war überrascht, als wir ihnen gegenüberstanden, obwohl es uns Anstrengung kostete, gleichermaßen hysterische Anfälle zu simulieren, wie es diejenigen, deren Gestalten wir übernommen hatten, auch getan hätten.

Sie waren schwarz, mit bleichen Gesichtern wie Monde vor nächtlicher Schwärze, Körper und Gliedmaßen verborgen unter den gerade geschnittenen schwarzen Gewändern, die sie trugen, Haare und Ohren versteckt unter viereckigen schwarzen Kappen, die auf ihren Köpfen wie Schachteln balancierten und von Stoffbändern gehalten wurden, die über die Ohren reichten, unter das Kinn und hinten in den Nacken. Um jedes Handgelenk trugen sie ein metallenes Armband, und an jeder Hand einen fingerlosen Handschuh. Vor dem ganzen Schwarz wanden sich die Finger wie Würmer in Grabeserde, und in den Gesichtern stand keinerlei Ausdruck. Wir wichen zurück, bibbernd vor gespielter Furcht, und einer von ihnen sprach.

»Aha, Riß! Monster, die aus der Grube entwichen sind! Wie das? Und warum?«

»Ich habe keine Ahnung, Dekan Manacle. Nicht die geringste. Doch sie kommen nicht von der Grube, wie Ihr vielleicht bemerkt, sondern gehen in die Richtung derselben …«

Mavin wählte diesen Augenblick, um zu sagen: »Oh, Dupies müssen Langmann sprechen, guter Langmann will Dupies helfen. Dupies gingen in den murmelnden Mund, jawohl, um Langmann zu finden …«

»Oh, regt Euch nicht auf, werte Herren«, brachte ich mühsam heraus. »Die Rufmaschine hat nicht geantwortet, und wir haben Nachricht …«

»Dupies sagen ›Geduld, Geduld‹«, fuhr Mavin verschlagen fort. »Fettmann sagt, wir müssen Langmann finden, o guter Langmann, der Dupies sagt, was sie tun sollen …«

»Geschöpfe von irgendeinem Portal«, sagte derjenige, der Riß genannt wurde. »Deshalb gehen sie in Richtung Grube. Geschöpfe von irgendeinem Portal, die zur Basis gekommen sind, auf der Suche nach ihrer Brutstätte.«

»Eine bestrickende Annahme, Riß. Außerdem ein reizvolles Ereignis. Einen Eintrag wert. Vielleicht einen kleinen Monograph? Wie auch immer, die Praxis schreibt vor, daß sie hier nicht *bleiben* dürfen. Ruft Ihr bitte die Wegräumer?«

»Gewiß, Dekan Manacle. Wie Ihr wünscht.«

Es war, als hätten sie nichts von dem gehört, was wir gesagt hatten, als ob wir wie Vögel gezwitschert oder wie *Fustigare* geheult hätten, ein alltägliches Geräusch ohne Zusammenhang. Mavin merkte es im selben Augenblick wie ich, und wir verfielen beide in sinnloses Gebrabbel. Das nahmen sie ebensowenig wahr. Der eine, der Riß genannt wurde, fingerte an seinem Armband und drückte mit einem grimmigen Ausdruck von Konzentration auf winzige Knöpfe, daß sogar ich ihn aufgesetzt empfand. Wer waren diese seltsamen Menschen? Mavin schaute mich mit Dupies linkem Gesicht an, zog eine Grimasse und fuhr mit ihrem unsinnigen Geplapper fort. Die beiden vor uns unterhielten sich weiter, als wären wir nicht vorhanden.

Dieses Spiel währte aber nicht lange. Ein durchdringendes Quietschen durchschnitt Fettmanns Ohren. Ich dämpfte den Ton, einen Ton, der zu jeder Maschine zu passen schien, die sich an diesem Ort bewegte. Ein kleines Gefährt kam langsam um die Ecke, besetzt mit zwei Repliken von Langmann, oder vielleicht einer Replik und Langmann selbst. Es war gleichgültig, denn derjenige, der Manacle genannt wurde, stellte klar, daß es keinen Unterschied gab, keine Unterscheidung.

»Langmänner! Hier sind zwei Monster, wahrscheinlich von einem der Portale. Seht zu, daß sie entfernt werden, und daß man den Langmann, der dafür verantwortlich ist, zu den Gruben schickt ...«

Die Langmänner antworteten nicht. Ich begriff langsam, daß die Schwarzgekleideten, die jene Zauberkünstler sein mußten, von denen wir soviel gehört hatten, nur Worte verstanden, die von ihresgleichen gesprochen wurden. Die baumartigen Gestalten entfalteten sich aus dem Gefährt und griffen mit den Händen nach uns. Ein elektrischer Schlag, gering und kontrolliert, aber trotzdem schmerzhaft, traf uns. Wir schrien auf, die beiden Dupieköpfe einstimmig, Fettmann geschockt und überrascht, eine lange Harmonie der Pein. Wir bewegten uns in die angezeigte Richtung.

»Langmann«, schrie ich. »Fettmann hat Neuigkeiten, Neuigkeiten, hör zu, Langmann, was Fettmann zu sagen hat...«

Einer der beiden sprach, nicht ganz die Stimme, die ich zuvor gehört hatte. »Mach keinen Lärm, Monster. Wir sind nicht euer Langmann. Man wird ihn finden, da kannst du sicher sein, und ihn bestrafen, neben dir in den Gruben. Hat man euch nicht verboten, das Labyrinth zu betreten? Man hat es euch verboten. Allen Monstern ist es verboten. Nun habt Ihr *sie* ärgerlich gemacht.« Ein weiterer, vollkommen mutwilliger Stromschlag traf uns von hinten, obwohl wir uns so schnell bewegten wie wir konnten. In diesem Augenblick entwickelte ich einen tiefen Haß auf den Langmann. Meine Rache würde aber warten müssen, denn für den Moment war es ausreichend, daß wir durch das Labyrinth eskortiert wurden. Ich tröstete mich damit und verwandelte mein verbranntes Fleisch. Die Schläge waren schmerzhaft genug gewesen, aber sie hatten keinen dauerhaften Schaden angerichtet.

Zwischen den beiden Langmännern fiel kein Wort. Alles war ruhig bis auf die quietschenden Räder des Gefährts, das Tröpfeln des Wassers von der Decke, die seufzenden Winde, die durch die Öffnungen strichen. Bald hob sich die Decke an, wir erreichten größere Räume, wir trafen andere Karren und schwarzgekleidete Zauberkünstler, die die Korridore entlangschritten, ohne zu bemerken, was rechts und links vor sich ging. Dann, beinahe ohne Vorwarnung, hatten wir die Gruben erreicht. Sie öffneten sich vor uns, breit und tief wie Steinbrüche, nackte Wände, die in einen Schwarm unaufhörlicher Bewegung hinabstürzten wie in einen umgedrehten Insektenhaufen. Ein Käfig aus Metall stand neben der Grubenwand, dicke metallene Pfosten reichten vom Grubenboden bis zur Decke, und inmitten dieses Vierecks von Pfosten war ein kleinerer Käfig aufgehängt. Wir wurden hineingezwungen, die Tür schloß sich hinter uns, die Maschine schriekte, als wir in den Schwarm hinabgelassen wurden, wo Tausende von Geschöpfen wie wir selbst in unablässiger Bewegung waren. Die Tür öffnete sich, um uns herauszulassen, und wir gingen zögernd in einen Alptraum hinein. Neben mir hörte ich Mavins Stimme aus Dupies Kehle: »Götter des Spieles! Was ist das für ein Irrsinn?«

Sie krochen über uns, sonderten Flüssigkeit ab, flappten, hoppelten oder stolperten in jeder nur denkbaren Art der Fortbewegung – und in keiner. Manche hatten Beine und andere nicht, oder drei, oder sechs. Manche hatten einen Kopf, andere zwei, einige keinen oder vier. Es gab Klumpen, die still dalagen, während Schatten über ihre Oberfläche huschten, andere, die in Geräten steckten, die den Fettwagon wie ein Beispiel einfachsten Erfindergeistes wirken ließen. Einige Dinge, tot und halbangefressen, lagen an der Wand der Grube. Mavin und ich drängten uns instinktiv an die Wand und lehnten uns dagegen. Ich schaute hoch und sah, wie die Langmänner mit verhüllten Köpfen auf uns herabspähten. Ich hatte niemals das Gesicht eines Langmannes gesehen, und ich fragte mich in diesem Augenblick, ob sie überhaupt Gesichter hatten. Einige der Geschöpfe um uns herum hatten keine. Ich merkte, wie Didir tief in mir zurückwich. »Verkehrtheit, Peter. Verkehrtheit. Vorsicht, Vorsicht.«

In die Mauern der Grube waren schwarze Pfeilerbögen eingelassen, mit Öffnungen dazwischen, hinter deren dunklem Glas wir schwache Schatten entdecken konnten, schwarz auf schwarz. Eine Glocke bimmelte irgendwo, und die Geschöpfe begannen sich den Bögen zu nähern. Tröge standen dort, die sich mit einer dickflüssigen Brühe zu füllen begannen. Die Geschöpfe aßen. Ich sah zu, fühlte den Ort mit meiner Haut. Es war wie ein Wachtraum, ein Traum, von dem man weiß daß man daraus erwachen kann. Der Käfig rasselte aufwärts, kam dann wieder herunter. Ein Langmann war darin, und große Bündel fester Nahrung, stinkende Fleischkeulen, Säcke gedroschenen Korns. Der Langmann stieg aus dem Käfig, noch bevor er aufsetzte, und streute das Essen auf den Boden. Als der Käfig wieder hochfuhr, stürzten die Monster brüllend zwischen den Bogen hervor, um über das verstreute Essen herzufallen. Der Langmann hielt sich abseits von ihnen, drehte und wendete sich, bis schließlich glitzernde Augen unter seiner Kapuze die meinen trafen.

»Fettmann«, keuchte er. »Ich bring dich um…« Er kam auf mich zu. Ich ließ ihn nahe herankommen, nahe genug, daß er von oben nicht gesehen werden konnte. Dann griff Wafnor nach ihm und hielt ihn fest, band ihn mit stählernen Armen, hielt ihn, während ich unter der Kapuze seine Augen suchte. Langmänner hatten Gesichter, jedenfalls ungefähre. Zumindest dieser hier besaß eines. Dieses Gesicht brannte vor Haß auf mich und die Dupies hinter mir. »Wer bist du?« fragte es schließlich. »Du bist nicht Fettmann.«

»Nein«, gab ich zu. »Ich bin nicht Fettmann. Ich bin einer, der dich reden hören will, Langmann. Erzähl mir von diesem Ort hier, von diesen Zauberkünstlern, diesen Gruben…«

Er wollte nicht, aber das war gleichgültig. Didir las ihn; Wafnor schüttelte die Worte aus ihm heraus; Trandilar umwob ihn mit ihrem Zauber. Die Glocke bimmelte wieder. Die Geschöpfe versammelten sich erneut vor den Pfeilerbogen, und ich schaute mit Wandleraugen hinter das dunkle Glas. Bleiche Mondgesichter unter viereckigen Hüten; junge Männer, schwarzgekleidet, aber mit weichen Kappen, die ihre Köpfe bedeckten, die Augen weitaufgerissen und die Finger emsig damit beschäftigt, Notizen auf kleine Papierblöcke zu kritzeln, schreibend und spähend, schreibend und spähend.

»Was machen die da?« fragte ich.

»Monster beobachten«, japste Langmann. »Das machen sie da. Deshalb sind sie hier, sagen sie.«

Ich hielt das für eine Lüge, aber Didir und Trandilar glaubten, es sei die Wahrheit. Da man uns beobachtete, verhielten wir uns wie Monster, heulten, blubberten, schüttelten uns und hüpften, die ganze Zeit über hatten wir Langmann so fest im Griff, daß er sich nicht bewegen konnte. Die Beobachter hätten ihn nur stehend gesehen, den Kopf gesenkt, das Gesicht verdeckt. Nach einer Weile hörte man wieder die Glocke, und die mißgestalteten Geschöpfe verließen die Bogen, um ihr endloses Treiben wieder aufzunehmen.

Wir fragten weiter. Am Ende wußten wir alles, was der Langmann wußte, und ließen ihn frei. Er wich vor uns zurück in die Mitte der Grube, schaute mit wilden, funkelnden Augen um sich, nervös wegen der Schatten, die ihn umgaben. Was allerdings dann zu ihm kam, waren keine Schatten, sondern Dinge aus der Grube, die irgendeine Abneigung gegen Langmänner zu haben schienen. Er trug eine Art Waffe bei sich und richtete damit auch einigen Schaden an, bevor er unter ihren Körpern begraben wurde. Mavin und ich schauten weg. Unsere Aufmerksamkeit richtete sich auf die anderen Langmänner, die sich weit oben über den Rand der Grube beugten.

»Er hat ihnen nichts getan«, sagte einer. »Ich hätte meine umgebracht, wenn sie mir nicht gehorcht hätten. Warum hat er sie nicht umgebracht?«

»Verrückt«, sagte ein anderer. »Er war verrückt. Manchmal wird unsereiner verrückt, wie du weißt. Das sagen sie jedenfalls.«

»Ich hätte meine umgebracht«, wiederholte der erste.

»Verrückt oder nicht.« Sie wichen zurück und verschwanden. Ich fing den Blick eines Dupieauges auf, mit Mavins scharfer Intelligenz dahinter.

»Wir haben genug Zeit hier verbracht«, zischte sie.

Es blieb die Frage, wohin mit dem Fettwaggon, damit er nicht auffiel. Ferner waren da die Bogen, hinter denen die Beobachter lauerten. Mavin wußte das genauso gut wie ich, und wir suchten nach einem Ausweg aus dem Dilemma. Wir fanden ihn dort, wo der Metallkäfig aufsetzte, in Form einer leichten Einbuchtung in der Grubenwand, groß genug, um uns zu verbergen, als wir uns wandelten. Als der bewegliche Käfig fiel und sich wieder hob, erhoben wir uns mit ihm, unter ihm verborgen als falscher Boden. Als der Platz um die Grube herum leer war, erschienen zwei Langmänner aus dem Nichts und begaben sich zu den angrenzenden Korridoren.

Als wir ein geschütztes Plätzchen gefunden hatten, hielten wir an, um unsere weiteren Pläne zu besprechen. Langmann hatte geglaubt, was er uns erzählt hatte. Er kannte weder den Namen Himaggery noch Windlow. Er wußte bloß, daß *sie* eine bestimmte Fracht bestellt hatten, die hinter die inneren Türen zu *ihnen* gebracht würde, um dort für bald stattfindende, besondere Zeremonien verwendet zu werden. Er wußte bloß, daß die Mißgeburten von *ihnen* geschaffen wurden, damit sie beobachtet werden konnten.

Sie fertigten Dinge an, Dinge, die in die Welt hinausgeschickt wurden, um verkauft oder von Schenkern weggegeben zu werden. *Sie* brauchten Bauern, also wurden Bauern durch die murmelnden Münder hereingebracht. Langmänner wurden von *ihnen* geschaffen, um Dinge zu reparieren, die entzweigegangen waren. »Aber wir können es nicht«, jammerte er. »Niemand weiß, wie man das macht …«

Sie sprachen nicht zu Langmännern, außer, wenn sie

Anordnungen gaben. Dieser Langmann war nicht durch die inneren Türen gegangen; er wußte nicht, was dort geschah. Wir fragten, ob er Freunde habe? Nein. Bekannte? Nein. Aber er schlief doch sicher irgendwie, in Gesellschaft? Nein. Meistens liefen sie paarweise herum. Warum in Gesellschaft schlafen? Warum gemeinsam essen? Man schlief dort, wo man gerade war…

Wir fragten, wie er sprechen gelernt habe. Sicher erinnerte er sich an irgendeine Kindheit?

An diesem Punkt waren seine Augen nach innen gerollt, und er hatte wie ein Trommelstock angefangen zu zittern. »Laß es in Ruhe, Peter«, hatte Mavin traurig gesagt. »Ich weiß nicht, ob es überhaupt von Menschen geboren ist, aber es ist bis zur Unkenntlichkeit verändert worden. Dies hier ist nur ein leeres Gefäß, aus dem alles herausgesogen wurde, bis auf ein bißchen Sprache und dirigierte Handlung und Angst vor Schmerz. Laß es gehen.«

Daraufhin hatten wir ihn freigelassen.

Nun lehnten wir gegen eine Wand und überlegten. Irgendwo unter der Erde, in diesem verwinkelten Labyrinth, befanden sich diese inneren Türen, von denen der Langmann gesprochen hatte. Irgendwo in diesem Spinnennetz würden wir Antworten finden, aber wir fanden sie bestimmt nicht, indem wir an der Wand stehenblieben. Wir mußten *ihnen* dazu folgen. »Ich habe nicht vor«, sagte Mavin schroff, »diese unglücklichen Kreaturen nachzuäffen, indem ich *sie* sage. Es sind Zauberkünstler, und so werde ich sie auch nennen.«

»Nur zu«, bemerkte ich. »Besonders, wenn's hilft.«

Leichter ersonnen als getan. Es waren weit und breit keine Zauberkünstler zu sehen. Vielleicht liefen sie zu dieser Zeit nicht umher. Vielleicht war ihre frühere Anwesenheit im Korridor nur zufällig gewesen, mit wenig Aussicht auf Wiederholung. Wir wanderten umher, bestürzt und verzweifelt. Glocken bimmelten. Maschinen schnauften und keuchten. Langmänner gingen schweigend vorbei. Stille trat ein.

»Vielleicht ist es draußen Nacht«, sagte Mavin. »Diese Wesen müssen einst auf der Oberfläche gelebt haben. Vielleicht haben sie den Rhythmus beibehalten.«

»Falls dem so ist, werden sie eher schlafen als beobachten, was um sie herum passiert. Wenn dem so ist, sollten wir vielleicht andere Körper als diese hier aufs Spiel setzen.« Wir zögerten, überlegten, ob es das Risiko wert war.

Schließlich sagte Mavin: »Wenn wir damit irgend etwas herausfinden, dann ist es die Sache wert. Ich gehe nach links, du rechts, so schnell und so weit wie möglich. Komm hierher zurück, sobald sie sich wieder zu regen beginnen.«

So wurde ich wieder zum fellbedeckten Peter, auf Beinen, die ich so flink machte, wie es mir nur gelingen wollte. Ich hatte kein Glück und kehrte wütend und enttäuscht zurück. Mavin war schon da, halb schlafend gegen die Wand gekauert, und ich wußte sofort, daß sie mehr Glück gehabt hatte als ich.

»Ich habe sie gefunden«, sagte sie. »Die inneren Türen. Schlaf jetzt und wenn wir ausgeruht sind, werden wir einen Weg finden, hindurchzukommen.«

Wir waren gut versteckt. Ich ließ den Ärger sausen, gab mich statt dessen dem Schlaf hin und träumte lang – und nur zu gut – von Izia.

9

Die inneren Türen

Überall an diesem Ort der Zauberkünstler gab es Nischen und Ecken, beinahe, als hätten sie Platz für unsichtbare Wesen bereitgestellt, Langmänner, Diener, die sie nicht sahen. Wir fanden eine solche Nische, von der aus wir die Türen sehen konnten, die Mavin gefunden hatte, ohne daß man uns selbst sah. Die Türen wirkten ganz gewöhnlich, ein breites Paar altersfleckiger Paneelen ohne Klinken und Türknöpfe, und neben ihnen eine kleine Zelle aus Glas, obwohl ich vermutete, daß es sich um ein Material handelte, das widerstandsfähiger als Glas war. Wir hatten noch nicht lange gewartet, als einer der Zauberkünstler die Zelle betrat, ein alter, mit schwabbligen Hängebacken und Tränensäcken unter den Augen, dessen Nase mich an eine erinnerte, die ich in einer Taverne in Betand gesehen und für einen Beweis ausgiebigen Trinkens gehalten hatte. Er hüstelte und murmelte, die Stimme verstärkt durch ein seltsames Gerät, das sie dumpf widerhallen ließ.

»Huskpaw hier«, murmelte er. »Huskpaw im Dienst. Huskpaw ist *im* Dienst. Türen geöffnet. O Überdruß, Langeweile, Stumpfsinn und Erschöpfung, Verödung, Verblödung …« Er hörte offenbar ein Geräusch, denn er erstarrte, setzte sich vor die Scheibe und nahm eine wachsame Haltung ein.

Wir hörten Manacles Stimme. »Hier ist Doktor Manacle, Prokurator Huskpaw. Bitte den Ausgang zu öffnen …«

»Was habt Ihr bei den Monstern zu schaffen?« schnarrte Huskpaw, so schnell, daß ich sofort wußte, daß es reine Routine war, sogar als er nach der Vorrichtung griff, die, wie immer auch geartet, die Türen kontrollierte.

Er erhielt als Antwort ein Kichern, die Stimme von Riß. »Doktor Manacle ist hier, um Monster für die Weihen auszusuchen, Prokurator Huskpaw. Die Zeit ist nahe. Die Zeremonie wartet nicht …«

»Dozent Riß.« Manacles Stimme klang kalt, so kalt wie ein Schlachtfeld nach einem Großen Spiel. »Ich kann für mich selbst sprechen, wenn Ihr gestattet! Huskpaw, dreht die Klinke herum, guter Mann. Euer Dekan begibt sich zu den Monstern, um einige für die Weihen auszusuchen. Im Dienst des Colleges. Nehmt das zu den Akten.«

»Gewiß, Dekan Manacle. Sofort, Sir. Im Dienste des Colleges … Sicher. Schon notiert. Prokurator Huskpaw zu Eurer Verfügung, Sir …« Die Türen öffneten sich, und Manacle und Riß erschienen, Riß immer noch gutgelaunt und keineswegs niedergeschmettert. Mavin gab mir einen Wink, und wir folgten ihnen, Huskpaws Stimme im Rücken. »O gewiß, Dekan, sicher, Doktor, Dekan Manacle, Dekan Murmelmurmel, Dekan Monsterliebhaber. Der Schlag soll ihn treffen und seinen Speichellecker Riß auch, den alten Fatzke. Verrotten soll er …«

Wir folgten den beiden über viele Umwege, bevor sie schließlich neben einer der Gruben hielten, ob es diejenige war, in der wir uns befunden hatten oder eine andere, konnte ich nicht mit Sicherheit sagen. Sie lehnten sich gegen das Geländer, schauten auf die gegenüberliegende Wand, ohne die Augen abwärts zu wenden, und sprachen über das Groteske, das weit unten brodelte.

»Nichts zum Weihen dabei, was, Riß? Jedenfalls nicht für uns. Vielleicht für Quench? Ja, ich habe das Gefühl, Quench würde einige von denen hier für die Weihen aussuchen. Meint Ihr nicht auch?« Gekicher, Ellbogen in die Rippen des kleineren Zauberkünstlers. »Doch nichts für uns dabei. Schade. So geht es unsereinem … Sorgen und Überstunden, nur um den Standard zu halten …« Sie verschwanden im Korridor, Mavin und ich in der Gestalt der Langmänner dicht hinter ihnen. Sie hätten uns sehen können, wenn sie sich umgedreht hätten, aber sie taten es nicht. Sie nahmen unsere Anwesenheit überhaupt nicht wahr, gerade als seien sie die einzigen lebenden Wesen in diesem riesigen Labyrinth.

Schließlich erreichten sie eine weitere Grube, vielleicht war es aber auch die gleiche wie zuvor, nur von einer anderen Seite. Neben mir bewegte sich Mavin unruhig. Die Zauberkünstler lehnten sich wieder an das Geländer. Diesmal starrten sie an die Decke fünfzig mannshoch über ihnen.

»Na, die hier scheinen mehr zu taugen, stimmt's, Riß? Das da mit den drei Beinen und den Tentakeln? Äußerst reizvoll. Davon muß ich unbedingt meinen Sohn, Tutor Flogshoulder, erzählen, für seine Forschung. O ja, das ist ein spannendes Beobachtungsobjekt. Es würde eine ordentliche Fußnote ergeben. Doch irgendwie … für die Weihen eignet es sich nicht so, oder, Riß?«

Riß kicherte. »Überhaupt nicht, wertester Dekan«, erwiderte er kopfschüttelnd. »Zumindest nicht für Euren Geschmack und Standard. Nein … Bestimmt nicht. Für Quench vielleicht. Oder für Hurlbar. Nicht für Euch. Gewiß nicht …«

Sie gingen weiter. Wieder folgten wir. Die Szene wiederholte sich noch dreimal. Ich beobachtete die beiden genau. Sie sahen niemals in die Gruben hinein, über die sie sprachen. Sie betrachteten immer nur die kahlen Wände. Es war ein Art Spiel, möglicherweise ein Ritual. Ich konnte Mavins Ungeduld spüren, aber das Spiel neigte sich jetzt seinem Ende zu. Sie waren an eine andere Sorte von Grube gelangt, die flacher und sauberer war, wo das eintönige Geräusch der Ventilatoren gedämpft klang und kein Wasser von der Decke tröpfelte. Diesmal schauten beide nach unten und schwiegen. Mavin und ich machten uns in einem Alkoven unsichtbar.

»Aah, diese hier taugen!« Manacle, gierig wie ein Kind, das Süßigkeiten sieht. »Nichts Besonderes, aber besser als die anderen, die wir geprüft haben.«

»Ja.« Riß voller Zustimmung. »Nicht vollendet, aber wer will schließlich an einem Ort wie diesem hier Vollkommenheit erwarten? Jedenfalls besser als die anderen, die wir gesehen haben …«

Manacle stieß einen schrillen Pfiff aus, und wie aus dem Nichts tauchte ein Langmann neben ihm auf, aus einem Seitengang oder dem gegenüberliegenden Korridor. Man hörte gemurmelte Anweisungen. Der Langmann betrat den Käfig und entschwand meiner Sicht. Das Quietschen des aufsteigenden Käfigs fesselte unsere Aufmerksamkeit, als er sich quiekend wieder seinen Weg aufwärts suchte. Der Langmann stand darin, umgeben von vier kleinen Mädchen.

»Nein, nein, nein!« schrie Manacle, die Stimme schrill vor Ärger. »Nicht die da, du Narr! Diese meinte ich, dort in der Ecke. Nimm die hier wieder mit und bring mir die andere.« Der Käfig sank erneut hinab, um mit einem Ersatz zurückzukehren, an dem ich keinen Unterschied entdecken konnte. Die Mädchen trugen weiße, nicht ganz saubere, gewickelte Röcke, über denen ihre schmalen Oberkörper flach wie die eines Säuglings wirkten. Riß und Manacle betrachteten sie mit gieriger Befriedigung. »Ja, diese hier sind richtig, stimmt's, Riß? Nimm sie mit, Langmann. Wir werden diese Ungeheuer an der Tür weihen.« Damit wandten sie sich ab, nickend und blubbernd in einträchtiger Zufriedenheit.

»Ungeheuer?« flüsterte ich.

»Frauen«, entgegnete sie schroff. »Hast du sonst irgendwelche Frauen hier entdeckt? Die Zauberkünstler, ihre Diener, die Langmänner, alles männlich. Diese Kinder sind die ersten weiblichen Wesen, die ich gesehen habe.«

»Aber wieso ›Ungeheuer‹? Auf mich wirkten sie völlig normal.«

»Auf mich nicht«, sagte sie. »Los, das ist unsere Chance, durch die Türen zu kommen.«

Sie führte ihren Plan so rasch aus, daß ich kaum Zeit hatte, mich genauso flink zu wandeln. Zuerst zeigte sie sich den beiden Kindern, die zuletzt hinter dem schwankenden Langmann hergingen, trennte sie von den anderen und schickte sie in einen Seitengang. Dann *wurden* wir diese Kinder, speicherten dabei Masse, wie Mavin hastig befahl, und folgten dem Langmann, der mechanisch dahinschritt, in seinem beschatteten Gesicht kein Zeichen von Mißtrauen, geheimen Gedanken oder Verwirrung. Ich fühlte mich wie ein Kloß, eingequetscht in diese kleinere Form, aber es ging einigermaßen.

An den Türen wurde Huskpaw beauftragt, eine Gruppe weiterer Zauberkünstler herbeizurufen. Ein Kommen und Gehen entspann sich, ausführliche Reden mit viel Papiergewedel. Die Zeremonie nannte sich offenbar ›Verleihung von Ehrengraden‹. Die beiden echten Kinder reagierten auf nichts, außer wenn sie angeschubst wurden; Mavin und ich verhielten uns genauso. Die Augen der Mädchen zeigten eine Leere wie die des Langmannes, nur noch tiefer. Daran merkte ich, daß es doch keine gewöhnlichen Kinder waren, sondern etwas anderes, vielleicht etwas, für das ich keinen Namen wußte. Schließlich zogen die Zauberkünstler jedem von uns eine Robe über, so schwarz wie ihre eigene, und die Zeremonie schien beendet zu sein. Wir wurden durch die Türen in einen großen Empfangsraum gescheucht, wo unsere Gruppe von anderen Zauberkünstlern erwartet wurde und von ein paar kostümierten Bauern, die so still und geistlos wirkten wie die kleinen Mädchen,

Wein und süßes Gebäck serviert bekam. Die Mädchen, wir unter ihnen, standen in einer losen Gruppe auf der einen Seite des Raumes, abgesehen von gelegentlich lüsternen Blicken Manacles weitgehend unbeachtet. Ich war für diese scheinbare Unsichtbarkeit dankbar. Ich hatte erwartet, nur Fremde an diesem Ort zu finden, und der Eintritt von jemandem, den ich kannte, versetzte mir einen jähen Schock.

Er trat durch eine der Pfeilertüren, gekleidet wie ich ihn zuletzt in Bannerwell gesehen hatte, in Silber, mit dem halben Dämonenhelm. Huld. *Thalan* von Mandor. Mein Peiniger in Bannerwell; ihn, den ich im Gegenzug besiegt und eingekerkert hatte. Nun war er hier. An diesem Ort. Ich konnte einen unwillkürliches Schaudern nicht unterdrücken. Er hatte keine Veranlassung, mich hier zu vermuten, aber ich schauderte trotzdem. Wenn er irgendeinen Grund hatte, Verdacht zu schöpfen, würde er mich in dieser Menge binnen weniger Augenblicke LESEN und entdecken. Nur das Gedankenwirrwarr im Raum verbarg mich vorübergehend. Didir bewegte sich in mir, flüsterte: »Ich werde dich abschirmen, Peter. Geh hinunter, ganz tief, wie du es schon einmal getan hast…« Ich konnte ihren Rat nicht annehmen. Ich mußte Mavin warnen.

Die zwei kleinen Mädchen hielten sich an der Hand, klammerten sich aneinander wie zwei Kätzchen an einem ihnen unbekannten Platz. Ich tat es ihnen nach, nahm Mavins Hand in meine und malte Buchstaben in ihre Handfläche. Sie erstarrte und richtete ihren Blick auf ihn, gerade als ich mich vor sie stellen wollte, um sie vor seinen Augen zu verbergen. So sah sie den Dämonenhelm, und das reichte. Ihr Gesicht wurde leer, und ich wußte, daß sie an irgendeinen unsinnigen Reim dachte, irgendeine Melodie, um ihre Gedanken an der Oberfläche zu beschäftigen – und so, was darunter lag, unentdeckbar zu machen. »Geh hinunter, Peter«, sagte

Didir erneut, »ich werde dich abschirmen. Paß auf, hör zu, aber sei nicht vorhanden ...«

Ich hatte es in Bannerwell schon einmal getan, war ein geistloses Nichts geworden, das mit nicht mehr Hirn als eine Küchenkatze herumgelaufen war. Nun tat ich es wieder. Ich wurde das Kind, dessen Körper ich nachahmte, wurde ein Mädchen ohne Verstand, ein passiver Leib, sank tief in diese weiche Leere hinein und horchte. Worte flossen über mich wie Wasser, bedeutungslos wie Wellengekräusel. Es war gleichgültig, was sie bedeuteten. Wenn die richtige Zeit gekommen war, würde ich mich daran erinnern, oder Didir würde es mir sagen.

»Huld, mein Lieber!« Mit diesen Worten erging sich Manacle in kräftigem Schulterklopfen, was Huld veranlaßte, die Lippen zusammenzupressen und verärgert zu lächeln. Manacle fiel das nicht auf. »Lieber Freund, wie schön, daß Ihr uns besucht! Der Anlaß ist genau richtig. Nur noch zwei Tage bis SIGNAL-Tag und dann ist es wieder Zeit, uns an unseren historischen Auftrag zu erinnern. Wir haben hier ein paar Monster zur Fortpflanzung, ordentlich geweiht natürlich. Meine Stellung gebietet es, der erste zu sein, ein Beispiel zu geben. Nicht die erfreulichste meiner Tätigkeiten, aber auch nicht die« – mannhaftes Glucksen – »geringste. Werdet Ihr uns Gesellschaft leisten?«

»Darf ich hoffen, Dekan Manacle, daß Ihr in der Hektik der Vorbereitungen nicht ganz vergessen habt, weshalb ich gekommen bin?« Huld, starr, ärgerlich, doch lag hinter dem Ärger noch etwas anderes – eine Art Erheiterung? Irgend etwas Unpassendes, wie augenzwinkernde Duldung. Didir bemerkte es auch.

»Natürlich nicht, mein Bester, natürlich nicht. Ich habe Eure Warnungen an meine Kollegen weitergegeben. Sie sind beunruhigt, sehr beunruhigt. Sie beabsichtigen, Eure Anfrage ernsthaft zu prüfen, unter diesen

Umständen. Das Komitee wird sich heute abend treffen, und wir werden ihm die Angelegenheit vortragen.«

»Und habt Ihr die Fracht erhalten? Alles? Diesen Seher, Windlow, und Himaggery, den sogenannten Zauberer? Und vor allem diesen jungen Nekromanten Peter?«

Manacle wurde unruhig. »Äh, nun – das ist ein bißchen schade, denn wir haben nur zwei von ihnen, die erst vor zwei Tagen gebracht wurden. Äh – ja. Einer scheint unterwegs umgekommen zu sein, sozusagen, das wurde mir wenigstens so gesagt. Der Langmann glaubt, daß es stimmt. Er hat den Schenker wieder zurückgeschickt, um einen dieser Spieler zu finden, von denen man glaubt, sie könnten Tote erwecken. Leerer Aberglaube natürlich … Unmöglich, so etwas. Nicht wie Euer eigenes Talent, mein lieber Huld, das wir geprüft haben und für das wir eine gewisse wissenschaftliche Begründung gefunden haben … Wie dem auch sei, der Junge war jedenfalls nicht bei der Fracht …«

Huld starrte ihn an, Hitze wallte auf seiner Haut, daß Manacle zurückwich. »Ich glaube nicht, daß er tot ist.«

»Guter Mann, es ist eindeutig. Der Schenker sagte, eine Steinlawine habe ihn vollkommen unter sich begraben. Er kann es unmöglich überlebt haben. Riß, kommt her und sagt unserem Freund, was der Langmann über diesen Jungen erzählt hat, der umkam …«

»Es ist mir gleichgültig, was Euer Langmann sagt.« Huld, wütend. »Habt Ihr überhaupt nichts von dem verstanden, was ich Euch gesagt habe? Der Rat hat sich gegen Euch verbündet, gegen die Zauberkünstler. Ich kam, Euch zu warnen, aus Freundschaft, als Gegenleistung für frühere Gefälligkeiten. Der Rat arbeitet draußen in der Welt mit Hilfe bestimmter Spieler, und zwar seit Jahrzehnten. Nun aber sind sie noch weiter gegangen. Sie *erschaffen* Spieler, mit neuen Talenten, mächtigen Talenten. Dieser Peter ist einer davon. Er ist kein gewöhnlicher Spieler, kein gewöhnliches Talent! Ich glaubte auch einmal, er sei tot, oder wenigstens so gut wie! Ich hatte mich getäuscht. Ebenso täuscht Ihr Euch jetzt!«

»Wir mögen es nicht, Zauberkünstler genannt zu werden, Huld«, mischte sich Riß ein, den Mund voll von Wein und Krümeln, die in einem kleinen Schauer auf sein schwarzes Gewand spritzten. »Die unwissenden Spieler tun das, aber von Euch erwarten wir mehr Höflichkeit. Wir respektieren Eure Warnung, aber wenn dieser Peter tot ist, wird sicher ...«

»Ihr Narren! Seid Ihr taub? Er ist nicht tot! Was auch immer Euer Schenker sagt oder behauptet, Peter ist nicht tot ...«

Manacle, frostig wie der Winter. »Ich schätze es nicht, als Narr bezeichnet zu werden. Als direkter Nachfahr, in der dreizehnten Generation der ersten Forscher, als fünfter in direkter Linie im Titel des Dekan, lasse ich mich nicht so einfach als Narr bezeichnen. Wir nehmen Euch in Kauf, Huld, obwohl Ihr ein einfacher Spieler seid, weil Ihr uns nützlich wart. Wir nehmen aber keine Beleidigungen hin.«

Ich hörte, wie Hulds Zähne knirschten. Ein einfacher Spieler genannt zu werden, hätte gereicht. Die Verachtung in Manacles Stimme zu hören, war zuviel.

»Ihr nehmt mich in Kauf, Dekan Manacle, weil ich der einzige bin, der Euch vor dem Rat warnen kann, der gegen Euch Pläne schmiedet, der einzige, der Euch sagen kann, was der Rat vorhat. Ohne mich seid Ihr der Gnade und Barmherzigkeit dieser Fremden ausgeliefert, und beide sind nicht besonders groß, Manacle. Also, wo sind sie? Wo ist der Zauberer und der Seher?«

Manacle richtete sich mit zittrigem Hochmut auf. Mit verächtlicher Geste winkte er den wartenden Diener fort. »In den Laboren, Huld. Ich werde Euch heute abend dorthin mitnehmen, nach dem Treffen. Dann könnt Ihr sie mit eigenen Augen sehen. Ich werde Euch dann sagen, was das Komitee über Eure Anfrage beschlossen hat, Euren Wunsch, Zugang zu unseren Verteidigern zu bekommen. Ich glaube nicht, daß sie zustimmen werden, Huld. Sie glauben, daß das Komitee und der Rat wirksame Gegengewichte zueinander sind. Sie glauben, daß wir so die Welt im Gleichgewicht halten.«

»Bis der Rat dieses Gleichgewichts vielleicht müde ist.« Die Worte wurden sehr ruhig gesprochen, aber mit ungeheurer Drohung. Es wurde still im Raum. Eines der Mädchen begann zu wimmern, der Ton fiel in die Stille wie ein Kieselstein in einen Teich, die Wellen breiteten sich weiter und weiter aus, um gegen die Wände zu stoßen, ein befremdender Laut. Manacle starrte Huld an. Seine Augen waren plötzlich wachsam.

»Warum sollten sie das historische Gleichgewicht zerstören wollen?« fragte er mit brüchiger Stimme.

»Warum nicht? Sie sind stolz geworden, mächtig. Der Sinn steht ihnen nach neuen Dingen. Warum sonst hätten sie jemanden wie diesen ›Peter‹ erschaffen, dieses neue Talent? Aus welchem anderen Grund, wenn nicht um das Gleichgewicht zu zerstören?«

Einer der Zauberkünstler, größer als die meisten anderen, der während dieses Wortwechsels ruhig dagestanden hatte, das Gesicht aschfarben, sagte: »Wißt Ihr das mit Sicherheit?«

»Professor Quench, ich bin mir nahezu sicher. Die Wahrscheinlichkeit beunruhigt mich zutiefst. Und Euch sollte sie auch beunruhigen.«

»Wir müssen es genau wissen«, sagte Quench mit einer Stimme wie Lava, erst flüssig, dann sich verhärtend, den Raum mit ihrem Fluß und Spritzern aufrauhend. »Wir müssen es genau wissen, Manacle, Riß ... *Wahrscheinlich* reicht nicht. Wir müssen es genau wissen.«

Manacle zauderte, schabte mit den Füßen, suchte mit den Fingern nach unsichtbarem Flaum auf seinem Gewand. »Das Komitee«, schlug er vor. »Die Angelegenheit wird vor das Komitee gebracht, wenn es sich heute abend trifft.«

Quench blickte ihm lange ins Gesicht, dann nickte er. »Seht zu«, sagte er und verließ den Raum, seine Stimme spritzte hinter ihm her. »Seht zu, daß das geschieht. Ich werde anwesend sein.«

Manacle, mit dem Rest seiner Würde, von dem aschigen Quench und dem brennenden Huld eingeschüchtert, wandte sich fahrig an Riß. »Bringt die geweihten Ungeheuer fort, Riß. Der Tag ist mir verdorben. Wenn wir solche Fragen besprechen müssen, außerhalb der Reihe, bevor das Komitee eine Möglichkeit hat, sie sich durch den Kopf gehen zu lassen, muß ich noch eine Menge Vorbereitungen treffen.« Er eilte in die Richtung, in die Quench verschwunden war. Riß führte die Mädchen fort, und mein letzter Blick auf Huld zeigte mir den glühenden Blick, mit dem er Manacle verfolgte, bis dieser aus seiner Sichtweite entschwunden war. Wir folgten Riß, Mavin und ich still wie *Bunwits,* den mit Teppich ausgelegten Gang entlang zu dem Raum, der für uns vorbereitet war, und wo es Strohsäcke zum Schlafen, Zapfhähne für eine Art Getreidebrei und ein in den Boden eingelassenes Badebassin gab. Nichts Besonderes war zu sehen außer der großen kahlen Tür, die zu Manacles Räumen führte. Es würde ein Leichtes sein, einen Finger in den Schlüssel zu verwandeln, hinauszugehen und die Tür wieder hinter uns zuzuschließen, sobald nur Riß verschwunden war.

Und das taten wir dann auch. »Was wird er denken, wenn er feststellt, daß zwei von uns fehlen?« flüsterte ich Mavin zu.

»Er wird denken, daß die zwei fehlenden von den anderen beiden gegessen worden sind«, knurrte sie. »Stell dich nicht so dumm an, Junge. Laß die Tür einfach auf, als ob Riß vergessen hätte, sie zuzuschließen. Dann kann er sich darüber wundern, wo seine Zuchtstuten geblieben sind, aber er wird nicht annehmen, daß ein Spion bei ihm eingedrungen ist.«

Beschämt ging ich zurück, um die Tür wieder aufzuschließen. Drinnen hatten sich die beiden Mädchen auf einem der Strohsäcke niedergelassen und beschäftigten sich auf irgendeine seltsame Weise miteinander. Ich lief rot an und schaute weg. Offenbar waren sie doch nicht ganz geistlos. Wenigstens für eine Sache hatte man sie trainiert. »Was jetzt?« fragte ich Mavin.

»Jetzt muß ich erst einmal überlegen«, krächzte sie. Ich verstand nicht, warum sie so wütend war, bis sie wieder zu sprechen anfing. »Was will er damit sagen, dieser Auswurf eines *Fustigars*? Was meint er damit, du seist von dem Rat geschaffen worden? Ich weiß besser als er, wie du entstanden bist – es war auf die übliche Art und Weise. Kein Rat oder irgendeine Zusammenkunft hatte damit etwas zu tun außer der Zusammenkunft zwischen Mann und Frau. Er versucht, die Zauberkünstler auf irgendeine Art zu überlisten. Aus welchem Grund wohl?

Wer sind diese Menschen, die Zauberkünstler, die nicht so genannt werden wollen? Sie sagen, sie seien die ›Fakultät‹ eines ›Colleges‹. Nun, was ein College ist, das weiß ich. Es ist ein anderes Wort für Schule. Windlow hatte ein College. Mertyn ebenso. Was soll eine Fakultät also anderes sein als eine Ansammlung von Lehrmeistern? Hmh? Abgesehen davon, daß diese hier mit seltsamen Dingen beschäftigt sind, Ritualen und Zeichen – und so oft von Wissenschaftlern und Forschern reden. Ist das eine Art Religion? Manacle behauptet, er stamme von den ersten Forschern ab. Na gut… Forscher wonach? Sie haben eine Abneigung gegen Spieler. Es gibt keine Frauen unter ihnen. Sie scheinen nur vier Arten von Wesen zuzulassen: sich selbst, Monster, Spieler und Bauern…«

»Langmänner«, schlug ich vor.

»Nur eine geringere Art Monster, oder besser gesagt, eine höherentwickelte Form davon. Wer ist dieser Rat, mit dem Huld sie so in Angst und Schrecken versetzt hat, wie ein Kindermädchen, das mit Nachtgespenstern Kinder ängstigt, die unartig waren?«

»Himaggery sprach auch von einem Rat. Ich dachte, er redete von einer Gruppe sehr mächtiger Spieler – ja, ich glaube, er sagte, Spieler. Sie versuchen, Ketzerei zu unterbinden …«

»Ja, es ging das Gerücht, es gäbe eine solche Gruppe. Aber ist das diesselbe, von der Huld spricht? Und zwischenzeitlich wissen wir nicht mehr über Himaggery und Windlow, als daß sie sich in den ›Laboren‹ befinden. Wo sind diese ›Labore‹? Um was handelt es sich? Wir rasseln hier herum wie Samen in einem getrockneten Kürbis, ein sich windendes Geräusch ohne Sinn. Komm, Sohn, denk dir einen Plan für uns aus.«

Mavin dies in solchem Ton und so niedergeschlagen sagen zu hören, erfreute mich. Es gab keine Zeit, sich zu freuen, keine Zeit, diesen Augenblick auszukosten, aber ich speicherte ihn irgendwo in meinem Hinterkopf, um mich später daran zu ergötzen. Aus solchen Momenten ist das Erwachsensein gemacht. Ich hätte fast gesagt: das Mannsein, aber ließ es dann doch besser. »Wir dürfen uns von diesem Puzzle nicht irreführen lassen«, sagte ich. »Was immer dieser Rat oder dieser Ort hier – oder die Geschichte dieses Ortes – sein mag oder aus welchen Gründen auch immer es ihn gibt – nichts von alldem ist so wichtig wie Himaggery und Windlow. Manacle will Huld heute abend treffen. Wir werden also zu dem Treffen gehen und hören, was dort besprochen wird. Und danach werden wir Manacle folgen, wenn er sich mit Huld trifft, und Didir muß mich beschützen, so gut sie kann. Wenn wir unauffällig bleiben, wird niemand von uns Notiz nehmen.« Als ich das Wort *unauf-*

fällig aussprach, erinnerte es mich an Chance, und für einen Augenblick überfiel mich fürchterliches Heimweh – nach ihm, nach der Schulstadt, nach dem Bekannten, Sicheren, Vertrauten. Ich holte tief Luft, aber Mavin hatte nichts bemerkt.

»Ich werde unauffällig sein«, knurrte sie. »Und geduldig, aber dieser Ort hier verursacht mir Juckreiz.«

Mir verursachte er auch Juckreiz, als ich versuchte, die Stelle zu finden, wo das Treffen stattfinden sollte. Niemand, dessen Gedanken ich durchsuchte, wußte etwas von dem Treffen oder wo es abgehalten werden sollte. »Ein ganz besondres Grüppchen«, murmelte Mavin, als ich ihr das sagte. »Meinst du, der Raum wird nie gesäubert?«

Ich brauchte einen Augenblick, um zu begreifen, worauf sie hinauswollte. Dann begriff ich. Der Raum würde zweifellos von jemandem gereinigt werden, einem Bauern. Ich begann unter den Bauern zu suchen, Didir probierte hier und da, während wir das Labyrinth durchforsteten. Beim sechsten oder siebten Versuch fanden wir einen Verstand, der den Treffpunkt schon einmal gesehen hatte. Dort gingen wir hin. Das Ganze hatte soviel Zeit in Anspruch genommen, daß wir gerade erst ein paar Sekunden vor den Zauberkünstlern eintrafen und kaum noch Zeit hatten, uns eine dunkle Ecke auf einer Art Empore zu suchen, wo zwei gleich aussehende stuhlartige Gebilde nicht weiter auffallen würden. Die Stelle lag unter einem Rohr, das Hitze in den Raum transportierte, und Mavin ließ sich mit einem müden Seufzer darunter nieder.

»Noch einmal wandeln, und ich hätte angefangen, mich selbst zu verspeisen«, gestand sie. »Ich kann keine Kräfte speichern wie du.«

Etwas schuldbewußt dachte ich daran, daß Shattnir bei jeder sich bietenden Gelegenheit Kraft für mich gespeichert hatte. Inzwischen war es für mich so natürlich geworden wie Atmen. Ich ließ etwas von der Kraft zu Mavin fliessen. »Nimm das von mir«, flüsterte ich ihr zu. »Ich habe das Gefühl, wir werden längere Zeit hier verweilen.«

An einer Wand des Raumes befanden sich Hunderte winziger Fenster, schwarz und leer, bis auf eins oder zwei, über die wurmgleich ein grünes Licht kroch. Ein Ende des langen Tisches wies eine eingelassene Oberfläche mit Knöpfen und Tasten auf. Ich hatte hier schon mehrere Oberflächen dieser Art gesehen, Kontrollen für die Vorrichtungen der Zauberkünstler. Doch sowohl die Fenster als auch die Kontrollfläche wirkten staubig, unbenutzt. An einer Seitenwand hingen Porträts in langen Reihen, Gesichter um Gesichter, bleiche Pilze über schwarzem Stoff, goldene Namensschilder darunter, die zu klein waren, als daß ich sie über die Entfernung hätte entziffern können. Das letzte Porträt war Manacle, was uns genug sagte. Bei den höherhängenden Bildern lag auf der Oberkante der Rahmen schwarzer Staub. Der Teppich war so zerschlissen, daß er an einigen Stellen Löcher aufwies. Vor jedem Platz am Tisch stand eine leere Flasche und ein Glas, lagen ein Block vergilbtes Papier und Schreibutensilien. An einem Platz waren diese ordentlich zurechtgerückt worden, und man sah helle Stellen auf dem Tisch, wo sie zuvor gelegen hatten. Wer auch immer diesen Raum säuberte, er hatte es nicht kürzlich getan, vielleicht seit Jahren nicht mehr. Staub lag wie ein dicker grauer Schleier auf allem.

Quench kam herein und nahm dort Platz, wo das Schreibgerät verschoben worden war. Er legte es sorgfältig wieder an seine vorherige Stelle, bevor er sich setzte, die Arme über dem breiten Brustkorb gekreuzt. Die Form seines schachtelartigen Hutes schien sich seinen Kopf hinunter fortzusetzen – immer quadratisch.

Andere betraten den Raum. Man hörte Flüstern, murmelnde Unterhaltung. Ich riskierte einen forschenden Gedanken, der Bilder langer, halb eingestürzter Korridore brachte, zusammenbrechender Portale weit im Norden und Süden, ein verzweigtes Netz staubiger Katakomben, verschüttet und zerfallen. Einer derjenigen, die an den Tisch traten, trug weiße Schleifenbänder am Hals. Andere verbeugten sich in seine Richtung, murmelten: »Rektor.« Die Zeit verstrich. Ungefähr fünfzig waren bereits versammelt, als Manacle eintrat. Nun, jetzt würden wir bald das erfahren, was wir brauchten.

»n'Abend, die Herren. Guten Abend. Schön zu sehen, daß jeder so pünktlich ist. Nun, wir haben heute eine beträchtliche Tagesordnung. Laßt uns die Sitzung beginnen. Bitte, Rektor, beginnt mit der Anrufung.«

Der mit den Schleifen erhob sich, starrte himmelwärts und intonierte: »O Herr, wir, Deine Kinder, haben Deine Ziele seit dreißig Generationen auf diesem Planeten verfolgt. Über tausend Jahre befolgen wir bereits gehorsam Deine Gebote. Wir haben die Ungeheuer beobachtet, uns von ihnen ferngehalten, Deine geheiligten Vorschriften befolgt, zu forschen und alles niederzuschreiben, was diese Ungeheuer tun. Nun, da wir uns wieder der heiligen Zeit der Berührung unseres ZUHAUSE nähern, sei bei uns, wenn wir schwerwiegende Dinge bedenken müssen, die vor uns gebracht wurden. Laß uns sorgfältig Deiner Anweisungen gedenken, wenn wir Monster zu unseren Gebrauch weihen, damit Dein Wille auch durch zukünftige Generationen erfüllt werden kann. Bewahre uns vor den üblen Versuchungen durch Spieler und den Versuchungen des Rates. Wir bitten Dich darum als Deine gläubigen Söhne. Amen.«

Während dieser Worte ließen die übrigen ihren Blick im Raum unruhig umherschweifen, als erwarteten sie noch jemanden, aber niemand betrat mehr den Raum. Als der Mann geendet hatte, trat kurze Stille ein. Manacle saß mit hängendem Kopf auf seinem Stuhl, als schliefe er. Quench räusperte sich mit einem hackenden Geräusch, und Dekan Manacle fuhr hoch.

»Ähem«, murmelte er. »Wir kommen nun zum Protokoll der letzten Sitzung.« Er erhob sich und drückte auf einen der Knöpfe auf dem Tisch vor ihm. »Ich bin Manacle von den Monstern, Sohn von Scythe von den Sündern, Dekan des Ausführenden Komitees der Fakultät des Colleges der Forscher. Darf ich die Kontrollstation bitten, das Protokoll der letzten Sitzung zu lesen?« Er legte seinen Kopf zur Seite und schien zu zählen. Die anderen betrachteten derweilen ihre Finger oder flüsterten einander gelangweilt zu. Als er langsam ungefähr bis fünfzig gezählt hatte, fuhr Manacle fort: »Da die Kontrollstation es nicht für nötig erachtet, das Protokoll der letzten Sitzung zu lesen, stelle ich den Antrag, es als ungelesen zu den Akten zu nehmen.«

»Angenommen«, sagte Quench.

»Unterstützt«, sagte eine unbekannte Stimme vom Ende des Tisches.

»Antrag angenommen von Professor Quench, unterstützt von Professor Musclejaw, daß wir das Protokoll der letzten Sitzung ungelesen zu den Akten nehmen. Wenn es keine Einwände …« Ein Chor grunzender und knurrender Laute antwortete ihm. »Gegenstimmen? Keine. Der Antrag ist angenommen.« Eine kurze Pause trat ein, während Dekan Manacle sich sammelte und die Papiere vor sich durchblätterte. »Kommen wir jetzt zu den Berichten der Unterausschüsse … der Unterausschuß für Portalreparaturen …«

»Blödsinn«, sagte Quench.

»Bitte?« Manacle schaute irritiert hoch. »Die Tagesordnung sagt, daß …«

»Blödsinn. Die Tagesordnung sagt Blödsinn. Idiotie. Stumpfsinn. Verblendung. Laßt uns über den Rat sprechen. Über diesen Spieler, diesen Huld, der Zugang zu den Verteidigern haben will!«

Überraschtes Raunen, Stimmen, die sich ärgerlich erhoben. »Den Verteidigern? Wir gestatten keinen Zugang zu den Verteidigern? Was sagte er?«

»Zunächst haben wir hier den Bericht über Portalreparaturen«, rief Manacle. »Und der Bericht über die Probleme der Monsterlabore und über die Lebensmittelvorräte, die von den Schenkern gebracht werden. Das sind wichtige Punkte, Quench. Lebenswichtige Punkte…«

»Wie lebenswichtig?« dröhnte Quench. »Wenn der Rat plant, uns zu vernichten, wie lebenswichtig ist es dann, ob die Monsterlabore ihre Quoten erreichten oder nicht? Wenn wir alle getötet werden, wie wichtig ist es, ob das Nordportal repariert werden kann, da wir doch sowieso wissen, daß das nicht möglich ist, genausowenig wie es bei dem Südportal möglich war. Wenn niemand mehr hier ist, der Appetit hat, was zählt es dann, ob die Schenker ihre volle Ration Getreide und Fleisch bringen? Lebenswichtig? Manacle, Ihr seid ein Dummkopf, und Euer Vater war ebenso einer.«

Erst als er ihn in die Hand nahm, sah ich den kleinen Hammer, der vor Manacle lag. Er hämmerte mit ihm auf den Tisch, wirbelte dabei eine Wolke Staub auf, worauf einige Anwesende zu niesen und sich die Augen zu wischen begannen. Falls er damit beabsichtigte, Ruhe herzustellen, versagte die Methode völlig. Ein zitternder Alter schrie Quench an, der als Antwort zurückbellte. Überall im Raum vervielfachte sich die Verwirrung, als kleine Gruppen und einzelne Personen wild gestikulierend aufeinander einredeten. Manacle drosch mit dem kleinen Hammer weiter, Stimmen erhoben sich, bis zuletzt Quench alle niedergeschrien hatte, die ihm widersprechen wollten.

»Hockt euch hin, ihr hirnverbrannten Idioten. Jetzt hört mir einmal gut zu. Wenn ihr, nachdem ich gesprochen habe, nichts unternehmen wollt – gut, es ist nichts anderes, als ihr in den letzten fünfzig Jahren auch getan habt. Ich rede jetzt. Ich bin ordentlicher Professor, und ich verlange Gehör, auch wenn ich nur ein tattriger Emeritus bin.

Die meisten in diesem Raum erinnern sich sicher noch an die Sitzung vor einer Generation, als Dekan Scythe eingestand, daß die Techniker die Portalmaschinen nicht reparieren können oder die Luftmaschinen oder die meisten anderen Maschinen, so wie es aussieht. Ihr erinnert euch, daß zu dieser Zeit ein Vorschlag eingebracht wurde und zwar durch mich, daß wir einige der helleren Köpfe unter den jungen Männern darauf ansetzen sollten, die alten Maschinen und die alten Bücher zu studieren, um herauszufinden, wie sie arbeiten. Ihr erinnert euch, daß meinem Vorschlag mit der üblichen Ablehnung und hartnäckigem Unverständnis begegnet wurde. Nein, sagten alle, wir möchten doch unseren Söhnen nicht die Möglichkeit rauben, ihre Titel zu erwerben, indem wir fragen, ob sie einfache *Techniks* werden wollen.« Quench spuckte ihnen das Wort voll Bitterkeit entgegen. »O nein. Jeder von uns war Assistent, Tutor, Dozent, Professor – jeder. Und alle wollten dasselbe für ihre Söhne. Also schlug der alte Scythe vor, daß wir ein paar *Spieler* aussuchen und sie hierherbringen sollten, damit sie sich mit den Maschinen beschäftigten, daß wir einigen *Spielern* die alten Bücher geben sollten, daß wir den Spielern unsere Zukunft in die Hände legen sollten, weil wir selbst zu stolz waren, *Techniks* zu werden. Und so holten wir ein paar Spieler hierher. Zum Beispiel diesen Burschen Nitch. Kam und ging fast ein Jahrzehnt ein und aus. Wo steckt er jetzt? Verschwunden, zweifellos irgendwo, wo er das Gelernte für sich selbst benutzen kann. Und es gab andere. Ein paar Dinge wurden repariert, hielten aber nicht lange. Und nun kommt dieser Huld und droht uns mit dem Rat. Erzählt uns, daß der Rat uns vernichten will –

der Rat, mit dem wir seit Jahrhunderten zusammenarbeiten, indem wir gefährliche Spieler nehmen und sie verschwinden lassen, wenn der Rat es uns sagt. Jetzt erklärt Huld uns, der Rat *erschaffe* Spieler mit gefährlichen neuen Talenten. Jetzt erzählt Huld uns, daß *er* uns beschützen wird, wenn wir ihm nur Zugang zu den Verteidigern geben. Und Manacle, dieser Idiot, hat es ihm schon halb zugesagt. Und während alldem erwartet Manacle, daß wir hier ruhig dasitzen und ruhig über die Reparatur des Nordportals reden, das vor fünf Generationen zu Bruch ging. Bodenloser Schwachsinn!« Er verfiel in brütendes Schweigen, nahm das Schreibgerät, das vor ihm lag, und brach es in zwei Stücke. Ein zutiefst erschrockener Seufzer ertönte ringsum.

»Ihr habt den Bleistift zerbrochen.« Manacle bebte. »Seit der Zeit meines Urgroßvaters liegen sie hier, und Ihr habt einen zerbrochen ...«

»Schwachsinn!« wiederholte Quench. Das zornige Schweigen hielt an, bis eine alte Stimme in zittriger Verwirrung fragte:

»Entschuldigung, Professor Quench, was habt Ihr denn jetzt eigentlich vorgeschlagen? Wollt Ihr, daß wir nicht auf Huld hören? Oder sollen wir auf ihn hören? Sollen wir unseren Kollegen vom Rat nun mißtrauen oder ...«

»Ich schlage vor«, sagte Quench, »daß wir jetzt das tun, was wir schon seit Generationen hätten tun müssen. Daß wir einige der jungen Assistenten und Gehilfen aus den Beobachtungslaboren holen. Sie sollen ihre ›Forschung‹ eine Zeitlang links liegen lassen. Dabei kommt ohnehin nichts Neues raus. Ist seit zehn Generationen nichts herausgekommen. Wir können Ungeheuer erschaffen, bis sie uns zu den Ohren herauskommen und sie beobachten, bis wir dabei vor Langeweile tot umfallen, und trotzdem erfahren wir nichts Neues. Meine Güte, nicht einmal so viel in einem Jahr, daß es eine Fußnote ergeben würde. Nein. Laßt uns einen Grad in Maschinenwesen erschaffen, um der Zukunft des Colleges willen. Einen Grad in Reparatur. Laßt die jungen Männer die alten Bücher lesen. Hört auf, von diesen Spielern abhängig zu sein …«

»Ketzerei«, donnerte der Rektor. »Professor Quench, Ihr ergeht Euch in Ketzerei übelster Sorte. Unsere Vorväter schlossen einen geheiligten Bund mit ZUHAUSE, zu forschen und Kenntnisse über Monster zu sammeln. Daran zu denken, einen Grad in einer anderen Disziplin zu schaffen …«

»Monster, Monster«, knurrte Quench. »Ihr betet, daß wir vor den üblen Versuchungen der Spieler geschützt bleiben, und fallt selbst auf diese Versuchungen herein.«

»Die Heilige Schrift …«

»Geschissen sei auf die Heilige Schrift! Ihr lest sie auf Eure Weise, Rektor, ich auf meine. Wenn wir alle tot sind, wo bleibt dann der Sinn der Heiligen Schrift? Wißt Ihr, was ich von Euren geheiligten Verträgen halte? Sie ergeben keinen Sinn!«

»Sir, Ihr stellt die Grundlage unserer Geschichte, die Fundamente unseres Glaubens in …«

»Ich stelle Eure Kenntnisse in Frage, Rektor.« Erschrockenes Luftholen. Offenbar war das eine ernsthafte Anschuldigung, obwohl ich nicht wußte, weshalb. »Ich stelle in Frage, ob unsere Vorväter jemals dem, was Ihr da behauptet, zugestimmt haben. Aber das läßt sich nachprüfen. Fragt ZUHAUSE.«

Die bestürzte Stille hielt an, verstärkte sich, bis Manacle sie schließlich unterbrach. »Fragt ZUHAUSE? Wie meint Ihr das?«

»Ich meine, fragt ZUHAUSE. Noch zwei Tage bis dahin, oder? Haben wir nicht die Blauen für die Zeremonie versammelt? Alles für die Salbaderei vorbereitet? Um das SIGNAL zu senden? Stimmt's? SIGNAL sagt, welch brave Bürschelchen wir sind, wie gut wir unsere

Sache machen, wie prima wir den geheiligten Vertrag befolgen. Stimmt's? Diesmal sagen wir, wir hätten ein paar religiöse Fragen und bekämen gern einiges erklärt, was in den Schriften steht.« Er warf einen bissigen Blick auf die offenen Münder rund um den Tisch. »Na, wie findet ihr das? Und weil wir schon dabei sind, wäre es vielleicht eine gute Sache, herauszufinden, ob die Verteidiger noch wirksam sind. Der Himmel weiß, daß dies für die Portale nicht mehr gilt.«

»Die Verteidiger reparieren sich selbst«, sagte Manacle. »Wenn der Rat uns aus irgendeinem Grund angreifen will, wäre es nur zu seinem eigenen Schaden. Ich würde die Verteidiger jetzt sofort freisetzen, Quench, und sie würden arbeiten, genau wie vor tausend Jahren. Verlaßt Euch darauf.«

»Ich verlasse mich nicht darauf«, erwiderte Quench. »Ich verlasse mich auf Rost und Verfall, Korrosion und Verwitterung, das ist's, worauf ich mich verlasse. Und auf meine Erinnerung. Ich erinnere mich, daß wir Nahrung und Energie von draußen brauchen. Dort gibt es Spieler, die unseren Zugang dazu einschränken würden, und der Rat hat uns geholfen, diese Burschen ausfindig zu machen und sie zu beseitigen, sie zu uns zu schicken, damit wir Blaue daraus machen. Im Gegenzug bekommen sie Medizin, um länger zu leben. Gleichgewicht, Manacle, Gleichgewicht. Gemeinsamer Vorteil. Warum sollten sie das alles ändern wollen? Meines Erachtens steckt dieser Euer Spieler bis zum Hals voll von übler Versuchung, jawohl, und es ist vielleicht gar nicht der Rat, der was Böses im Schilde führt!«

»Schlägt unser werter Professor im Ruhestand eine fünfte Macht vor?« fragte der Rektor höhnisch.«Irgendein mythologisches Konzept?«

»Vielleicht«, entgegnete Quench mit höhnischem Schnauben seinerseits. »Habt Ihr jemals von Zauberern gehört, Rektor? Ach so, nicht Euer Gebiet. Dann wohl auch nicht von Unveränderlichen, was? Nein, habe ich auch nicht angenommen. Nun, ein gealterter Emeritus kann durchaus ein wenig draußen herumschnüffeln, wie ich es getan habe – oh, schaut nicht so entsetzt – ich sagte, ich kann draußen herumschnüffeln, ohne daß meine akademische Würde verletzt wird, sogar, wenn es nicht mein Gebiet betrifft. Vielleicht gibt es da eine fünfte Kraft, Rektor. Und ich möchte den Antrag stellen, daß wir es herausfinden …«

»Ihr seid nicht an der Reihe.« Manacle schlug den Hammer auf den Tisch, Staubwolken erhoben sich bei jedem Schlag. »Auf der Tagesordnung …«

»Holt Euer Hirn aus dem Hintern, Manacle! Ich beantrage, daß ein paar junge Männer sich mit den alten Büchern beschäftigen, falls sie Grips genug dazu haben …«

»Gibt es Unterstützung? Antrag abgelehnt wegen mangelnder Unterstützung«, schnatterte Manacle, dessen Stimme schrill durch das Gebrabbel ringsum schnitt. »Ich werde einen Ausschuß einberufen, der sich mit der Angelegenheit beschäftigen soll, vor der dieser Spieler Huld uns gewarnt hat. Gibt es noch weitere Punkte, die auf die Tagesordnung müssen? Ich höre keine, die Sitzung ist damit geschlossen.« Er fiel auf seinen Stuhl zurück, seine Lippen klappten auf und zu wie ein Fischmaul.

»Schwachsinn«, schrie Quench. »Für euch gibt es keine Hoffnung mehr.«

Mavin und ich bewegten uns nicht. Für uns schien es ebensowenig Hoffnung zu geben. Wir hatten kaum ein Wort von dem verstanden, was gesagt worden war, und im Versammlungsraum erhob sich Manacle vom Stuhl und rannte aus der Tür, wie um Quenchs Worten zu entfliehen.

10

Die Labore

»Lass Manacle nicht aus den Augen«, flüsterte Mavin, als wir aus unseren Stuhlformen in die Gestalten allgegenwärtiger unsichtbarer Langmänner schlüpften. Ihre Warnung kam spät, denn er befand sich bereits außerhalb unserer Sichtweite, und nur seine Stimme, die in einer Kurve des Korridors widerhallte, wies uns die Richtung, in die er gegangen war. Riß, der Manacles Redeschwall mit Äußerungen unterwürfiger Zustimmung und wütenden Ausrufen beantwortete, hatte sich ihm angeschlossen.

»Ihr wißt genau, warum er das macht!« behauptete Manacle, wobei er Riß auf die Schulter schlug, um seine Behauptung zu untermauern. »Dieser Quench! Er tut das, weil er niemals einen Sohn von seinen Ungeheuern bekommen hat, nicht einen einzigen. Nur weitere Ungeheuer. Dutzende. Die Gruben sind voll mit seinen Sprößlingen, aber kein einziger Junge dabei, der die akademische Tradition fortsetzen kann. Warum soll es ihn dann auch kümmern, ob unsere Söhne ihre Titel bekommen? Kann ihm doch egal sein! *Holt die Jungen aus den Monsterlaboren! Schafft einen Grad in Maschinenwesen …*«, äffte er gehässig nach. »Emeritus oder nicht, er sollte aus dem Komitee ausgeschlossen werden. Er sollte von der Fakultät verjagt werden …«

»Er hat Anhänger«, bemerkte Riß unruhig. »Anhänger, die glauben, daß er recht hat.«

»*Recht?* Der Mann ist ein Vollidiot. Verlangt, daß wir die einzige Person, die imstande ist, uns zu helfen, vergrätzen. Verlangt, daß wir Huld mit leeren Händen wegschicken sollen. Ist von der panischen Angst ergriffen, daß Huld irgend etwas lernen könnte, das uns schaden kann. Ich könnte Huld in dieser Sekunde die Schlüssel zu den Verteidigern geben, und es würde uns weniger schaden, als wenn wir ihn uns zum Feind machten. Nun, ich habe nicht vor, Huld wütend wegzuschicken. Quench kann brabbeln wie er will, meiner Meinung nach brauchen wir Huld, und ich werde ihm, wenn ich ihn treffe, sagen, wie hoch wir ihn schätzen …«

»Ihr wollt Huld treffen?« Riß sah sich schuldbewußt um, ob ihn jemand bemerkte. Seine Augen wanderten über Mavin und mich, doch er nahm uns nicht wahr. »Haltet Ihr das für klug?«

»Sonst würde ich es nicht tun«, schnappte Manacle. »Mir reicht's eigentlich für heute schon, Riß, also fangt jetzt nicht auch noch an. Kommt einfach mit zu den Laboren, wo ich Huld treffen will, und wir unterhalten uns dort. Mein Sohn Flogshoulder ist dieses Semester Tutor in den Transformationslaboren. Wir werden ungestört sein, und Ihr könnt zuschauen, wie sie Blaue herstellen. Das erfreut Euch doch immer.«

»Ja. Aber ist es sinnvoll, Huld das sehen zu lassen? Es ist doch geheim … Teil des Rituals …«

»Wenn schon … Ich weiß, daß es Teil des Rituals ist, aber was kümmert das Huld? Er weiß doch sowieso darüber Bescheid. Was sollte er denn anstellen? Die Körper stehlen?«

Ich warf Mavin einen verstohlenen Blick zu und bemerkte, daß sie mich ansah. In unserer beider Augen stand Verwirrung. »Was sind Blaue?« raunte ich. Sie verdrehte als Antwort nur die Augen.

Es war nicht weit bis zu dem Vorraum, in dem Huld wartete, einem schimmernden, viel genutzten Gebiet neben einer hohen transparenten Wand. Wir starrten auf den Raum hinter der Wand, der voller großer funkelnder Maschinen stand und in dem Lichter sich drehten und tanzten, Würmer grünen Lichts, die über Hunderte schwarzer Fenster krochen. In dieser fremdartigen Umgebung liefen grüngekleidete Gestalten umher, eigenartige Gerätschaften in der Hand oder auf ihren Köpfen. Manacle begrüßte Huld, nahm ihn am Arm und klopfte an die Glaswand, um die Aufmerksamkeit von jemandem dahinter zu erwecken. Dieser Jemand verbeugte sich und eilte herbei, um einen Teil der Glaswand beiseitezuschieben.

»Dekan Manacle«, sagte er.

»Aber, aber, keine Formalitäten, mein Sohn. Du kennst doch unseren guten Freund Huld, oder? Huld, das ist mein Sohn, Tutor Flogshoulder. Er ist dieses Semester Tutor in den Transformationslaboren. Ihr wollt also die Fracht mit eigenen Augen sehen? Gut, Flogshoulder wird uns gern hinführen und den Vorgang erklären. Wenn es dir nichts ausmacht, mein lieber Junge.«

Der liebe Junge, der unglücklicherweise an einem Überschuß von Zähnen litt, sperrte den Mund auf, versuchte dann aber, diese Unhöflichkeit durch selbstbewußtes Kichern zu überdecken. »Keinesfalls, Vater. Sehr interessant für Gäste, bestimmt. Einfach hier entlang… Kümmert euch nicht um die *Techniks,* die haben weniger Verstand als ein *Bunwit,* außer von Maschinen haben die von nichts eine Ahnung…« Er zeigte den Weg. Mavin und ich folgten. Ich hatte gedacht, daß man uns aufhalten, uns sehen, uns den Eintritt verbieten würde. Nichts dergleichen geschah. Auf der anderen Seite des Raumes kehrten zwei Langmänner den Boden, genauso unsichtbar wie wir selbst.

Beim ersten Anblick von Huld war ich wieder tief in mich versunken. Didir führte mich mit winzigen Bemerkungen, die sich mit den Worten der Leute im Raum vermischten und hinwegflossen. Der Anblick der beiden Körper auf der kalten dunklen Plattform inmitten des Raumes hätte mich aber fast um meine Haltung gebracht.

Mavin traf es wie ein Schlag. Ich sah, wie sie stolperte und bleich wurde, bevor sie sich wieder fing und mit der Rezitation irgendeines unsinnigen Reimes fortfuhr. Windlow und Himaggery lagen dort, kalt und grau, wie ich Windlow bereits beim Ausladen gesehen hatte. Ich ließ Didir mit allerschärfsten Augen hinschauen, sah, wie sich die Brust der beiden kaum sichtbar hob, wie sie fast unmerklich atmeten. Sie waren am Leben, lebten, lagen aber wie Fleisch auf einer Schlachtbank.

Huld näherte sich der Plattform und beugte sich wie ein Raubvogel über die beiden Körper, seine Nase stieß schnabelartig danach, und er starrte und starrte, bis er sich endlich befriedigt abwandte und an Manacles Seite zurückkehrte.

»Die beiden habt Ihr also«, sagte er. »Wenn Ihr auch noch den Jungen hättet, würde ich Euch beglückwünschen, Manacle. So habt Ihr Euer Verderben nur hinausgezögert, aber nicht verhindert.«

»Na, na, lieber Freund. So schlimm wird es auch nicht sein.«

»Schlimm genug. Wenn Ihr nicht allesamt untergehen wollt, solltet Ihr Maßnahmen ergreifen. Jedenfalls – diese beiden sind besser als nichts. Was macht Ihr jetzt mit ihnen?«

»Für die Zeremonie vorbereiten, mein Lieber. Wir verwenden sie, um Blaue für diesen Anlaß herzustellen, und ihre Körper ebenso, zwei *Bunwits* mit einem Pfeil, wie man sagt. Damit ist die Gefahr beseitigt, die von den beiden ausgeht, genauso, wie wir die Gefahr beseitigten, die von Tausenden anderer in der Vergangenheit ausging, und wir haben gleichzeitig etwas für die Schenker parat. Möchtet Ihr den Vorgang sehen?«

Ich weiß nicht, warum Mavin und ich an diesem Punkt nicht handelten. Gewiß begriffen wir nicht, was passieren – oder daß es sofort geschehen – würde. Vielleicht konzentrierten wir uns zu sehr darauf, unbemerkt zu bleiben, und hatten deshalb keinen Raum mehr für plötzliche Eingriffe. Auf jeden Fall taten wir nichts. Flogshoulder gestikulierte herrisch einem der grüngekleideten *Techniks* zu. Dieser beugte sich vor und bewegte einen langen, silbernen Hebel. Daraufhin begann die schwarze Plattform zu rotieren, sank hinab und wurde von einer ineinander verknäulten Masse Metall und gläserner Röhren und Drähte bedeckt, die einen tiefen, summenden Ton erzeugte. Das Summen entwikkelte sich zum Kreischen; Lichter flackerten, es roch angebrannt, und eine Wolke beißenden Rauchs stieg auf. Einer der *Techniks* hustete, rief etwas und pumpte an einem Gerät, das übelriechenden Nebel ausstieß. Das Feuer erlosch, das Kreischen wurde wieder zum Summen, die Plattform drehte sich und kehrte wieder in ihre frühere Stellung zurück.

Himaggery und Windlow waren noch immer da, das stimmte schon, aber noch bevor Manacle die Hand ausstreckte, um den Arm des alten Windlow zu berühren, wußte ich, welchen Ton ich gleich hören würde – den Ton von Eis, schwach klingelnd, glockenartig, metallisch, tot. Neben jedem der beiden gefrorenen Schädel ruhte eine Spielfigur, winzig und blau. Ich betrachtete sie mit meinen Wandleraugen, Augen, die wie die Augen eines Falken sein können, der damit eine Biene meilenweit unten im Gras entdecken kann. Diese ›Blauen‹ waren keine groben Schnitzwerke, keine gesichtslosen Spielfiguren. Dies waren Himaggery und Windlow in Miniatur, jeder von beiden in seiner angemessenen Kleidung, und sogar die Faltermaske des Sehers konnte nicht das Glitzern in Windlows Augen verbergen. Wenn dieses Ding nicht weinte, war ich blind. Ich wollte mich vorwärts bewegen, aber Mavin packte meinen Arm und hielt mich fest. Wenn Huld aufgepaßt und in diesem Augenblick den Raum GELESEN hätte, wären wir entdeckt gewesen. Huld jedoch lauschte mit gebannter Aufmerksamkeit auf Manacle. Wenn er dessen Worte für wichtig hielt, dann tat ich es auch.

»Die Vorrichtung«, erklärte Manacle in einem gewichtigen, lehrerhaften Ton, der mich ein bißchen an Spielmeister Gervaise erinnerte, »wurde von unseren Vorvätern benutzt, als wir diese Welt hier erreichten. Offenbar erlaubte die Länge der Reise oder die Zeit, die sie dauerte, den Reisenden nicht, dabei wach und im üblichen Sinne lebendig zu bleiben. Nein, der fleischliche Teil wurde konserviert, wie Ihr hier seht, und gelagert. Man kann diese Körper in alle Ewigkeit so aufbewahren, die *Techniks* behaupten das jedenfalls. Die Körper würden jedoch, einmal wieder auferweckt, keine Erinnerung mehr besitzen, keine Intelligenz – all das wird bei diesem Vorgang ausgelöscht, so wurde es uns berichtet. Also machte man eine Aufzeichnung. Eine Aufzeichnung, die sämtliche Gedanken und Erinnerungen enthielt, und diese Aufzeichnung wurde in einer kleinen Gestalt, wie ihr sie hier seht, aufbewahrt. Blaue. So nennen wir sie. Wir fertigen jedes Jahr ein paar Hundert von ihnen an, um sie in der Zeremonie zu verwenden. Dann geben wir sie den Schenkern, die sie für ihre Handelsgeschäfte brauchen ...«

»Ich kenne sie«, sagte Huld. »Sie werden in gekühlten Kästen aufbewahrt. Warum werden sie kühl gehalten?«

»Äh – ich weiß nicht genau. Vielleicht weiß es einer der *Techniks*. Die *Techniks* stellen schließlich die Spielbretter her, nicht wahr, Flogshoulder?«

»Ich werde einen der *Techniks* fragen, Vater. Mich persönlich interessiert es nicht. Liegt nämlich nicht auf meinem Gebiet.« Er ging fort und kehrte nach einem Augenblick mit einem alten Mann zurück, der ein faltiges Gesicht und müde Augen hatte. »*Technik*, warum werden die Blauen in Kältekästen gelagert? Und die Spielbretter, die hier angefertigt werden? Ihr habt ein Wort dafür, soweit ich weiß. Mikro – mikrowas?«

»Mikrosensoren, Aufseher. Die Spielbretter bestehen aus Mikrosensoren. Damit die Spielfiguren sich bewegen können. Sie werden kalt gelagert, weil man annimmt, daß sie so länger arbeiten. Die Handbücher sagen, daß sie rasch zusammenbrechen, wenn sie warm werden.«

»Es gibt Handbücher?« Huld, die Stimme voll Gier. Zuviel Gier, denn Manacle warf ihm einen scharfen Blick zu, bevor er ihn am Arm nahm und wegführte. »So. Interessant, Huld, was? Und nun braucht Ihr Euch um diese beiden keine Gedanken mehr zu machen. Ihre Körper werden in den Höhlen gelagert, für die Zeremonie benutzt und dann wieder in die Höhlen zurückgebracht, wo sie für immer bleiben. Ihre Blauen verschwinden in einem Händlerfuhrwerk, für irgendeinen Spielmeister als Geschenk. Manchmal frage ich mich, ob sie etwas fühlen, diese Körper. Sie scheinen sehr tot zu sein.«

Huld, mit einer Gleichgültigkeit, die nur vorgetäuscht war, wie ich wußte. »Wie kommen denn die Blauen und die Körper wieder zusammen?«

»Oh, mein Lieber, wer weiß das schon... Ich jedenfalls nicht. Seit über tausend Jahren wurde das nicht mehr gemacht. Vielleicht gibt es irgendwo noch ein Buch darüber, aber ich bezweifle, daß die Maschine das überhaupt noch schafft. Warum soll das jemand auch versuchen wollen?« Sie gingen den gleichen Weg hinaus, wie sie hereingekommen waren, immer noch ins Gespräch vertieft, und ließen Mavin und mich zwischen den seufzenden Maschinen zurück. Als ein gewisser Abstand zwischen ihnen und uns eingetreten war, zischte ich Mavin zu:

»Einer von uns muß ihnen hinterher. Der andere bleibt hier, um zu beobachten, wohin sie Himaggery und Windlow schaffen. Wer?«

Sie gab mir einen Stoß. »Du mußt hinter Huld her. Ich habe keine Didir in mir, die meinen Geist abschirmen kann, und ich kann nicht ewig diese Reime vor mich hinplappern. Du gehst. Ich bleibe. Wir treffen uns in dem Raum, wo sie die Sitzung abgehalten haben, sobald es geht. Auf!« Und ich ging los.

Ging los voll Wut, Ärger und Ungeduld, Ärger auf mich selbst, auf Huld, auf den idiotischen, albernen Manacle und seinen schwachsinnigen Sohn. Wenn wir Himaggery und Windlow nun retten wollten, waren wir gezwungen, sie wieder zusammenzusetzen, ihre beiden Hälften wieder zusammenzufügen, Körper und Geist, und wie sollte das vor sich gehen? Bücher? Welche Bücher und wo? Ich war nahe dem Ende meiner Möglichkeiten, herumzuspionieren und versteckt zu schleichen, am Ende meiner Selbstbeherrschung. Es waren Didir und Dorn, die mich retteten, mich wie ein störrisches Kind in den Schlaf lullten und mich dort hielten, kaum tickend, während sie Huld, Manacle, Riß und dem zahnbewehrten Flogshoulder folgten, tiefer in das Labyrinth hinein, während Huld nach weiteren Einzelheiten fischte.

»Diese Bücher, Manacle... diese Bücher, in denen steht, wie man Körper und Blaue wieder zusammenfügt... Habt Ihr sie gesehen? Gelesen? Was sagen sie über die... Blauen?«

»Ich kann mich nicht entsinnen, irgend etwas über Blaue in einem Buch gelesen zu haben. Ich erinnere mich aber daran, was mein Vater über sie sagte. Ein Muster, sagte er. Das Muster einer Persönlichkeit. Ja. Sehr gut ausgedrückt. Das Muster einer Persönlichkeit. In alten Zeiten wurde das Muster natürlich mit dem Körper wiedervereint, wenn beide ihr Ziel erreicht hatten. Diesen Vorgang spielen wir während der Zeremonie nach. Wir machen es natürlich nicht in Wirklichkeit. Einige der jüngeren Männer spielen die Rolle der Körper, und wir benutzen die Blauen nur gleichnishaft. Es ist bloß ein Ritual, aber nichtsdestrotz sehr eindrucksvoll. Doch das habe ich Euch ja alles schon einmal erzählt.«

»Warum macht Ihr es nicht wirklich?« fragte Huld. Didir konnte eine Gier in seiner Frage entdecken, obwohl der Ton der Stimme absichtlich beiläufig klang. »Das wäre doch sehr eindrucksvoll.«

»Äh, ja ... Ich weiß nicht genau«, hub Manacle an, wurde aber von seinem unglückseligen Sohn unterbrochen.

»Weil es niemand weiß, meinen die *Techniks*. Die Handbücher sind verschwunden, nicht mehr dort, wo sie sein sollten. Natürlich sind alle *Techniks* Dummköpfe, wie wir ja wissen, aber sie behaupten das jedenfalls ...«

»Glauben sie, daß die Bücher verlorengegangen sind?« forschte Huld weiter. »Oder vielleicht vernichtet? Oder gestohlen?«

Flogshoulder machte ein nachdenkliches Gesicht, ein Eindruck, der von der offensichtlichen Leere in seinem Kopf beeinträchtigt wurde. »Ich sollte das eigentlich wissen. Wirklich, das sollte ich. Ich habe sie oft genug darüber reden hören. Sie sagen, daß Quench nach den gleichen Büchern gefragt habe, und daß sie deshalb nach ihnen gesucht hätten ...«

»Quench.« Manalce lief rot an, tobte. »Quench!«

»Ja, Vater. Quench glaubt, daß Nitch diese Bücher genommen hat, so ist es. Du erinnerst dich an Nitch? Die Bücher sind weg, seitdem Nitch verschwunden ist.«

»Verschwunden?« fragte Huld sanft, erstaunlich sanft. »Verschwunden?«

»Ja. Verschwunden. Er ging fort. Jedenfalls nehme ich an, daß es so ist. Es stimmt doch, Vater, oder?«

Manacle nickte ärgerlich, murmelte und zählte leise, während er weiterging. »Quench, dreizehn, vierzehn. Verdammter Quench. Fünfzehn. Soll sich um seinen Mist kümmern. Bleiben, wo er hingehört. Sechzehn. Er und Nitch, die beiden passen zusammen. Undankbares, hinterhältiges Gesindel. Siebzehn. Ah, da sind wir. Die siebzehnte Tür nach der Ecke, auf der rechten Seite. Ihr wolltet die Verteidiger sehen, Huld. Nun, hier sind sie. Ich muß nur noch den Schlüssel finden, ich glaube, hier irgendwo zwischen den kleinen ist er … Meine Güte, ich war nicht mehr hier seit meiner Amtseinführung. Aha. Dieser ist es.«

Die Tür schwang weit auf. Sie gingen hindurch und ließen sie sperrangelweit hinter sich offenstehen. Ich verdrückte mich in die Maueroberfläche, ungesehen, unbeachtet. Der Raum war leer bis auf diese Kontrollflächen, die es so oft hier gab, diesmal mit einem großen roten Hebel und fünf bedeckten Schlüssellöchern, alle mit Aufschriften in denselben archaischen Buchstaben, die ich bis jetzt nur einziges Mal zuvor gesehen hatte – in jenem kleinen Buch, nach dem es Windlow so heftig gelüstet hatte, dem Buch, das ich mit den Spielfiguren von Barish zusammen gefunden hatte.

»Sie reparieren sich selbst«, erklärte Manacle in wichtigtuerischem Ton. »Brauchen keine Instandhaltung, keine *Techniks*, worüber wir uns freuen sollten. Zum Öffnen brauche ich bloß diese Schlüssel in diese Öffnungen zu stecken, fünf an der Zahl. Einst wurde jeder Schlüssel von einem anderen Mitglied der Fakultät aufbewahrt, aber nach meiner Amtseinführung nahm ich alle an mich, weil es so einfacher ist. Es gibt Zeiten, da das Ritual Bequemerem Platz machen muß, oder findet Ihr nicht, Huld? So muß ich nur alle hier hineinstecken, hier, hier und hier, und jeden einmal herumdrehen. So. Falls jetzt jemand von uns den Hebel bewegen würde, aktivierten sich die Verteidiger von selbst. Natürlich tut das niemand. Es gibt keinen Anlaß dazu. Ich werde die Schlüssel stecken und umgedreht lassen, nur für alle Fälle. Es gibt keinen Grund, später Zeit zu vergeuden, wenn Eure Warnungen, lieber Huld, sich alsbald als richtig herausstellen sollten.«

»Welcher – welche Gestalt haben denn die Verteidiger?« Huld mit seiner süßesten Stimme. Peter, der Hulds Gefangener in den Kerkern von Bannerwell gewesen war, traute dieser Stimme nicht.

»Ich erinnere mich nicht, jemals gehört zu haben, welche Gestalt die Verteidiger annehmen. Wie lautet doch gleich diese Wendung in dem Ritual, Flogshoulder? Du hast es doch erst kürzlich gelernt, ich dagegen – meine Güte, ich habe seit fünfzig Jahren nicht mehr daran gedacht. Irgend etwas mit ›*Verteidigung der Heimat, damit sie unbeschadet bleibe*‹ ...«

»Nein, Vater. Es heißt: ›*Gewinnen sie soviel Macht, daß die Basis bedroht ist, sollen, damit unsere Heimat unbeschadet bleibt, die Verteidiger aktiviert werden, damit die Wissenschaftler und Forscher in ruhmreicher Erinnerung bleiben können*‹.«

»Das habe ich anders gelernt«, widersprach Riß. »Ich lernte es, noch bevor ich lesen konnte, als ganz kleiner Junge. Es heißt: ›*Sollte ihre Macht und ihre Ausbreitung wieder die Basis bedrohen, werden die Verteidiger dafür Sorge tragen, daß die Heimat unbeschadet bleibt, durch die selbstlose Hingabe der Wissenschaftler und Forscher, derer man fürderhin ewig ruhmreich gedenken wird*‹.«

»Ruhmreich gedenken«, wiederholte Manacle freudig. »Ich denke immer daran, wenn wir die Zeremonie abhalten. Die Basis. Das ist dort, wo der Schiffsturm ist, lieber Huld, deshalb wird die Zeremonie dort abgehalten. Es ist sehr beeindruckend, meine liebste Aufgabe. Laßt mich Euch etwas davon erzählen.

Wir beginnen damit, daß wir eine Anzahl der Körper in den Schiffsturm schaffen, zusammen mit den jungen Burschen, die mitspielen. Wir tun ein paar Blaue dazu, damit es echter aussieht. Die Auslademaschinen sind alle mit Girlanden geschmückt und poliert.

Dann habe ich als Dekan die ehrenvolle Aufgabe, die Rolle des Kaptan zu übernehmen. Ich erscheine auf dem

Schiffsturm und rezitiere die erhebenden Worte der Zueignung. Die ganze Fakultät ist natürlich versammelt, bis auf den allerkleinsten Jungen. Ich rezitiere die Worte, dann starte ich die Auslademaschinen, und sie bringen die Körper und die Blauen heraus. Wir stecken die jungen Männer in die Vereinigungsmaschine, zusammen mit einigen Blauen, damit es echt aussieht, und sie kommen sofort wieder hervor, strahlend und begierig. Dann gebe ich ihnen das Kaptangewand. Es ist als Gleichnis gemeint, versteht Ihr, wegen der akademischen Tradition von der Zeit des Kaptan bis heute. Wir tragen immer noch das Kaptangewand, um ihn zu würdigen. Es ist ergreifend, mein lieber Huld, sehr ergreifend. Dann bringen die Maschinen die übrigen Körper und die echten Blauen in die Höhlen zurück, während der Kaptan – natürlich noch immer von mir gespielt – ein Monster aus dem Schiff heraus und zu den Gruben bringt. Das ist natürlich auch nur symbolisch. Es symbolisiert unseren Auftrag, die Monster zu erforschen und alles über sie aufzuschreiben.

Jeder jubelt inzwischen. Ich gehe zurück in den Schiffsturm und gebe das Signal nach ZUHAUSE durch oder den RUF nach ZUHAUSE, wie manche sagen. Dazu gehe ich allein hinein und stelle das Gerät darauf ein, unsere Nachricht nach ZUHAUSE zu übermitteln, dann komme ich heraus und sage allen, welche Nachricht gesandt wurde und was ZUHAUSE geantwortet hat. Jeder ist vor Rührung den Tränen nahe, der Chor singt, die *Techniks* servieren besonderes Gebäck und wir alle trinken Wein. Das sind wunderbare Minuten, Huld. Wunderbare Minuten.« Er wischte sich mit einem Zipfel seines Gewandes die Augenwinkel, wobei er ernst und großväterlich aussah, seine Augen aber leuchteten voll kindlicher Freude. Ich hätte ihm am liebsten einen Fußtritt versetzt, doch er fuhr in seliger Unwissenheit über meinen Wunsch fort: »Wir schenken uns gegenseitig auch etwas, zu Ehren dieses Anlasses. Ich habe immer noch einige der Geschenke, die mein Vater mir damals gab.«

»Ihr bringt ein Monster aus dem Schiff heraus?« fragte Huld. »Soll das heißen, daß in jener längst vergangenen Zeit Eure Vorväter die Monster hierhergebracht haben?«

»Natürlich. Gewiß. Unsere Vorväter kamen hierher. Mit den Ungeheuern. Um Schaden von der Heimat abzuwenden, zu beobachten und zu notieren.«

»Waren die Spieler hier, als Eure Vorväter kamen?«

»Wahrscheinlich. Ja ... Sie müssen ja hier gewesen sein, denn wie sonst wären sie heute hier? Eure Leute. Und die Bauern natürlich auch.«

»Und die Monster in euren Gruben sind die Nachfahren derjenigen, die eure Vorväter mitbrachten?«

»O nein, werter Herr«, brabbelte Flogshoulder, begierig, sein bißchen Wissen an den Mann zu bringen. »Sie pflanzen sich nicht gut fort. Nein, die meisten der Monster in den Gruben werden in den Monsterlaboren gezüchtet. Ich werde dort Aufseher sein, nächstes Semester. Wir bezahlen auch die Schenker, damit sie uns welche von außerhalb bringen. Und einige ... äh, einige ...«

»Du kannst es ruhig sagen, mein Junge«, sagte Manacle, immer noch freundlich gestimmt und nostalgisch glühend. »Einige werden von unseren geweihten Ungeheuern geboren, um in besonderen Gruben erzogen und für unseren Gebrauch hergerichtet zu werden. Nichts wird vergeudet.« Er stieß ein kurzes, schrilles und anzüglich klingendes Lachen aus.

»Interessant«, sagte Huld. »Hochinteressant. Nun gut. Wenn Ihr mir jetzt die Bücher zeigt, die beschreiben, wie die Verteidiger funktionieren, dürfte unser Geschäft für heute abgeschlossen sein.«

»Aber mein lieber Huld! Ich dachte, Ihr hättet es verstanden. Es gibt keine Handbücher für die Verteidiger!

Entweder es gab niemals welche, was durchaus der Fall sein könnte, oder dieser Nitch hat sie mitgenommen, als er verschwand. Jedenfalls ist es auch gleichgültig. Sie reparieren sich selbsttätig, lieber Freund. Ihr braucht Euch darüber keine Gedanken zu machen. Wir müssen bloß diesen Hebel herunterdrücken, wenn wir sie brauchen. Alles andere ergibt sich von selbst.«

Ich spürte Hulds plötzliche Wut quer durch den Raum, die Hitze, die er ausströmte. »Dekan Manacle! Was passiert denn, wenn der Hebel heruntergedrückt wird? Wißt Ihr das?«

»Natürlich. Wir werden verteidigt, Huld. Sagte ich das nicht wieder und wieder? Wirklich, Huld, manchmal seid Ihr wirklich ermüdend.«

Didir und Dorn stießen mich tief in die Mauerecke, vielleicht um zu vermeiden, daß Huld mich berührte, als er hinausstürmte, von den anderen gefolgt, die sich mitleidig vollzwitscherten. »Spieler!« sagte Riß. »Sie haben einfach kein Benehmen.«

»Nachdem wir so höflich zu ihm waren! Nun denn! Er hat sich einfach geärgert, als er merkte, daß wir seine Warnungen nicht so sehr brauchten, wie er dachte. Ziemlicher Schlag für ihn. Ganz schön stolz, dieser Kerl. Naja, er wird es überleben.« Manacle, zufrieden bis oben hin mit seiner Sicht der Dinge.

Einen Augenblick später waren sie verschwunden. Didir ließ mich an die Oberfläche kommen, zerrte mich hoch, daß ich dachte, ein Vulkan explodiere in mir. Ich sah flackernde Lichter, fühlte elektrische Schläge, hörte ihre Stimme laut sagen: »Sie irren sich, Peter. Sie irren sich. So ist es nicht gewesen. Ich war dabei. Ich war damals dabei. Ich weiß, was geschah.« Fetzen ihrer Erinnerung rasten durch meine Gedanken.

Ein wirres Gebrabbel brach in mir aus. Dorn und Trandilar, Wafnors herzliche Stimme gedämpft durch wildes Durcheinandergerede, das nach Panik schmeckte, nach

Wut, nach Angst. Schließlich Dorns Stimme, dunkel und schwer wie Samt. »Dreh die Schlüssel zurück, Peter. Dreh sie zurück und nimm sie an dich...« – nur um Didir sagen zu hören: »Nein! Man muß das in einer bestimmten Reihenfolge tun, einer bestimmten Reihenfolge, oder es geht los...«

Mir wurde so schwindlig und übel, daß ich am ganzen Leib zitterte, hin und hergestoßen von denen, die in mir wohnten, ohne Gleichgewicht und Richtung. Ich schrie innerlich: »Aufhören! Aufhören!« und das Gebrabbel ebbte ab. Dann kam Didirs Stimme, vibrierend wie eine straff gespannte Bogensehne, die Panik nur von ihrem uralten Willen unter Kontrolle gehalten. »Hast du gesehen, in welcher Reihenfolge die Schlüssel herumgedreht wurden, Peter? Hast du es beobachtet?« Worauf ich lachte. Sie selbst hatte mich die ganze Zeit tief unter der Oberfläche gehalten. Ich hatte kaum wahrgenommen, was an meine Ohren drang. Ich fühlte, wie die Sehne vibrierte, *dong, dong,* und sich dann entspannte. »Dann laß die Schlüssel in Ruhe. Kannst du die Tür zum Korridor zuschliessen?« Sie schrillte mich an.

Ich konnte es und tat es auch, bevor sie in eine Kaskade feuriger Funken ausbrach, die jede Faser in mir schüttelte, jeden Nerv entlanglief, mich auf den Fußboden warf, wo ich zuckend wie irgend etwas Irrsinniges oder wie ein sterbendes Wesen liegenblieb, während ich erfuhr, welcher Art Didirs Wissen war. Wenn der Hebel in diesem stillen Raum hinter mir heruntergedrückt wurde, geschah etwas Schreckliches von ungeheurem Ausmaß – irgend etwas Endgültiges und Unwiderrufliches. Und Didir glaubte, daß es dem Ort widerfuhr, an dem wir uns befanden, den Gängen, Korridoren, Bergen, Höhlen, allen schwarzgekleideten Zauberkünstlern und ihren Dienern, ihren Monstern, ihren Maschinen und möglicherweise – möglicherweise der ganzen Welt.

11

Der Ruf nach Zuhause

Zuckend wie ein frischgefangener weggeworfener Fisch lag ich auf dem Boden. Wenn irgend jemand vorbeigekommen wäre, hätte er mich in meiner eigenen Gestalt vorgefunden, nackt wie ein Ei und hilflos wie ein gerade geschlüpfter Vogel. Die Anwesenheit in mir, die Didir gewesen war, hatte sich in einen verstreuten Schauer funkelnder Halbgedanken und flüchtiger Erinnerungen verwandelt, Bilder ihrer selbst an verschiedenen Plätzen, Bilder von jemand Großem, Dunklem, den ich nicht kannte, Vorahnungen von Unheil, die mich so überwältigten, daß ich nur noch nach Luft schnappen und keinen Zusammenhang mehr erfassen konnte. Dann wurde es eine Zeitlang finster, wie lange, weiß ich nicht. Als ich wieder zu mir kam, spürte ich den harten kalten Boden unter meiner feuchten Wange, wo ich in meinem eigenen Speichel lag.

Nach einer kleinen Weile faßte ich mich wieder mehr oder weniger und begriff, was passiert war – Panik. Trotz aller Verwirrung wunderte ich mich, wie eine der Spielfiguren von Barish Panik empfinden konnte. Doch sie sind ja, sagte ich zu mir, mehr als nur ausgedacht. Sie besaßen Wirklichkeit, wenn sie auch meinen Kopf brauchten, um sie auszudrücken – einen Kopf, der noch immer von quälenden Kopfschmerzen gemartert wurde, Schmerzen, die allein ausgereicht hätten, *mich* in Panik zu versetzen und alle Plätze in meinem Kopf zuzusperren, die die Spielfiguren besetzt hatten. Didir war fort, ebenso Dorn, Trandilar, Shattnir und Wafnor. Mein Kopf fühlte sich leer an, hohl und hallend. Der Schmerz verschwand fast sofort, und ich lag an die Tür dieses schrecklichen Raumes gelehnt, ängstlich und ganz allein. Ich überlegte hysterisch, ob sie wohl zu mir zurückkommen würden, suchte nach Shattnir, weil sie die stärkste, am wenigsten verwundbarste von allen war. Nichts. Ihre Figur lag in meiner Hand wie eine Puppe, hölzern, etwas kalt. Nun, es war nicht die Zeit, weiter herumzuexperimentieren oder zu überlegen. Ich wußte nicht, wieviel Zeit verstrichen war. Ich mußte Mavin finden, und zwar schnell, um ihr zu erzählen, was geschehen war.

Dem fellbedeckten Peter wuchsen zwei große, grazile Ohren, ähnlich denen der Schattenmenschen, und er floh durch die Gänge, auf Bewegungen horchend. Jetzt war keine Didir mehr in mir, die mich warnen konnte, ich war den metallenen Korridoren hilflos preisgegeben. Prompt verirrte ich mich in dem Labyrinth, außerstande, Gedanken herauszufiltern, die mir helfen konnten, meinen Standort zu bestimmen, folgte diesen und dann wieder jenen, bis ich schließlich doch an einen mir bekannten Platz kam, wo der Raum sein mußte, in dem das Komitee sich getroffen hatte. Ich ging hin, in den Raum hinein – und stellte fest, daß er leer war. Mavin war nicht dort. Ob sie bereits dagewesen war, konnte ich nicht feststellen.

Dort blieb ich lange Zeit allein, lange genug, um hungrig zu werden und eine Stelle zu finden, in der Nahrung für die Langmänner gelagert wurde, Langmänner, die kamen und gingen, ohne etwas zu mir zu sagen, der ich ebenfalls die Gestalt eines Langmannes angenommen hatte und auch kam und ging. Das Essen war ohne jeden Geschmack, aber es nährte mich. Ich schlief eine Zeitlang. Dann durchmaß ich den Raum, betrachtete Bilder der Dekane von damals bis heute. Vielleicht bildete ich es mir ein, aber sie schienen nach jedem Zeitabschnitt etwas beschränkter auszusehen. Jemand in der Mitte dieser langen Zeitspanne wirkte bestimmt und kompetent – ein bißchen wie Himaggery. Ich dachte eine Weile darüber nach, ohne aber zu einem Schluß zu kommen. Dann bekam ich plötzlich Angst um Mavin. War sie gefangen worden? Getötet? War sie verletzt und lag irgendwo, in der Hoffnung, ich würde kommen und sie retten? Ich verfluchte die Panik, die Didir aus mir vertrieben hatte und versuchte, sie zurückzuholen. Nichts. Die kleine Figur lag in meiner Hand wie ein Stock. Nicht das geringste Zittern. Oder – ein kleines Zittern, aber sehr entfernt. Ich versuchte es noch einmal mit Shattnir. Ebenso nur ein ganz schwaches, fernes Prickeln. Ob es aber in mir selbst war oder von den Spielfiguren kam, konnte ich nicht sagen. Mein Kopf fühlte sich an, als wäre er von einem Blitzschlag getroffen worden. Vielleicht gab es Fasern, die vorübergehend getrennt, Synapsen, die durch einen Schock zur Ruhe gebracht werden konnten. Ich wartete ab. Ich lief umher. Ich kaute meine Fingernägel ab, ließ neue wachsen und kaute sie ebenso ab.

Ich war schon dabei, aufzugeben und allein weiterzusuchen, als sie kam, atemlos und erschöpft, dankbar für das Essen, das ich auf der Empore des staubigen Raumes für sie versteckt hatte.

»Götter des Spieles, Peter! Das war vielleicht ein Ausflug«, sagte sie, verfiel dann in ein langes Schweigen, während sie das fade Essen kaute, die Augen geschlossen, vor Müdigkeit schwankend. »Die *Techniks* wuselten die ganze Zeit herum und unterhielten sich. Das Gespräch drehte sich vor allem um Quench. Dieser alte Hitzkopf hat ihnen offenbar revolutionäre Ideen in den Kopf gesetzt, Aufstand gepredigt, neben all dem, was er sonst noch Seltsames tut. Die *Techniks* sind einfache Bauern, Peter, die hierhergebracht wurden, in Stiefel gesteckt und gezwungen, diesen Platz instandzuhalten. Einige von ihnen scheinen ziemlich schlau zu sein. Sie haben eine Menge gelernt, obwohl sie nicht die Möglichkeit hatten, genug zu lernen.« Sie schwankte, kaute, seufzte.

»Schließlich haben sie Himaggery und Windlow auf eine Art Karren geladen und ihn in einen Gang gefahren, wo er an eine Reihe ähnlicher Wagen angehängt wurde, alle beladen mit Körpern, Blauen und Kisten verschiedenen Inhalts. Ich versteckte mich auf einem der Karren, auf dem auch eine Gruppe Bauern mitfuhr. Die meisten waren ältere Männer. Ich glaube, sie haben seit langem keine jungen *Techniks* mehr ausgebildet.« Sie hielt inne, um einen Schluck Wasser aus der Flasche zu trinken, die ich gefunden hatte. »Meine Güte, was für ein Ausflug ... Ich glaube, wir fuhren nach Norden und Westen, obwohl das schwer zu sagen ist, so wie die Korridore sich schlängeln und kreuzen. Welche Richtung auch immer, es war auf jeden Fall ziemlich weit bis zu dem Platz, wo sie die Körper aufbewahren, weit und hochgelegen, unter einem großen Gletscher vermutlich – irgendeiner Quelle ewiger Kälte. Dort sind sie aufgestapelt, Peter, Tausende von ihnen, wie Holz für die Kriegsöfen. Endlose Reihen hintereinander. Ich sah Throsset von Dowes. Er lag oben auf einem der Haufen, wie eine geschnitzte Skulptur. Ich sah Minery Mindcaster. Ich kannte sie, als ich ein Kind war und sie ein wunderbares Doppeltalent. Sie fuhren die Karren in einen Nebenraum und ließen sie dort stehen. Dann setzten sie sich auf die kleine Maschine, die die Anhänger gezogen hatte und fuhren fort. Ich konnte mich dort nicht verstecken, und sie kannten sich alle untereinander.« Sie legte ihre Hand, die immer noch vor Kälte zitterte, auf meine. »Ich mußte ihnen also zu Fuß folgen und verirrte mich. Ich brauchte ewig, um zurückzufinden.« Ich wartete, bis Essen und Trinken sie gekräftigt hatten, bevor ich ihr erzählte, was ich herausgefunden hatte. Als ich fertig war, fragte sie mich aus.

»Worauf ist Huld aus? Du kennst ihn doch. Was vermutest du?«

»Ich denke, er ist darauf aus, Macht zu gewinnen«, erwiderte ich. Ich wußte, daß ich recht hatte, aber ich wußte nicht, welche Macht Huld an diesem seltsamen Schlupfwinkel von Zauberkünstlern suchte, die offenbar gar keine Zauberkünstler waren, sondern einfach nur miserable Hüter alter Fertigkeiten und archaischen Wissens. »Huld reicht es nicht, einfach nur Dämon oder Spieler zu sein. Ich glaube, er hat kein Verlangen danach, einfach nur willige Gefolgschaft zu besitzen. Er will Macht, Macht über die Unwilligen. Natürlich möchte er verehrt werden, aber aus Angst und Furcht, nicht durch Betörung. Das kannte er durch Mandor, und es war schon etwas, aber nicht genug für ihn. Doch das ist der Grund, warum er mich haßt. Weil ich Mandor besiegt und Huld gegen seinen Willen gefangengehalten habe, wenn auch nur für kurze Zeit.«

»Und wie kam er zu diesem Ort hier?«

»Wahrscheinlich hat er irgendwie bemerkt, wie ich in der Schulstadt abgeschirmt wurde, wie Mertyn und Nitch mich beschützten. Als ich in Bannerwell gefangen war, hätte er dies sehr einfach aus mir LESEN können. Ich nehme an, Huld suchte Nitch, suchte ihn und fand ihn auch – brachte ihn vielleicht um für das, was Nitch wußte. Das ist natürlich eine reine Vermutung, doch ich kenne Huld, und irgendwie paßt es zusammen.« Erstaunlich, wie es zusammenpaßte, obwohl mir erst in diesem Augenblick klar wurde, daß ich es die ganze Zeit über bereits gewußt hatte. »Huld kam also hierher, Macht suchend, und traf auf Manacle.«

»Und Nitch hat bestimmte Bücher entwendet?«

»Vielleicht. Und vielleicht hatte Huld nicht daran gedacht, Nitchs Gedanken nach Büchern zu durchforsten, so daß die Bücher möglicherweise für immer verschwunden sind.«

»Vielleicht sind sie auch bereits seit fünfhundert Jahren verschwunden.«

»Vielleicht.«

»Also gibt es nichts, was uns über diese Verteidiger Auskunft geben könnte, nichts, womit wir herausfinden könnten, wie wir Himaggery und Windlow und Tausende und Abertausende andere wieder zusammensetzen können –«

»Über die Verteidiger weiß ich nur, was ich von Didirs Gedanken noch erhaschen konnte, bevor sie mich in panischer Furcht verließ – oder bevor ich sie aus eigener Panik heraus vertrieb. Sie kannte die Verteidiger. Ursprünglich gab es fünf Schlüssel, die von fünf verschiedenen Personen aufbewahrt wurden, eine davon jemand, der Didir … sehr nahestand. Man wollte damit verhindern, daß die Verteidiger versehentlich geweckt wurden. Jetzt hat Manacle alle Sperren auf einmal gelöst. Jedermann, der den Raum betritt, braucht bloß einen Hebel herunterzudrücken und bringt damit in Gang, was immer es auch ist, was die Verteidiger tun. Der Gedanke daran brachte Didir völlig außer sich und die anderen ebenso, und mein Kopf barst fast durch sie. Jetzt kann ich sie nicht mehr erwecken.«

»Hast du die Tür verschlossen?«

»Ja. Manacle besitzt einen Schlüssel. Mir fällt nichts Hilfreiches dazu ein. Laß uns lieber an Himaggery und Windlow denken. So wie es aussieht, haben wir bei allem, was wir vorhatten, fürchterlich versagt.«

Ihre Stimme klang etwas schroff, als sie antwortete. »Wer hätte auch gedacht, daß die Rettung der beiden einschließt, daß wir sie zusammensetzen müssen? Es ist schon schwierig genug, in so etwas wie das hier hereinzugelangen, um eine Person zu befreien, die imstande ist zu laufen und zu denken und ihre Rettung zu unterstützen. Ähnliches habe ich in ein paar Spielen bereits getan. Es ist weitaus schwieriger, wenn diese

Person bewußtlos oder verwundet ist, und auch so etwas habe ich bereits erlebt. Aber einen Gefangenen zu befreien, dessen Teile man erst einmal zusammensetzen muß, ist bar jeglicher Logik und entzieht sich dem gewöhnlichen Vorstellungsvermögen. Ich habe jedoch trotzdem versucht, unser Vorhaben zu beschleunigen. Die Hälfte der beiden habe ich bei mir.« Sie griff in eine Innentasche und zog zwei Blaue heraus, Himaggery, den Zauberer, und Windlow, den Seher, winzig klein und makellos, kalt und hart. Es waren nur Muster, wie Manacle gesagt hatte. Muster einer Persönlichkeit. Mavin bedeutete mir, die beiden zu nehmen. »Den ganzen Weg zurück habe ich nachgegrübelt, wie man sie wohl wieder zusammensetzen kann. Es könnte sein, daß die Maschine, die sie getrennt hat, diesselbe ist, die man zum Zusammensetzen verwendet. In diesem Fall bräuchten wir nur die Körper in dieses Labor zu schaffen.«

Ich erinnerte mich an etwas, was Manacle gesagt hatte. »Das brauchen wir nicht. Die Körper werden mit einer Maschine gebracht, Mavin. Nicht zu den Laboren, sondern zur ›Basis‹, wo die Zeremonie abgehalten wird. Dort befindet sich eine weitere Maschine. Sie werden so tun, als benutzten sie diese, um diejenigen, die die Rolle der Reisenden spielen, wieder zusammenzufügen. Dieses Schiffdings ist auch dort, Mavin. Manacle nannte es einen Schiffsturm. Auf jeden Fall werden die Körper dorthin gebracht werden, und dort sollten wir auch auf sie warten.«

Als sie mich fragte, wann das Ganze stattfinden würde, schüttelte ich den Kopf. Ich konnte Didir nicht bitten, Antworten zu suchen. Wir wußten aber, daß Manacle dorthin gehen würde, und ihn konnten wir leicht finden – wir wußten, wo sich seine Räume befanden. »Manacle«, bemerkte Mavin, während wir uns auf den Weg zu ihm machen. »Die *Techniks* hassen ihn. Ich glaube, so etwas wie Meuterei braut sich zusammen, mein Sohn, eine langfällige Meuterei.«

Ich dachte an Laggy Nicker und seine Macht über die Stiefel. »Vielleicht ist die Vorrichtung, die die Stiefel kontrolliert, kaputtgegangen und kann nicht mehr repariert werden. Oder die *Techniks,* von denen man erwartet, daß sie die Dinge reparieren, die aber gleichzeitig durch die Stiefel kontrolliert werden, haben einen Weg gefunden, die Stiefel außer Kraft zu setzen.«

»Wie ich sagte«, murmelte sie, »irgend etwas braut sich zusammen.«

Obwohl ich Huld nicht mehr gesehen hatte, seitdem er mit den Verteidigern an uns vorbei aus dem Raum gestürmt war, lastete seine Anwesenheit immer noch wie ein Gewicht auf meinen Lungen. Ohne Didir, die mich beschützen konnte, mußte ich noch listiger und heimlicher sein als vorher. So brauchten wir eine Zeitlang, bis wir uns zu Manacles Räumen vorgetastet hatten und sein polterndes Jammern durch die offenstehende Tür hörten. Riß kam heraus, ging wieder hinein. Der Vorgang wiederholte sich mehrmals. Flogshoulder lief ebenfalls hinein und hinaus, in den Händen zeremonielle Gewänder. Dann erschienen sie gemeinsam, um zu einem Platz zu gehen, wo es Essen gab und wo Mavin und ich später etwas davon stahlen, das von weitaus besserer Qualität war als das, was den Langmännern gegeben wurde.

»Wie lange dauert es noch bis zu dieser Zeremonie?« beschwerte ich mich. »Wie lange müssen wir hier noch lauern?«

»Wir sind so weit unter der Erde, daß Zeit hier nichts mehr bedeutet«, sagte Mavin. »Manacle sagte aber, noch ›zwei Tage‹, als wir hierherkamen, also kann es nicht mehr lange dauern. Wir treiben uns mindestens schon fast zwei Tage hier unten herum. Die Zeit naht, und ich bin froh darüber. Lange könnte ich das nicht mehr ertragen.«

Ich fühlte genauso, so ganz ohne Sonnenlicht und den Wechsel von Tag und Nacht, und fragte mich, ob es das war, was Geister in den Gräbern fühlen mochten, getrennt nicht nur vom Leben, sondern auch von der Zeit selbst. Das führte mich zu weiteren düsteren Gedanken, aus denen Mavin mich aufschrecken mußte, als Manacle aus seinen Räumen kam, um endlich zur Tat zu schreiten.

Für uns gab es keinen Zweifel, daß er wirklich zur Zeremonie ging. Goldene Streifen waren auf seinen Ärmeln angebracht, und seine hohe viereckige Kappe war ebenfalls mit Goldstreifen verziert. Riß und Flogshoulder kamen gleich danach, ebenso herausgeputzt, und wir gingen alle hintereinander Gänge um Gänge hinunter bis zu einem weit entfernten Tor. Es lag tatsächlich unten, und als wir heraustraten, befanden wir uns in einem Tal und erblickten den Schein der Morgenröte über den Gipfeln, während die Wälder noch im nächtlichen Dunkel lagen. Eine große Wiese lag vor uns, über die metallene Wege liefen, auf denen sich Wrackteile und Strandgut (es sah jedenfalls danach aus) häuften. Inmitten des Ganzen erhob sich ein schwarzer Turm, dessen Spitze silbern glänzte. An seiner Seite klaffte hoch oben ein kleines Loch wie ein fehlender Zahn, und eine lange spinnenartige Leiter reichte von dort hinunter. Auf der Wiese waren kleine Gruppen *Techniks* damit beschäftigt, Hüllen von Maschinen zu entfernen, die dadurch vor den Verheerungen durch Wind und Wetter geschützt worden waren. Neben dem Turm stand eine Maschine, die haargenau der ähnelte, die Himaggery und Windlow so verwandelt hatte.

»Die Blauen«, flüsterte Mavin. »Schau, sie tragen die Blauen in den Turm.«

Sie hatte recht. Ein paar *Techniks* trugen Schachteln

mit Blauen in den Turm, in dem ein tieferliegender Teil geöffnet worden war, der eine Art Laderaum freigab. Kein einziger Langmann war zu sehen. Wir waren deshalb gezwungen, die Gestalt von *Techniks* anzunehmen, und ich betrachtete sie sehr genau mit meinen Wandleraugen, bevor ich mich in den Schatten zurückzog, um ihre Gestalt anzunehmen. Gerade als wir wieder auf der Wiese auftauchten, ratterten die mit den Körpern beladenen Karren aus dem Tunnel heraus in Richtung Turm. Wir liefen eifrig hinterher, sahen weder nach links noch rechts, als *Techniks* ganz und gar auf unsere bäurischen Aufgaben konzentriert.

Am Turm angekommen, fingen wir an, beim Ausladen zu helfen. Mavin ging in den Laderaum, ich hinterher. Wir hoben einen Körper nach dem anderen hinein, stapelten sie und hörten innerhalb von Sekunden auf, an sie überhaupt als Körper zu denken. Es waren nur noch Gegenstände. Als mir der *Technik* draußen Windlows Füße in die Hand gab, vergaß ich einen Augenblick lang, was ich eigentlich tat. Mavin brachte mich wieder zu mir.

»Hier, gib ihn mir. Ich habe einen Platz gefunden, wo wir die beiden verstecken können.«

Also machte ich ihre Arbeit mit, während sie erst Windlow wegschleifte und dann Himaggery, nachdem er auf dem Haufen draußen erschienen war.

Als der *Technik* mir den letzten Körper in den Laderaum hineingereicht hatte, sagte er: »Diejenigen, die Quench folgen, am südöstlichen Portal, sobald die Zeremonie beginnt…« Dann wandte er sich ab, als hätte er überhaupt nicht gesprochen, ohne auf eine Antwort zu warten. Ich war geistreich genug, sofort ins Dunkel des Laderaums zurückzutreten. Mavin stand hinter mir und nickte.

»Ich habe es gehört«, sagte sie. »Ich sagte dir ja, Peter: Meuterei. Es wird während der Zeremonie passieren, wenn alle Zauberkünstler hier versammelt sind. Glaub mir, es wird passieren. Nun komm und sieh, wo ich sie hingetan habe.«

Der Turm wirkte von außen schmal, aber innen bestand er aus einem Wirrwarr verschlungener Räume und winziger Kabinen, viele nicht größer als ein Schrank, mit Regalen, auf denen Matratzen lagen, offenbar Betten. Es war also ein Schiff. Ein Schiff. Wie konnte das sein? Ich wandte mich, die Frage auf den Lippen, nach Mavin um.

»Kein Schiff, das auf dem Wasser schwimmt, Peter. Denk nach! Füge die Teile zusammen ... Du warst doch lange genug bei Himaggery, um das gelernt zu haben ...«

Sie zeigte mir, wo sie die beiden versteckt hatte, in einer der kleinen Kabinen, halb verborgen durch eine dicke Röhre, die durch den ganzen Turm zu verlaufen schien, von unten bis ganz oben. In diesem Augenblick wünschte ich mir bloß, mich neben die kalten Körper legen und schlafen zu können, aber Mavin zerrte mich um die Röhre herum und hinein, wo sich Stufen höher und höher schraubten, bis zu irgendeinem schwindelerregend hohen Endpunkt hinauf.

»Wir brauchen einen Platz, von dem aus wir alles beobachten können«, sagte sie und zog mich hinter sich her. Also stiegen wir hoch und immer höher hinauf, bis wir schließlich die offene Stelle erreichten, die wir unten vom Tunnel aus gesehen hatten. Draußen war die spinnenartige Leiter. Weit unten auf der Wiese begannen sich die Zauberkünstler zu versammeln.

Wie kann ich euch richtig nahebringen, was wir sahen, Mavin und ich? Ich muß, denn das, was wir sahen, hatte so viel mit den Vermutungen des alten Windlow und Himaggerys Zielen zu tun, so viel mit meiner Verwirrung und Mavins Anstrengung. Die Zeremonie zeigte uns, was wir waren und warum, doch ich, nichtsahnend von dem, was auf uns zukam, war nur schläfrig, einsam und ein bißchen ängstlich, daß jederzeit irgend etwas passieren würde. Laßt mich aber nicht darüber berichten, sondern davon, was ihr gesehen hättet, wenn ihr dabei gewesen wärt.

Reihen junger Zauberkünstler standen auf einem grasbewachsenen Hügel, angeführt von einem, der sich vor ihnen aufgebaut hatte. Jeder von ihnen hielt ein Buch in der Hand. Die anderen Zauberkünstler standen in Grüppchen auf der Wiese und unterhielten sich angeregt. Die Sonne stieg hoch und erhellte das Ganze mit einer Art unschuldiger Glorie. Die jungen Zauberkünstler begannen zu singen. Niemals hatte ich eine solche Art Musik zuvor gehört. Sie erhob sich und durchdrang alles. Ich wollte lachen und weinen – gleichzeitig. Einige der Stimmen waren hoch, fast wie von Frauen, andere rollende Bässe, dumpf wie Trommeln. Ich hatte geglaubt, diese Zauberkünstler seien ganz ohne Ehre und Verstand. Nun mußte ich meine Meinung ändern. Was immer ihnen auch sonst fehlen mochte, an Kunst fehlte es ihnen nicht. Vielleicht war es das, was sie am Leben erhielt. Ich schaute von meinem hohen Ausguck und erblickte Manacle am Fuß der Leiter, Tränen liefen über sein Gesicht, ein Gesicht, das von innen her von einer Art freudiger Erregung erleuchtet war.

Nach dem Gesang ertönten Trompetenstöße. Diese kamen aus einer Maschine, die irgendwo stand. Der Klang war armselig gegen das, was wir gerade gehört hatten. Manacle erklomm die Leiter, langsam, ein bißchen keuchend, während er kletterte. Unter ihm nahmen die Zauberkünstler allmählich ihre Plätze ein. Ich zählte sie, während Manacle kletterte, und kam auf ungefähr tausend. Nicht viel, wenn man die Größe dieses Ortes bedachte. Von diesen tausend waren vielleicht fünfzig oder sechzig Kinder, und ein oder zwei sehr kleine Kinder, von ihren Vätern getragen, die ihnen jeden Schritt der Zeremonie erklärten.

Mavin und ich nahmen Formen an, die in dem Raum ringsum verschwanden, waren unsichtbar, als Manacle von der hohen Leiter aus in den Turm trat. Er schloß die Tür hinter sich und wartete auf ein Zeichen von draußen. Es kam in Form eines zweiten Trompetenstoßes und eines scheußlich maschinenhaften Dröhnens, das sich zu unerträglicher Lautstärke steigerte, bis es langsam wieder verklang. Ich hörte Manacle murmeln: »Das Geräusch des landenden Schiffes. Jetzt. Das Schiff ist gelandet.« Er stieß die Tür vor sich auf und trat auf die Leiter.

Stellt euch vor, dieser winzige Mann so hoch oben, ganz in Schwarzgold gekleidet, seine Kameraden unten versammelt und aufwärts blickend, bleiche Gesichter wie Teller, Stille, in jedem Auge Respekt. Hört ihn mit veränderter, dramatischer Stimme ausrufen: »Seht diesen Planeten! Ich, Kaptan Barish, habe Wissenschaftler und Forscher von weither zu einer geheiligten Mission hierhergebracht. Kommt heraus! Kommt heraus!«

Seht dann, wie die Maschinen in den Schiffsturm hineinfassen und die Körper der jungen Zauberkünstler herausholen, die ihre Rolle spielen, alle mit Farbe bemalt, um grau und hart auszusehen. Seht weiter, wie die Maschinen die Blauen aus dem Schiff holen, wie sie klappernd und ratternd über das Gras zu der großen, mit Girlanden geschmückten anderen Maschine fahren, die mit Blumen und flatternden Bändern aus Gold und Silber bedeckt ist, die im sanften Morgenwind flattern. Seht, wie die jungen Zauberkünstler mit den Blauen zusammen auf die Plattform gelegt werden, von wo sie hochspringen, rufen, sich die Farbe von den Gesichtern wischen, während Manacle von hoch oben heruntersteigt, langsam, Stufe für Stufe, in aller Würde, um jeden von ihnen zu begrüßen und ein schwarzes Gewand über ihre saubergewischten Köpfe zu stülpen. Seht dann, wie sie über die Wiese schreiten, während die Maschinen weiter ausladen, diesmal richtige Körper, und Manacle wieder seinen langsamen Aufstieg die spinnenartige Leiter hoch beginnt.

Während er stieg, setzte der Gesang wieder ein, und ich merkte, daß ich mir wünschte, er würde nicht so schnell klettern, damit der Gesang weiter und weiter andauerte, während er für immer und ewig kletterte. Verrückt... Das dachte ich wirklich, und ihr hättet es auch gedacht, wenn ihr es gehört hättet.

Dann gab es eine unerwartete Unterbrechung. Manacle kam durch den Eingang ins Schiff zurück. Unerklärliches Klicken und Schlagen, Öffnen und Schließen von irgend etwas. Gleich darauf war er wieder da, an der Hand eines der geweihten Monster...

Nein. An der Hand eine junge Frau. Sie war nackt bis zur Taille, ihre hohen Brüste durch die morgendliche Kühle mit Gänsehaut bedeckt. Ihr leeres Gesicht starrte ins Nichts. Manacle führte sie auf die Leiter. »Schaut, das Monster!« rief er. »Dem all unsere Forschung gelten soll, damit die Heimat unbeschadet bleibe!« Dann führte er sie die Stufen hinunter zu einer Grube, die sie dort irgendwo für sie vorbereitet hatten. Ich sah sie nicht, konnte sie nicht sehen. Als er die Frau hinausgeführt hatte, war es mir eingefallen. Didirs Erinnerungen, mir eingebrannt in diesem Raum, wo die Verteidiger standen, so wirklich wie meine eigenen. Ich erinnerte mich an die Landung, den mächtigen Ton der Maschinen, das Feuer, das schwärzlich am Fuß des Schiffes hochquoll, grüne Hügel im frühen Tageslicht. Ich war halb nackt, gerade von dem Kapitän geweckt worden, wie er es versprochen hatte, vor allen anderen. Er stützte mich mit einem Arm und deutete mit dem anderen über die Welt vor uns: »Schau, mein kleines Monster. Eine Welt für dich und für mich, und für unsere

Kinder und die Kinder unserer Kinder ...« Und ich, Didir, hatte gesagt: »Die Forscher werden uns diese Welt nicht überlassen«, und er hatte geantwortet: »Warte, eines Tages ...«

Der Anblick des Mädchens und die goldgestreifte Uniform hatten die alte Erinnerung wachgerufen, den Klang einer männlichen Stimme, lustvoll, selbstbewußt, verehrend. Es war nur eine Erinnerung, aber sie überwältigte mich, und ich kam erst zu mir, als Mavin mich schüttelte und sagte: »Peter! Was fehlt dir? Komm zu dir, Junge. Manacle kommt wieder die Leiter hoch.«

Ich riß mich zusammen, und wir verbargen uns noch einmal, zufällig gerade, als es geschah. Bevor Manacle erschien, kam jemand anders die verborgene Treppe hoch. Quench.

Quench, der in den Raum hineinhuschte und sich versteckte, in einer einzigen raschen Bewegung, als hätte er es zigmal zuvor geübt. Ich hörte Manacle kommen, hörte, wie das Singen wieder begann, langsam, feierlich, mächtig und ahnungsvoll. Etwas Großartiges würde gleich geschehen. Die Musik machte das deutlich.

Doch alles was geschah, war, daß Manacle die Tür hinter sich schloß und sich niedergeschlagen auf den metallenen Untergrund setzte. Er nahm ein Schreibutensil aus einer Tasche und ein Stück Papier und saß da, abwechselnd an dem einen kauend und auf dem anderen etwas notierend.

Der Gesang erreichte einen Höhepunkt, verlangsamte sich und verklang. Immer noch saß Manacle da. Nach einer Weile hub der Gesang wieder an, genau wie zuvor. Nun stand er auf, wobei er seufzend zu sich selbst murmelte: »Nun gut. Das wird's wohl tun. Ich habe es zwar vor fünf Jahren schon einmal benutzt, aber es wird's trotzdem tun.« Und er griff nach der Tür, um sie zu öffnen.

»Wird wohl was tun, Manacle?« Quench, gegen ein glänzendes Panel gelehnt, einen Blick, mit dem man Löcher in Steine hätte brennen können, in Manacles Augen gebohrt: »Warum habt Ihr nichts nach ZUHAUSE gesendet? Das ist' s doch, was man von Euch erwartet. Nach ZUHAUSE zu senden. Ich würde gern hören, was ZUHAUSE geantwortet hat!«

»O Quench, Quench, Ihr Ungeheuer! Was macht Ihr hier? Warum seid Ihr gekommen? Ihr habt die Zeremonie unterbrochen. Geht mir aus dem Weg. Ich muß ihnen sagen...«

»Was sagen? Daß Ihr nach ZUHAUSE gesendet habt? Daß es keine Antwort gab? Daß es keine Antwort von ZUHAUSE seit – seit wie lange? – mehr gegeben hat, Manacle? Wie lange, Ihr kleiner, unwichtiger Sabberer? Wie lange?« Er schüttelte Manacle, schwenkte ihn hin und her wie eine Fahne. »Sagt es mir, oder ich breche Euch alle Knochen.«

»Seid nicht närrisch, Quench! Ihr wißt, daß es nur eine Zeremonie ist! Wir alle wissen, daß es nur eine Zeremonie ist. Die Nachricht von ZUHAUSE ist nur ein Ritual. Wir wissen alle...«

»Wir wissen es nicht alle. Vielleicht vermuten wir es, aber wir wissen es nicht alle. Wie lange ist es her, Manacle? Ich will es wissen. Auf!«

»Seit... seit meines Urgroßvaters Zeiten. Seitdem tat sich nichts mehr. Nichts mehr, um nach ZUHAUSE zu senden. Und eine Nachricht aus der Heimat kam schon lange Zeit davor nicht mehr. Die Geräte haben aufgehört zu arbeiten, Quench. Es ist niemandes Schuld. Sie haben einfach aufgehört zu arbeiten.«

»Also ist alles nur Betrug und Augenwischerei. Alles. Das Beobachten der Monster und die Fakultät... alles.«

»Nein, Quench. Ihr wißt, daß das nicht stimmt. Es bedeutet etwas, bewahrt etwas. Ihr dürft nicht, dürft nicht...«

»Was darf ich nicht? Was? Manacle, es ist nur um der armen Burschen da draußen willen, daß ich Euch nicht auf die Plattform schleppe und als das entblöße, was Ihr seid – ein leerer Sack Luft. Ich lasse Euch hinausgehen, Manacle, mit Euren Lügen und Eurer zeremoniellen Nachricht. Ihr! Ich erinnere mich an Zeiten, wo Kaptan zu sein etwas bedeutete. Was mich betrifft, ich gehe zum Rat…«

»Was – wo – was werdet Ihr tun?«

»Ich gehe, Manacle. Mit allen *Techniks*, die mit mir kommen wollen, und das heißt, den meisten von ihnen. Wir haben heute morgen die Maschine, die die Stiefel kontrolliert, abgestellt. Ihr könnt sie nicht zurückhalten, und sie würden sich auch nicht zurückhalten lassen. Wir gehen. Einige der jüngeren Männer können mit uns gehen und falls nicht – dann eben nicht. Es tut mir leid für Euch, Manacle, aber es gibt nichts, was ich tun könnte, um Euch zu retten, und ich will nicht mit Euch untergehen.«

Und fort war er, klappernd die Wendeltreppe hinab. Mavin und ich konnten ihn hören, hinab, hinab, bis das Geräusch leiser wurde und verklang und ich wußte, daß er im Laderaum angekommen war und den Turm verlassen hatte. Manacle weinte vor uns, große Tränen rannen über sein Gesicht. Draußen hatte der Gesang wieder seinen Höhepunkt erreicht. Manacle schluckte, ließ einen kleinen, zutiefst traurigen Seufzer hören, wischte sich dann das Gesicht mit dem Ärmel ab, wobei die steife goldene Borte lange Striemen zurückließ. Nichts ahnend ging er zur Tür, atmete noch einmal tief durch und öffnete sie. Als Mavin und ich hinfortschlüpften, um Quench zu folgen, hörten wir seine Stimme über die Welt schallen: »Nachricht, Nachricht von ZUHAUSE…«

12

Huld

Wir erreichten den Laderaum nahe dem Boden des Turmes – des ›Schiffes‹ – nur wenige Sekunden, bevor Manacle selbst herunterkam. Er lächelte gezwungen und starr, als er Flogshoulder und Riß neben der Leiter antraf. Ich hörte, wie Riß sagte: »Wo sind die *Techniks*? Sie sollten doch hier sein, um die Körper zu entladen und zurückzubringen …«, und Flogshoulder unterbrach ihn, wie immer, mit etwas Unbedeutendem. Manacle hörte keinem der beiden zu.

Er nahm Flogshoulder bei den Schultern und sagte: »Ruhig, Junge. Sei still. Hör mir jetzt gut zu, wenn dir dein Leben lieb ist. Erinnerst du dich an den Raum, in dem wir gestern waren? Der Raum, der die Verteidiger kontrolliert? Gut. Braver Junge. Ich möchte, daß du dort hingehst. Ich habe die Tür für dich offengelassen. Ich möchte, daß du den Hebel *herunterdrückst.* Komm danach zu mir zurück und berichte mir.« Er tätschelte Flogshoulder und wandte sich, beinahe geistesabwesend, Riß zu, immer das dasselbe starre Lächeln im Gesicht.

»Riß, ein kleiner Notfall ist eingetreten. Nichts, was wir nicht in den Griff bekämen – aber ich denke, das Komitee sollte zu Rate gezogen werden. Könntet Ihr Euch unter die Feiernden mischen und vorschlagen, den Rest der Zeremonie drinnen abzuhalten? Hmm? Und den Komiteemitgliedern sagen, daß wir uns im Tagungsraum treffen? Habt Ihr Huld gesehen? Nein. Das wäre auch mehr gewesen, als ich zu hoffen gewagt hätte. Vielleicht …«

Riß und Manacle begannen einen langsamen Rundgang durch die Menge, die sich auf dem grasbewachsenen Platz versammelt hatte. Ich erinnerte mich, daß Manacle gesagt hatte, die *Techniks* würden Gebäck und Wein servieren. Es waren aber keine *Techniks* zu sehen, und die Zauberkünstler schauten sich gegenseitig mit geschürzten Lippen und verärgerten Gesichtern an. Gemurmel setzte ein, wurde lauter, als die Feiernden sich in Richtung der Eingänge begaben. Wir warteten, bis der letzte Nachzügler verschwunden war, bevor wir ins Freie kamen, Himaggerys und Windlows Körper vor uns hertragend. Wir stolperten über das Gras zu der Maschine. Als wir näherkamen, sah ich mit Schrecken, daß die Bänder und Girlanden durchgerostete Stellen verdeckten. Drähte und Röhren schienen zu einer schwärzlichen Masse verschmolzen. Wir starrten uns einen Augenblick an. »Was bleibt uns, außer es zu probieren?« fragte Mavin. »Wir müssen es tun.«

Wir legten Himaggery auf die Plattform, plazierten den winzigen Blauen in die Vertiefung neben seinem Kopf, und Mavin ging zu dem langen, silbernen Hebel, der seitwärts herausragte. Ihre Augen waren geschlossen, ihre Lippen bewegten sich. Ich weiß nicht, wen sie anrief, welche Gottheit, welchen Teufel. Vielleicht ging sie auch nur mit sich selbst zu Rate. Ihre Hände waren ruhig, als sie den Hebel hochzog, der Richtung entgegengesetzt, die wir in den Laboren gesehen hatten. Ich begriff, daß sie darüber nachgedacht und es sich so zusammengereimt hatte. War es wirklich so einfach? Ich wagte es kaum zu hoffen.

Die Maschine kreischte. Ich biß mir auf die Lippen, bis Blut kam. Die Plattform bewegte sich, drehte sich, glitt unter die schwärzliche Masse, die sich über sie türmte. Ich roch Rauch, verbranntes Öl. Hier gab es keine Vorrichtung, um Feuer zu löschen. Ich konnte nur die Luft anhalten und abwarten, warten, während das

Kreischen sich zu einem gemarterten Heulen steigerte, bevor es wieder verklang. Die Plattform hatte sich nicht bewegt. Mavin riß an dem Hebel, einmal, zweimal. Langsam erhob sich die Plattform aus der Maschine, drehte sich nach oben und zu uns hin. Der Blaue war verschwunden. Himaggery sah wieder aus wie früher. Ich konnte sehen, wie sich sein Brustkorb hob und senkte, winzige, kaum wahrnehmbare Bewegungen, ein Hauch von Atem. Wir zogen ihn von der Plattform und legten Windlow darauf.

Ich kniete mich neben Himaggery, während Mavin wieder zu dem Hebel ging. Wieder hörte ich das anschwellende Kreischen, roch Verbranntes. Dieses Mal quoll Rauch aus der Maschine, beißend und grell. Ich hustete. Himaggery hustete. Sein Kopf bewegte sich, seine Hand. Ich merkte, wie ich ihn tätschelte, streichelte, sinnlose Worte in sein Ohr flüsterte. Dann brachte mich Mavins Schrei wieder auf die Füße.

Die Maschine stand in Flammen. Die Plattform kam unter der verknäulten Masse hervor, langsam, zu langsam. Schon jetzt konnte ich sehen, daß der Blaue noch da war. Nichts war geschehen. Dann, als das Ganze mehr ins Blickfeld kam, sah ich, daß doch etwas geschehen war – Windlows Körper hatte sich ... verändert. War das durch die Hitze der Maschine verursacht worden? Durch irgendein altertümliches Teil, das nun unwiderruflich entzweigegangen war? Es tat nichts zur Sache. Was dort auf der Plattform lag, konnte kein Leben mehr in sich tragen, das wußte ich mit jeder Zelle meines Körpers, den Dealpas bewohnt hatte. »Tot«, flüsterte ich, unfähig, es zu glauben. »Tot ...«

»Tot?« Himaggerys Stimme, hinter mir. Ich wandte mich um und sah, wie er versuchte sich aufzusetzen. Es gelang nicht, und er versuchte es noch einmal. Seine Augen irrten umher, blind. Mavin war sofort neben ihm, eines der schwarzen Gewänder in der Hand, die

Manacle bei der Zeremonie benutzt hatte, um ihn darin einzuhüllen und so wieder ins Leben zurückzuzwingen. Ich griff über die Plattform und nahm Windlows Blauen in die Hände, Hände, die feucht von Tränen waren. Ich versuchte, nicht noch einmal auf die Plattform zu schauen, konnte aber nicht aufhören, daran zu denken, daß es das gewesen war, was Windlow vorhergesehen hatte und gegen das er mich um Hilfe gebeten hatte.

Möglicherweise las Mavin meine Gedanken oder sah es an meinem Gesicht. Sie fuhr mich an: »Es ist keine Zeit für Schuldgefühle, Peter. Wir müssen von hier weg. Was Didir befürchtete, wird sehr bald eintreffen …«

»Die Tür ist verschlossen«, erwiderte ich einfältig. »Flogshoulder wird vor verschlossener Tür stehen. Es wird dauern, bis er den Schlüssel geholt hat. Wir haben etwas Zeit.«

»Wir haben keine Zeit. Didir warnte vor einer großen Katastrophe. Die Götter des Spieles mögen wissen, wie weit wir uns entfernen müssen, um ihr zu entkommen, aber das Beste wäre, so weit und so schnell wie möglich.« Sie beugte sich wieder über Himaggery, drängte ihn, sich aufzurichten. Ich weiß nicht, wie der Mann es fertigbrachte, aber er taumelte hoch, den Mund dabei schmerzverzerrt. Sogar als sie in Richtung Tunnel drängte, sprach sie weiter. »Die Wagen, die die Körper herbrachten, stehen noch da, auf dem Gleis. Ich beobachtete, wie sie bedient werden. Sie werden uns fortbringen.«

Ich folgte ihr und verstaute beim Laufen vorsichtig Windlows Blauen in meiner Tasche. Die Wagen waren noch da, wie Mavin gesagt hatte. Himaggery und ich stiegen auf den vordersten, während Mavin an den Armaturen hantierte. Der Wagen erzitterte, gab ein kratzendes Geräusch von sich und begann dann, in den Berg hineinzufahren.

»Wohin?« fragte ich Mavin, während das Tageslicht hinter uns verschwand. »Wohin bringst du uns?«

»Wohin die Gleise führen«, antwortete sie. »Die Wagen kamen aus den kalten Höhlen, also werden sie auch dorthin zurückkehren. Wir müssen uns ziemlich weit von diesem Ort hier entfernen, und alles andere würde zu lange dauern ...«

So entfernten wir uns in ein Halbdunkel.

Es waren keine Zauberkünstler zu sehen. Sämtliche *Techniks* waren verschwunden. Ab und zu sahen wir ein paar Langmänner, aber sie standen schweigend und reglos wie Bäume an den Wänden, allerdings ohne Leben. Da dämmerte es mir, daß sie vielleicht keine richtigen Lebewesen waren – oder nicht ganz lebende Wesen. Ich dachte an Langmänner, ich dachte an die Musik, und ich fragte mich, wie jemand, der imstande war, das eine zu erschaffen, auch das andere erschaffen konnte. Ich habe bis heute keine Antwort auf diese Frage gefunden.

Wir waren noch nicht lange gefahren, da begannen Himaggerys Lebensgeister wieder zurückzukehren. Er wollte wissen, was passiert war, und um ihm das zu sagen, war ich gezwungen, alles zu berichten, Laggy Nicker, meine Reise, Mavin, Izia, die Langmänner, Manacle, Quench ... und Didir. Einmal kamen wir an einem der Essensplätze vorbei, und Mavin wartete, während wir ihn plünderten. Danach schien es Himaggery besser zu gehen, aber er war immer noch reichlich verwirrt und schwach. Als er nach Windlow fragte, brachte ich keine Antwort heraus. Ich konnte nur nach hinten auf den Weg schauen, den wir gekommen waren, und meinen Tränen freien Lauf lassen. So war es Mavin, die es ihm sagte, und danach trat ein Schweigen ein, das endlos zu währen schien.

Schließlich brach er es. »Und was passiert jetzt?«

»Jetzt versuchen wir, zu fliehen«, erwiderte ich.

»Flogshoulder wird zu dem Raum gehen. Er wird ihn verschlossen finden. Er wird zu Manacle zurückkehren, und so oder so, ob mit Einwilligung des Komitees oder ohne, wird Manacle ihm den Schlüssel geben. Oder Manacle wird selbst gehen. Was immer auch geschieht, es wird nicht mehr lange dauern. Manacle wird Quench für bedrohlicher halten als jemals den Rat. Die Verteidiger sind dafür vorgesehen, einer Bedrohung vorzubeugen. Also wird er die Verteidiger aktivieren.«

»Und dann?« flüsterte Himaggery mit ausgedörrter Kehle.

»Ich bin mir nicht sicher. Ich *glaube* aber, daß die Verteidiger niemals dafür entwickelt wurden, die Zauberkünstler zu verteidigen. Sie sind dazu da, die Heimat zu verteidigen, wo immer diese auch liegen mag. Eine andere Welt, irgendwo.«

»Aha, endlich hast du's kapiert«, sagte Mavin trokken.

»Ja. Die Verteidiger wurden entwickelt, um die Heimat vor den Monstern zu schützen.«

»Monster?« fragte Himaggery. »Was für Monster? Und wo?«

»O Himaggery.« Ich lachte und weinte gleichzeitig. »Du. Ich. Mavin. Alle Nachkommen von Didir. *Sie* war das Monster, das Mädchenungeheuer, diejenige, die das Schiff gebracht hat. Und die anderen, die sie beobachten und aufschreiben sollten, was sie alles tat. Das Monster, das die Verteidiger und auch alles andere brachte. Nur um die Heimat vor einer einzigen kleinen Frau zu beschützen.«

»Das habe ich mir auch so vorgestellt«, sagte Mavin. »Ja, ich dachte mir schon, daß es so gewesen sein muß.«

»Wenn du dir das gedacht hast, wäre ich dem Himmel dankbar gewesen, du hättest es mir gesagt!«

»Und was werden die Verteidiger tun?« fragte Himaggery weiter, beharrlich wie immer.

»Diesen Ort hier vernichten«, sagte Mavin mit Endgültigkeit. »Manacle, den einfältigen Flogshoulder und den Kriecher Riß, alle Langmänner und die Gruben, alle Monster – die echten – und die Maschinen. Alles. Glaube ich zumindest.«

»Ich auch«, stimmte ich zu. »Und wir tun gut daran, dann so weit weg wie möglich zu sein.«

»Wie weit?«

Das konnte ich ihm nicht sagen. Didir hatte nur an Gefahr gedacht. Sie hatte diese Gefahr nicht auf ein bestimmtes Gebiet eingekreist, eine Domäne, die man anhand ihrer Kälte messen konnte. »Weit«, sagte ich. »So weit wie möglich.«

»Zumindest bis zum Ende der Gleise«, meinte Mavin, praktisch wie immer. Also fuhren wir weiter, tiefer und tiefer in die Berge hinein, während Himaggery immer mehr neue Kraft schöpfte, und ich immer stärker den Schmerz um Windlows Tod spürte. Einmal hätte ich Mavin fast gefragt, ob es an der Stelle, wo sie uns hinbrachte, auch einen Weg ins Freie gäbe, hielt es aber für besser, den Mund zu halten. Sie würde diese Frage bestimmt nicht schätzen. Entweder gab es einen Ausgang oder nicht. Meine Frage änderte daran nichts.

Es war eine lange Fahrt zu den Höhlen. Als wir ankamen, wünschte ich mir, wir wären nicht gekommen. Um uns herum lagen Körper aufgestapelt bis zur Höhe meiner Schultern, fünf oder sechs Körper übereinander, Männer und Frauen durcheinander, in endlos langen Reihen aufgehäuft. An einer Stelle neben dem Eingang fanden Mavin und Himaggery Körper um Körper von Menschen, die sie kannten. Es waren diejenigen, die Mavin mir gegenüber erwähnt hatte, aber auch noch viele andere.

»Und alle ihre Persönlichkeiten, ihre Erinnerungen – fort, verschwunden? In den Behausungen von Spielmeistern, um als Übungsobjekte für Kinder benutzt zu werden?« Himaggery klang ungläubig, aber wir versicherten ihm, daß es stimmte.

»Dann war es also gar nicht der Rat, der gegen uns arbeitete? Es waren diese alten Männer an diesem muffigen Ort? Entführten uns alle, einen nach dem anderen, um uns wie Fisch einzulagern?« Wieder versicherten wir ihm, daß es stimmte.

»Dann brauchen wir der Welt nur zu sagen, was hier geschehen ist, und es hört auf. Es ist nicht schwer, die Händler zu beobachten.«

»Möglich«, sagte ich. »Aber vielleicht steckt noch mehr dahinter. Diese alten Männer haben euch entführt und gefangengehalten, das stimmt. Aber Quench sagte, der Rat hätte ihnen gesagt, *wen* sie nehmen und behalten sollen. Und zu diesem Rat will Quench nun gehen, mit den ganzen *Techniks* zusammen.«

»Und ich wette, mit jedem Buch, das sie hier nur finden konnten«, meinte Mavin.

Wir waren noch nicht zu dem größten Bereich der Höhlen vorgestoßen, einer Stelle, von der ein kalter Wind kam, der uns von einer Kältequelle in der Nähe überzeugte. Gerade als wir uns anschickten, das herauszufinden, hörten wir das erste Rumpeln, das den Berg um uns herum erzittern und Staub und Eis auf unsere Köpfe herabregnen ließ. Das Beben setzte sich fort. Fels knirschte und verschob sich unter uns.

»Wir haben zu lange gebraucht«, rief Mavin. »Durch die große Höhle, rasch ...«

Aber man ließ uns nicht so einfach gehen.

Kaum hatten wir die große Höhle betreten, als er hinter einem Stapel Körper hervortrat, ganz in Silber, den Dämonenhelm auf dem Kopf und ein eigenartiges Gerät im Arm, dessen unheilverkündende Spitze auf mich gerichtet war. »Peter, der Nekromant«, rief er. »Ich sagte ihnen ja, du seist nicht tot! Ich würde nicht zulassen, daß du tot bist! Nicht du, Peter. Nicht bevor ich dich nicht selbst erledigen kann! Ich sage Spiel und Zug! Nekromant Neun!«

Himaggery warf sich zur Seite, hinter einen Stapel Körper. Naja, er war auch älter als ich. Er hatte mehr Erfahrung in diesen Dingen. Auf der anderen Seite wandelte sich Mavin flugs in etwas Behendes, Grimmiges, und aus dem Augenwinkel sah ich sie in einem der Gänge zwischen den Körpern verschwinden. Nun, sie hatte auch mehr Erfahrung im Wandeln als ich. Ich bewegte mich nicht. Die Spitze dieses Dinges, die auf mich zeigte, sagte *beweg dich nicht*, und ich verstand seine Sprache. »Was habt Ihr denn da, Huld?« fragte ich beinahe beiläufig. Nicht, daß ich keine Angst gehabt hätte. Ich war einfach zu überrascht, um mich erschreckt zu verhalten.

»Ein Ding, das Nitch für mich gemacht hat, Peter. War das nicht nett von ihm? Damals dachtet Ihr alle, ich sei in Bannerwell eingeschlossen. Vertrau nicht den Unveränderlichen, Peter, daß sie so etwas für dich erledigen können. Sie können es nicht gut. Sie haben keine Erfahrung mit Tricks, jeder Spieler kann sie überlisten. Ich hatte eine andere, bessere Gegend im Auge, wo ich hinwollte. Ich fand Nitch, als er zwischen der Schulstadt und den Zauberkünstlern hin- und herreiste. Nitch … Er war verantwortlich für das, was Mandor zugestoßen ist, Peter. Denke daran. Was ihm passierte, war nur gerecht.«

»Was passierte ihm denn?« Ich hatte eine Hand in meine Tasche geschoben und fühlte verzweifelt nach – ja, wonach denn? Shattnir würde mir in dieser kalten Höhle nicht helfen können. Die mich umgaben, waren nicht tot und konnten also von Dorn auch nicht erweckt werden. Und außerdem würde ja ohnehin keiner von ihnen zu mir kommen …

»Oh, er starb«, sagte Huld mit gespielter Überraschung. »Nachdem er mir all die schönen Dinge angefertigt hatte, mir erzählt hatte, was ich wissen wollte, mir die Bücher gegeben hatte, die er besaß. Er fertigte diesen Schutz an, wie auch den, den du in der Schulstadt gesehen hast. Diese Waffe, die keiner gleicht, die du je gesehen hast. O Peter, mit dieser Waffe wird es kein Spiel mehr gegen Huld geben. Nein. *Ich* entscheide jetzt, wann gespielt wird ...« Er streichelte triumphierend den Gegenstand. »Nachdem ich mich deiner ... Familie entledigt habe ...« Er dehnte das Wort, so daß es wie eine Frechheit klang. Bis zu diesem Augenblick hatte ich an die beiden nicht als meine Familie gedacht, aber es stimmte. Himaggery. Mavin. Meine Verwandten. Meine Finger wühlten noch immer in der Tasche. Gewohnheit, nicht Hoffnung.

Und schlossen sich um einen Spieler, schlossen sich um ihn herum, um eine wunderbare warme Gewißheit in mir aufsteigen zu lassen, freundlich und sanft, freundlich wie der Sommer, die Stimme ein vertrautes Wispern, fast wie meine eigene. »Peter. Warum stehst du hier? Tapferkeit ist ja schön und gut, aber solltest du nicht besser anderswo sein, wenn du es einrichten kannst?«

Es war Windlow.

Ich lachte beinahe los, bevor ich mich an die Bedrohung erinnerte. Ja, ich weiß, es klingt lächerlich. Es war nur ein momentaner Reiz, den ich rasch unterdrückte. Ich ließ Windlow los und wühle tief in meiner Tasche, um eine Figur zu suchen, die ich zuvor noch nicht ausprobiert hatte. Alt wie Didir, mächtig wie sie, ihr Gefährte und Gleichgestellter, Tamor. Großvater Tamor.

Es gab kein Zögern. Die Blockade, was immer es gewesen sein mochte, war verschwunden. Vielleicht hatte Windlow sie geheilt. Tamor schoß in mich hinein wie ein niederfahrender Falke, und ich schaute auf Huld hinab, während er die Stelle beäugte, wo ich mich befunden hatte. Das Fliegen war keine Sensation, wie ich oft geglaubt hatte. Nein, ich lag einfach hoch oben in der Luft, über Huld, und sah Mavin und Himaggery sich ihm heimlich nähern, von den Barrieren vereister Körper verborgen.

»Huld!« rief ich.

Er richtete den Gegenstand nach oben, setzte einen Blitzstrahl frei, der an mir vorbeischoß und Gestein und Eiszapfen an der gewölbten Höhlendecke schmolz. Flüssiger Stein fiel an mir vorbei, verhärtete sich im Fallen, und Huld rannte vor dem lebensgefährlichen Regen fort, gerade als ich mich zu einer anderen Stelle schwang. Noch mehr Eis und Gestein stürzte herab. Hulds Waffe hatte aber diesmal nichts damit zu tun. Wir verspürten wieder mehr von dem Beben, das wir schon zuvor bemerkt hatten. Mavin winkte, um meine Aufmerksamkeit zu erringen, und wies auf das entfernte Höhlenende. Ich nickte, zum Zeichen, daß ich sie verstanden hatte.

Ich hätte aber besser Huld beobachtet und nicht Mavin, denn ein weiterer Blitz aus der Waffe wurde gegen mich abgefeuert, berührte mich schmerzhaft und zerplatzte am Eis. »Also gut!« sagte Tamor in mir. »Halt die Augen offen, Junge. Sollen wir deinen Freund retten?« Himaggery sah einsam und verloren aus, wie er so da unten lag, hingestreckt zwischen zwei Stapeln Körper. Wir stürzten hinunter, überhaupt nicht vogelartig, schnappten ihn und hoben ihn in einer langen Schleife, die uns zu dem Höhlenende führte, nach oben. Ich hörte Huld vor Wut schreien. Er kannte bereits einige meiner Talente. Er kannte sie aber noch nicht alle. Wie auch? Ich kannte sie selbst nicht alle.

»Du entkommst mir nicht«, schrie er mir zu. »Ich habe diesen Weg verschlossen. Ich wußte, daß du hierherkommen würdest, hierher, wo die Körper deiner Verbündeten liegen. Ich wußte, daß du versuchen würdest, sie zu holen. Genau die Art von Dummheit, die sie Spielern wie dir beibringen …

Und selbst wenn du entkommst, hält mich das nicht auf. Ich verfolge dich weiter und immer weiter. Ich besitze auch Verbündete. Und ich habe Pläne. Auf dieser Welt können wir nicht beide als Herrscher eine Rolle spielen, also wirst du meinem Spiel dienen …«

»Tz, tz, tz«, machte Tamor in meinem Kopf. »Solche hysterischen Drohungen sind unwürdig, unehrenhaft. Ich möchte nicht der Großvater von dem da genannt werden.« Wir befanden uns im nächsten Gleitflug, der zweimal unterbrochen wurde, um Stößen aus Hulds Waffe zu entgehen. Ein großer Brocken Stein hinter uns wurde rot und glitt halbflüssig zu Boden. Ohne nachzudenken, griff ich nach Shattnir und fühlte sie wie Wein in mich rinnen, fühlte, wie sie nach dem schmelzenden Stein griff, und wie seine Hitze und Kraft in jede meiner Fasern floß. Wir warteten ab, hinter den Körpern verborgen, bis ich Huld kommen hörte, stiegen dann wieder hoch, lagen flach in der Luft, gespannt wie ein Pfeil hinter den aufgehäuften Körpern auf den kalten Wind gerichtet. Himaggery japste. Ich hielt ihn unter einem Wandlerarm, riesig und haarig wie das Bein eines *Pombi.* Nun, er mußte doch eigentlich an die Gewohnheiten von Wandlern gewöhnt sein. Um mich in meine Mutter hineinzupflanzen, sollte er sie recht gut gekannt haben.

Die Höhle bebte weiter. Ich hörte Huld etwas rufen, weit hinter mir, dann einen anderen Ruf, der wie Angst klang. Entweder lag er unter einem der niederstürzenden Steinbrocken begraben, oder einer hatte ihn knapp verfehlt. Es war mir gleich, was nun stimmte. Die Höhlenöffnung befand sich unmittelbar vor mir. Mavin war bereits da. Der Eingang war mit einem engmaschigen Gitter versperrt, das mit derselben Kraft sprühte, die auch aus Hulds Waffe kam. Mavin breitete wütend die Hände aus. Sie konnte sich nicht wandeln, um durch die engen Löcher des Gitters zu schlüpfen, ohne sich selbst zu braten. In mir lachte Shattnir. Ihr Lachen klang bitter. Es war keine Erfahrung, damals und später, die ich übermäßig genossen hätte.

Die ganze Hitze des großen geschmolzenen Steines schoß in den Strahl, der das Gitter zerbrach, zerschmolz und seine zerbrochenen Teile über den halben Berghang verstreute. Mavin flüchtete durch die Öffnung, hinaus und den Berg hinab, wissend, daß ich ihr folgen würde. Um uns herum dröhnte die Erde, nicht mehr zitternd, sondern in gewaltigen, schrecklichen Wellen. Ich flog durch die Öffnung in unberührte hohe Luft, in eine graue Wolke hinein, und erblickte gerade noch die weißen Flügel eines riesigen Vogels durch die Dämmerung unter mir davongleiten.

Dann sahen wir es, Himaggery und ich. Drüben im Südosten, wo der Schiffsturm gewesen sein mußte, ein Feuerball, der anschwoll, bis er zu einer kleinen Sonne wurde. Eine Wolke stieg darin von unten nach oben, blutig, totenkopfartig im trüben Licht, mit Feuer und Blitzen, die oben darauf tanzten. Der Wind packte uns, wirbelte uns weit oben herum, auf dem Antlitz eines heißen Atems, den Shattnir einfach in mich einsog und speicherte. Die Erde röhrte, hob sich und fiel in mächtigen Wogen. Ich sah einen Berg erzittern, seinen Kopf zurückwerfen und lachend in brüllende Teile auseinanderbersten, als wir durch die Luft rollten, uns auf dem Wind drehten. Ungezügeltes Feuer flammte auf, knisterte und erstarb schließlich.

Nach einer Weile kamen wir zur Erde hinab, auf einen grünen Hügel, der ruhig unter uns lag, unbeweglich wie ein Stuhl. Wind kam aus dem Norden auf, um die blutige Wolke auseinanderzureißen und ihre Stücke hinwegzutragen. Die Sonne brach durch, auf halber Höhe am westlichen Himmel. Es war nicht einmal ein ganzer Tag vergangen, seit wir uns im Schiffsturm versteckt hatten, um die Zeremonie und den Ruf nach ZUHAUSE zu beobachten. Neben mir riß Himaggery einen Grashalm aus und schloß seine zitternden Lippen darum.

»Also, Bursche … Was meinst du, was wir nun tun sollten?«

Ich riß mir auch einen Grashalm aus.

»Ich habe keine Ahnung, was Ihr tun wollt, Himaggery«, sagte ich. »Was mich betrifft, so verwandle ich mich jetzt in einen Drachen und suche nach meiner Mutter.«

13

Die Leuchtende Domäne

Wir fanden Mavin auf ihrer Bergspitze, genau dort, wo ich vermutet hatte, sie zu finden, und sie bewunderte gebührend den wunderbarsten Drachen, der ihr oder irgend jemandem auf der Welt je zu Gesicht gekommen war. Die Idee war töricht, wie Chance gesagt hatte. Das Feuer und die Geschwindigkeit und der Wind unter den Schwingen waren ganz gut, aber da gab es noch Windlow, der in meiner Tasche steckte, und Tausende von großartigen Spielern (und auch einige Bauern), die in den Höhlen unter dem Schnee lagen. O ja, wir waren zurückgegangen, Himaggery und ich, nur um sicherzugehen. Die Höhlen waren nahezu unversehrt, abgesehen von etwas zerschmolzenem Stein und ein bißchen heruntergebrochenem Eis. Huld war nicht dort, weder tot noch lebendig, also machte er immer noch die Welt unsicher, suchte mich. Langsam reichte es mir damit.

Als ich also meine Ehrenrunde als Drache beendet hatte, ließ ich mich neben Himaggery und Mavin auf der Bergspitze nieder, um dort die Ankunft meiner beiden Vettern abzuwarten. Wir saßen neben Mavins Feuer, ich beobachtete Himaggery, der Mavin gegenüber von einer entnervenden Höflichkeit war, während sie keine Gelegenheit ausließ, ihn aufzuziehen. Ich nahm sie schließlich beiseite und sagte ihr, sie solle ihn in Ruhe lassen. Wenn sie wirklich keinen Wert darauf legte, des Mannes bäurisches Weib zu sein, sagte ich zu ihr, sollte sie besser aufhören, es ständig so vehement abzulehnen – was ihn nur dazu veranlassen würde, das

Gegenteil zu glauben. Ich weiß nicht, wie ich auf diese Gedanken kam, außer daß Trandilar vielleicht etwas damit zu tun hatte. Auf jeden Fall beruhigte das die Lage, und wir kamen besser zusammen aus.

Swolwys und Dolwys kehrten bald zurück. Sie hatten Izia abgeliefert, deren Zustand sich sowohl gesundheitlich als auch seelisch gebessert hatte, als sie bei ihrer Familie ankamen. Was noch wichtiger war – als sie Izias Zuhause erreichten, war Yarrel dort, und sie hatte sich an ihn erinnert. Die Vettern erzählten nicht viel von dem Zusammentreffen. Ich hoffte um ihretwillen, daß Yarrel sie nicht so kalt behandelt hatte wie mich, als wir uns zuletzt getroffen hatten. Seine Zurückweisung schmerzte mich noch immer, und ich hoffte, daß Izias Heimkehr ihn freundlicher stimmte, obwohl ich befürchtete, daß er alle Spieler noch heftiger haßte, wenn er erst erfuhr, was seine Schwester die ganzen Jahre über erlitten hatte.

Und dieser Gedankengang führte meine Gedanken zu Windlow. Ich überlegte mir die Angelegenheit in der Einsamkeit der Höhle, nicht willens, mit irgend jemandem darüber zu sprechen. Ich kratzte einfach an einer Ecke der winzigen Figur von Didir mit dem Fingernagel, bis der weiße Überzug abblätterte und das Blaue darunter zum Vorschein kam. Die Spielfiguren von Barish waren Blaue, einfach Blaue, in ferner Vergangenheit aus Gründen hergestellt, die ich nicht kennen konnte, obwohl ich anfing, einige erstaunliche Vermutungen anzustellen. Die Spielfiguren erzählten es mir nicht, ich weiß nicht, ob sie nicht wollten oder nicht konnten. In jenem Augenblick war ich bereit, die Dinge auf sich beruhen zu lassen. Bis auf eine Sache …

Bei verschiedenen Gelegenheiten, über einen Zeitraum von mehreren Tagen, gab ich diese oder jene Spielfiguren meinen Vettern, Mavin, sogar Himaggery. Sie nahmen sie, wie ich es getan hatte, mit bloßen Händen, aber es gab keine Anzeichen, daß sie etwas fühlten oder erlebten. Na gut. Also konnten die Blauen nicht von jedem GELESEN werden, der sie in Händen hielt. Es war ein besonderes Talent, das auf der Welt offenbar nur ich besaß. Niemand hatte gesehen, daß ich Windlows Blauen genommen hatte. Niemand wußte es. Ich bezweifelte, daß Mavin oder Himaggery überhaupt jemals daran dachten, und ich unternahm nichts, sie daran zu erinnern.

Wir reisten zusammen zur Leuchtenden Domäne, drei Pferde und zwei Reiter. Wir jüngeren waren die Pferde, zwei zum Reiten, eines für das Gepäck. Ich dachte an Chance, als ich das tat. Er würde es sehr begrüßt haben, wie unauffällig ich wirkte.

Ich konnte nicht vermeiden, die langen Gespräche zwischen meiner Mutter und – Himaggery (ich konnte nicht an ihn als ›Vater‹ denken) anzuhören. Während die Stunden der Reise dahinschlichen, sprachen sie öfter und öfter von bestimmten Spielern, die sie kannten. Ich hörte wieder den Namen Throsset von Dowes. Ich hörte erneut von Minery Mindcaster. Himaggery erwähnte den mächtigen Zauberer Chamferton, und Bartelmy von Ban. Sie zählten alle auf, die sie in den Höhlen gesehen hatten oder dort vermuteten.

Und sie schmiedeten Pläne, sämtliche Blauen auf der ganzen Welt zur Leuchtenden Domäne zu bringen. »Wir werden einen Weg finden«, sagte Himaggery. »Einen Weg, es ohne die Maschine zu schaffen. Oder eine neue Maschine zu bauen. So viele Spieler, so großartige. Wir können sie nicht dort lassen, aufgeschichtet wie Feuerholz.«

Und dann unterhielten sie sich weiter, listeten mehr Namen auf und endeten damit, daß sie wieder von vorne anfingen. Peter – im Pferdekopf – nickte weise. Wir würden im nächsten Schlamassel stecken, kaum daß wir dem letzten entkommen waren.

Und natürlich sprachen sie über den Rat. Den geheimnisvollen, wunderbaren Rat. Den möglicherweise bedrohlichen Rat. Sie konnten sich nicht entscheiden, ob er feindlich war oder wohltätig oder möglicherweise überhaupt nicht vorhanden. Peter nickte im Pferdekopf wieder. Solche Fragen konnten nicht unbeantwortet stehenbleiben, nicht bei jemandem wie Himaggery. Peter im Pferdekopf dachte an andere Dinge, an Quench, Huld, Bücher, an das, was die Hunderte oder Tausende von Bauern, die *Techniks* gewesen waren, nun tun mochten, in eine Welt freigelassen, von der sie nicht gewußt hatten, daß es sie gab.

Zu guter Letzt erreichten wir die Leuchtende Domäne. Die Nachricht von unserer Ankunft war uns vorausgeeilt, wir wurden erwartet. Es gab einen angemessenen Aufruhr zur Begrüßung, und Mertyn schien einige Tage lang Schwierigkeiten zu haben, mich aus den Augen zu lassen. Chance andererseits benahm sich, als sei ich nur für ein paar Tage Pilze suchen gewesen und war nicht anders zu mir als früher. Nur die Menge und Köstlichkeit der Nahrung, die unaufhörlich vor mir erschien, sagte mir, daß er sich um mich Sorgen gemacht hatte. Ich half ihm, indem ich vorgab, es nicht zu merken.

Es gab auch Trauer für Windlow. Ich weinte mit den anderen und hielt meinen Mund.

Und dann erschien Izia – mit Yarrel.

An einem Mittag ritten sie in den Küchenhof. Ich war mit Chance gerade im Küchengarten und rupfte Mohrrüben. Kein Talent der Welt verschafft einem die Möglichkeit, dies anders zu tun als sich vornüber zu beugen und sie an den Büscheln herauszureißen. Ich war dementsprechend verschmutzt und schwitzend, als Hufe auf dem buckligen Hofpflaster klapperten. Ich blickte hoch, wischte meine Augen mit meinem Hemdzipfel und sah Izia, die mich ansah, sehr blaß und sehr schön. Sie streckte eine Hand zu der Person neben sich aus, und da erblickte ich Yarrel. Er schaute mich ebenfalls an, aber mit einem Ausdruck, in dem sich Abneigung und Sehnsucht die Waagschale hielten. Er glitt vom Pferd, half Izia herunter, und beide kamen mir entgegen. Ich hätte mich am liebsten verkrochen, nur um ihn nicht wieder zornig oder ablehnend erleben zu müssen.

Möglicherweise bemerkte er dieses Gefühl in meinem Gesicht, denn er hielt inne und lächelte, fast verschämt. »Peter …«

Hörte ich da etwas wie eine Bitte in seiner Stimme? Ich biß die Zähne zusammen und trat einen Schritt vor, den Hemdzipfel immer noch in der Händen, mit dem ich die Erde abwischen wollte, damit ich Yarrel eine saubere Hand anbieten konnte. Er wartete das nicht ab, sondern nahm meine beiden erdverkrusteten Fäuste in seine eigenen und zog mich in seine Umarmung.

Es dauerte nur einen Augenblick, dann trat er wieder zurück, das Gesicht wirkte wieder gelassen, als er die Hand hob, um Chance zu begrüßen. Ich führte die beiden in die Küche. Dort saßen wir im Schein des Herdfeuers, wie wir Jahr und Tag gesessen hatten, jeder in Reichweite des anderen, aßen das, was Chance gebacken hatte und erzählten einander alles, was in unseren Welten passiert war. Es wäre schön, wenn ich schreiben könnte, daß alles wieder so wie früher war, die alte Freundschaft, die alte Vertrautheit. Aber das wäre eine sentimentale Geschichte, keine wahre. Es war nicht wie früher; nur besser, als es gewesen war, bevor er gekommen war.

Und Izia saß dabei und lächelte manchmal ein bißchen, ganz wenig, ein winziges Lächeln, schmal, versuchsweise, aber Nichtsdestotrotz ein Lächeln. Einmal lachte sie sogar, ein kleiner Schrei, wie der einer überraschten Eule. Da wußte ich, daß ich sie um ihrer selbst willen geliebt hatte und weil sie mich an ihn erinnert und weil ich sie gerettet hatte. Ich wußte genausogut, daß sie das nie erfahren würde, daß es nur eine Last für sie wäre. Yarrels Berührung konnte sie ertragen, und nur seine, die behutsame Hand eines Pferdeführers, die nichts enthielt von Lust oder menschlicher Glut. Sie würde immer mehr Vertrauen schöpfen, sich immer weniger fürchten, je mehr Jahre verstrichen. Aber nie, nie würde sie etwas akzeptieren, das sie an Laggy Nicker erinnerte. Nicker. Ich hatte nicht mehr an ihn gedacht oder daran, was aus ihm geworden sein mochte. Jetzt überlegte ich müßig, ob es die Anstrengung wert war, mich und sie an ihm zu rächen.

So begrüßte ich, daß Yarrel gekommen war und bedauerte, daß er Izia mitgebracht hatte, und hörte dann auf zu fühlen und beschränkte mich darauf, zu *sein,* während die beiden da waren.

Und nachdem sie gegangen waren, ging ich zu Himaggery, in seinen hohen nebelerfüllten Raum und fragte ihn, ob er meine Hilfe noch annehmen würde, meine Talente und meine Hilfe, bei was auch immer er vorhatte zu tun. Mertyn war bei bei ihm. Es ging die Rede, daß Mertyn dableiben und nicht in die Schulstadt zurückkehren würde. So dachte ich, daß ich die Angelegenheit genausogut mit beiden besprechen konnte.

»Seht Ihr«, sagte Himaggery zu meinem *thalan,* »es ist genau, wie Windlow gesagt hat.« Dann, zu mir gewandt: »Windlow sagte mir, daß Du in eben diesen Raum kommen und genau diese Worte sagen würdest, Peter. Er wußte nicht, wann das sein würde. Mhm... Aber mit seiner Ahnung lag er in einer Kleinigkeit falsch. Er dachte, er würde dabei sein. Tja. Ich werde ihn vermissen.«

»Ich auch«, sagte ich. O Windlow, dachte ich, warum habt Ihr mir nicht einfach davon erzählt, bevor ich die Leuchtende Domäne verließ? Wenn Ihr die Bedrohung gesehen habt, von der Gefahr wußtet, warum habt Ihr es mir nicht gesagt... Aber ich bekam keine Antwort darauf. Er ruhte sanft in mir und antwortete nicht, obwohl er anwesend war, wie er es vorhergesehen hatte.

So fragte ich Himaggery noch einmal, und diesmal sagte er Ja zu mir, ja, er würde meine Hilfe mit großer Freude annehmen. Es war natürlich genau das, was ich mir gedacht hatte. Wir würden die Blauen zu der Leuchtenden Domäne bringen. Wir würden einen Weg finden, Körper und Geist zehntausender Spieler wieder zu vereinen. Wir würden Gerechtigkeit bringen, wie Windlow sie herbeigesehnt hatte. Kurz gesagt, wir hatten genügend Dinge vor, um ein oder zwei Lebensspannen auszufüllen, die meisten schwierig, einige gefährlich, alle aufregend.

Und ich hatte ein paar eigene Punkte, die darauf warteten, abgehakt zu werden. Huld, zum Beispiel, der Nekromant Neun auf mich herabgerufen hatte. Huld, der nicht ahnte, wie recht er gehabt hatte. Er hatte Nekromant Neun zu diesem Peter, dem jungen Nekromanten, gesagt; es war sein Vorhaben, daß Peter sterben sollte – und jener Peter war in der Tat gestorben. Ich wußte nicht genau, wer der Peter sein würde, der überlebt hatte, aber er würde weder Dorn sein noch Didir, und auch nicht Trandilar.

So lächelte ich Himaggery an und bot ihm meine Hand. Die Zeit allein und die Seher wußten, was als nächstes kommen würde. Nekromant Neun, höchstes Risiko. Ich fürchtete mich nicht.